Andreas Arnold

Fionrirs Reise ins Tal der Drachen

Andreas Arnold

Reimheim Verlag

Andreas Arnold

Fionrirs Reise
ins Tal der Drachen

Roman

Fionrirs Reise Band III

Heinrich-Lübke-Straße 9, 61169 Friedberg
www.reimheim-verlag.de

2. Auflage 05/2020

Druck: Verlag T. Lindemann, Offenbach
Umschlagbild und Illustrationen: Norman Heiskel

Dieses Buch gehört

Danksagung

Vier Jahre liegen zwischen der Fertigstellung des ersten und dem Erscheinen des abschließenden dritten Bandes, den ihr gerade in den Händen haltet. Von Menschen- in Drachenjahre umgerechnet – sieben zu eins ist das Verhältnis, wie Kenner der Drachenwelt wissen – entspricht das fast exakt dem im Buch vergangenen Zeitraum. Zufall? Vielleicht! Doch wäre das kaum möglich gewesen, wären da nicht so viele treue Fio-Freunde gewesen, die halfen, seine Reise zu einem glücklichen Ende zu führen.

Vielen Dank an Regina Beatrix Rumpel, Dr. Carolin Völker, Stephanie Kässmayer sowie Daniel und Martin Klatt für das Problesen und jeden einzelnen Fehler oder logischen Bruch, den ihr entdeckt, und jeden liebevollen Hinweis, den ihr eingebracht habt.

Danke an meinen Verleger Thorsten Zeller, der nicht nur viele Tipps zu Fios Reise auf See einstreuen konnte – ohne ihn wäre nicht ein Segel zu reffen gewesen –, sondern auch wieder sehr detailverliebt und verspielt Buch und Cover gestaltet hat. Nicht zuletzt gerade an Norman Heiskel ganz viel Dank – meine Phantasie durch ihn illustriert zu wissen, ist ein großes Geschenk.

Doch der größte Dank gilt euch: Meinen Leserinnen und Lesern. Es war meine größte Motivation, an die vielen unvergesslichen Lesungen zu denken. Danke!

Dramatis Personae, oder: Wer ist wer?

Drachen

Fionrir, ein junger feuerspeiender Bergdrache

Midga, Fios Mama, Feuerdrachin

Taras, Fios Papa, Bergdrache

Tanina, Fios Schwester

Fargas, Taninas Gefährte, Bergdrache

Derko, Fios Bruder

Lida, Fios Cousine, ein Wurmdrachenmädchen

Amata, Lidas Mama

Feras, Lidas Papa

Davud, Fios Cousin, fliegender Riesendrache

Ceti, Fios Cousin, fliegender Wasserdrache

Sirrusch, Fios Opa, Feuerdrache

Soraya, Fios Oma, Feuerdrachin

Pamusch, Fios Urahn, der legendäre Drachenkönig

Aleos, ein Wasserdrache

Kritio, ein Wasserdrache und Freund Aleos

Schiurir, kein Drache, auch wenn Seeschlangen oft für welche gehalten werden

Smarada, eine junge Feuerdrachin, Midgas Nichte

Sarasa, eine Bergdrachin

Krsch, ein alter Zwergdrache

Keari, eine Wasserdrachin und Cetis Tante

Bochumir, ein Drache aus dem Westen

Sadogir, ein alter Freund Sirruschs

Menschen

Quirina, eine junge Prinzessin

Leontin, Quirinas Vater, König von Lindheim

Anna, Quirinas Mutter, Königin

Ingvar, Schatzmeister

Osgar, Quirinas Freund, Sohn des Schatzmeisters

Ida, Quirinas Amme

Alina, Quirinas Ankleidezofe

Elgar Schildmannssohn, Hauptmann d. Leibwache

Thomasyn Feuerschmid, Feldwebel der Leibwache

Liam Schwertarm, Späherführer

Senta, Hauptfrau einer Garnison

Petrissa, Langbogenschützin

Ortrud, Kurzbogenschützin

Oda, Kurzbogenschützin

Ewein, Kapitän der königlichen Flotte

Gorman, Kapitänin der königlichen Flotte

Der Smutje, Feldkoch

Aigolf, ein windiger Wanderkrämer

Raedwolf, ein Jäger aus dem Dorf Fichtingen

Hunbert, noch ein Jäger aus dem Dorf Fichtingen

Enndlin, ehemalige Drachenjägerin, Spionin

Lienhard, ein inhaftierter Drachenjäger

Sewolt, ehemaliger Drachenjäger, Spion

Frieda, Anführerin der Nordmänner

Friedjolm, Friedas Bruder

Arnulf, Friedas Gemahl, Krieger

Torben, Frieda und Arnulfs Sohn, Krieger

Sargan, ein Krieger der Nordmänner

Simioni, der König der Fischer, aus Marheim

Harold, ein Drachenfreund und Wirt

Friedel, ein Drachenfreund

Winfred, ein Drachenfreund

Krom, Hafenmeister Marheims

Kadir, Herrscher des Wüstenreichs

Tamir, sein Sohn, mit Lida verbunden

Andere Tiere

Finris, Wolf, alter Rudelführer

Kwon, Finris' Bruderwolf

Canina, Finris' Tochter

Arcos, Caninas Gefährte und Rudelführer

Fionn, Caninas Sohnwolf

Fiona, Caninas Tochterwolf

Jutz, ein Uhu

Silfur, ein Riesenhase

Lennart, genannt Lenny, ein Eichhörnchen

Ruben, ein Esel

Sahra, eine Eselsdame

Abe, ein Esel und Sahras Gefährte

Aaron, ein Papagei, Pionier der Sprachnachricht

Lucia, eine Pferdedame, Rubens Freundin

Andreas Arnold, geb. 1976, ist an mehreren Büchern mit Kurzgeschichten und Gedichten als Autor und Herausgeber beteiligt. Die drei Bände von Fionrirs Reise sind seine ersten Romane. „Fionrirs Reise“ ist als Hörbuch und E-Book umgesetzt und ein Theaterstück ist geplant.

Norman Heiskel, geb. 1972, ist Auftragszeichner mit langjähriger Erfahrung. Er zeichnet für mehrere Buchillustrationen verantwortlich. Unter anderem illustrierte er alle drei Bände von „Fionrirs Reise“. Dabei gab er der Figur des jungen Drachen ein einzigartiges, bezauberndes Erscheinungsbild.

Fionrirs Reiseweg

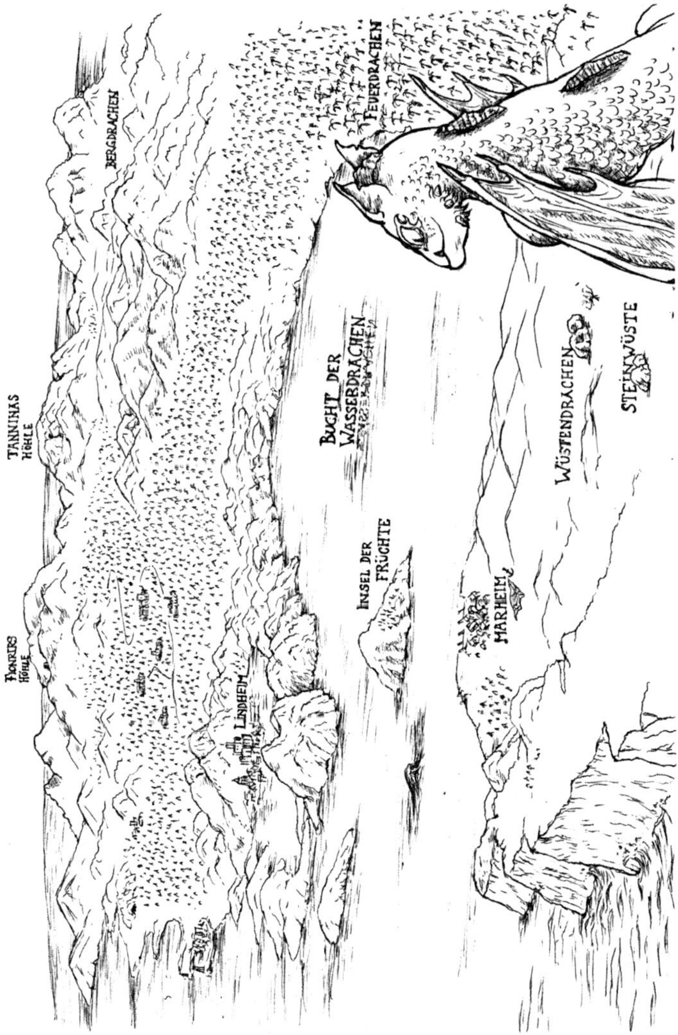

Midgardia, Neue Schriftensammlung,
Drittes Buch, Zweiter Abschnitt, 15. Spruch:
Die Prophezeiung des Drachenkönigs:

Wenn Pamuschs Rüstung abgelegt,
des Menschenkönigs Harnisch ruht,
Krieg und Zwist lang fortgeweht,
kein Mensch mehr Drachen Harm antut,
wird einer grimm hervor sich tun,
mit seiner Hand frisch Zwietracht säen.

der Schwarzen Klingen Schlaf und Ruh'n
durch Gier wird werden ungeschehen.
Der Drachenkönig neugeboren,
wie Pamusch auch mit zwiefach Gaben,
zur Weltenrettung auserkoren
wird Pamusch er selbst überragen.

Erstes Kapitel

Königreich Lindheim, Himmelskammgebirge, Drachenhöhle

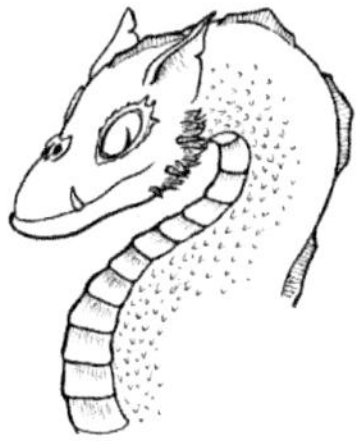

Fionrir streckte seine Drachenarme weit von sich und gähnte laut. Dann rollte er sich auf seiner Decke zu einem kleinen Knäuel zusammen, schmatzte und begann wieder einzudämmern. Aus seinem Kamin trat Licht von außen herein, das gerade hell genug war, ihn am Einschlafen zu hindern, aber nicht hell genug, um ihn zum gänzlichen Erwachen zu bewegen. Der junge Drache öffnete ein Auge. Dann kroch er langsam auf den Kamin zu. Nur kein zweites Auge öffnen, dachte er. Nicht dass mein Körper noch denkt, ich wolle aufstehen. Absichtlich gähnte er, um sich selbst zu zeigen, dass es noch immer Zeit sei zu schlafen. Vorsichtig schob er seine Kommode, in der er seine Naschsachen aufbewahrte, vor die Öffnung des Kamins. In der Feuerstelle lag noch immer die Asche des letzten Winters.

Fio war froh, dass die Drachen heute so fortschrittlich waren. Im Gegensatz zu vielen Tieren und Menschen, erwärmten sie sich nicht von selbst. Sie waren auf Wärme von außen angewiesen. Einzig die Feuerdrachen konnten sich selbst wärmen und Fionrir war froh, Feuerdrachen zu seinen Vorfahren zu zählen. Aus den Geschichten seines Opas Sirrusch wusste er, dass die Drachen zu seiner Zeit ihre Höhlen so tief in

die Berge bauen mussten, dass es von alleine warm war. Dafür waren sie immer sehr stickig. Heute nutzten Drachen Kamine und heizten ihre Behausungen mit Holz. Fio konnte seinen Raum lüften und heizen, wie er wollte. Wenn er ihn verließ, musste er nicht, wozu sein Opa im Kindesalter gezwungen war, hunderte von Metern aufsteigen, bis das erste Sonnenlicht zu spüren war. Nur die Wurmdrachen gruben sich noch tief in die Erde. Fio musste schmunzeln, als er an seine Cousine Lida dachte. Ihre Kinderhöhle konnte er inzwischen nicht mehr besuchen. Er war schon zu groß für die engen Wurmdrachengänge. Langsam schlich er zurück zu seiner Schlafstätte. Nun drang nur noch durch einen kleinen Spalt Licht hinein. Fio rollte sich zufrieden zusammen. Das Licht, das der Spalt warf, fiel jedoch genau auf seine Augen. Er rückte dem Licht davon. Nur nicht zu viele Muskeln nutzen, dachte er. „Ganz ruhig, mein Drachenkörper. Schlaf weiter! Pst!“, flüsterte er sich zu.
Ein Klackern kam von der Kommode. Ein Picken folgte. Dann hörte er eine dünne Stimme sprechen. „Huch! Wo bin ich denn hier? Hallo, hallo? Da ist ein Spalt. Ich habe doch eben jemanden gehört? Hallo?“
Fio atmete tief durch. Wieder kroch er auf allen vieren, so sachte, wie es ihm möglich war, auf die Kommode zu. Er rückte sie ein Stück fort und sah ein kleines Vögelchen.
„Ah, Fio! Das ist deine Höhle? Ah, ein Kamin. In den bin ich geflogen. Toll!“, sagte es.
Fio flüsterte ihm zu: „Ich schlafe noch! Wir sehen uns später in der Luft!“

„Oh, ja, entschuldige. Bin schon eine Weile auf. Du weißt ja, der frühe Vogel und so." Dabei zwinkerte er dem Drachen erst mit seiner Nickhaut, dann mit dem Augenlid zu, hob ab und flog den Schornstein entlang davon.
Fio atmete erneut tief durch und schob die Kommode nun so eng an den Kamin, dass auch der Lichtspalt ausgeschlossen wurde. Er spürte bereits, wie sein Körper langsam wach wurde. Schlafen, schlafen, schlafen, sagte er zu sich selbst, als er wieder zurück zu seiner Schlafstätte kroch.
Ein Drache zu sein, das war nicht einfach. Wie jeder junge Drache hatte auch er zu seinem siebten Geburtstag eine besondere Eigenschaft entwickelt. Mit Tieren sprechen zu können und die Lebewesen in seiner Nähe sich auch untereinander verstehen zu lassen, war selbst für einen Drachen eine besondere Fähigkeit. Er dachte an die Abenteuer, die er dadurch schon hatte bestehen dürfen. Es war seitdem eine turbulente Zeit gewesen.
Während sich der junge Drache an all das zurückentsann, was er erlebt hatte, entspannte sich sein Körper und die Müdigkeit kam zu ihm zurück. Schnell war er wieder eingeschlafen und seine zweite Drachengabe, die sich überraschend entwickelt hatte, entfaltete sich. Fio träumte seit diesem so wichtigen Drachengeburtstag von Dingen, die er nie zuvor erlebt hatte. Als er wieder tief in den Schlaf gefallen war, führte ihn seine zweite Gabe in eine ferne Wüste, die ihm gänzlich unbekannt war.

Ganz gleich, wie weit er im Traum auch umherblickte, nichts am Horizont deutete darauf hin, dass es etwas anderes als Sand geben würde, wie weit er auch wanderte. Sein Traum-Ich ging vorsichtig über den heißen Boden. Unweit von ihm befand sich eine steinerne Erhebung, ein abgeflachter Hügel, der wie eine Plattform wirkte. Vorsichtig ging Fio darauf zu. Er wusste nie, was ihn bei seinen Träumen erwartete, die sich manchmal so echt anfühlten, als sei er wirklich dort. Der junge Drache spürte, wie der warme Sand beim Auftreten zwischen seine Klauen quoll und wieder herunterrieselte, sobald er das Bein für den nächsten Schritt hob. Je näher er der Plattform kam, desto mehr war er sich sicher, Stimmen von dort zu hören. Es schien ihm, als unterhielten sich zwei miteinander. Die Sonne brannte unerbittlich vom Himmel und Fio fragte sich, ob man wohl einen Sonnenbrand im Traum bekommen kann. Das Gespräch, das er hörte, erwies sich als ein Streit zwischen zwei Drachen, so viel konnte er schon mit Gewissheit sagen. Offenbar war die vermeintliche Plattform eine Mulde, denn es ragten lediglich die Köpfe der zwei empor. Eine Eidechse eilte vor Fio auf hoch aufgestellten Beinen über den heißen Sand, um den Schatten eines drachenprankengroßen Steines zu errei-chen, der vor Fio auf dem Boden lag. „Eil dich, kleiner Verwandter!", flüsterte er ihm zu. Kurz blieb das Reptil stehen und schaute sich um. Fio hielt inne. „Hörst du mich?", fragte er, doch es rannte weiter, ohne zu reagieren. „Uff!", sagte der junge Drache. „Das fehlt mir noch, dass ich auch noch in den Träumen mit meinen Gespinsten reden kann."

Er ging weitere Schritte auf die beiden Drachen zu, deren faltige Haut ihn vermuten ließ, dass es wohl sehr alte

Exemplare sein mussten. Im Traum Gespräche selbst zu beginnen, dachte er, das wäre was! Was würde passieren? Nicht nur einmal hatte er von Dingen phantasiert, die so oder ähnlich dann auch eingetreten waren. Würde sich das Geschehende ändern, vielleicht sogar überhaupt nicht passieren, wenn Fio sich in seine vielleicht wahren Träume einschalten könnte? Es fiel ihm so schon schwer genug, nicht für verrückt gehalten zu werden. Nicht ohne Grund hielt er seine zweite Gabe geheim. Nun verstand er die beiden Drachen klar und deutlich. Auch den Stimmen nach hatten sie schon viele Jahre gesehen.

„Ich glaube, das gibt noch ganz schön Ärger an der Küste!", sagte der eine. Er hatte einen großen Kopf mit rot-brauner Haut und einer spitzen Schnauze, an deren Anfang sich ein langer Bart befand, der in zwei dicken Strähnen links und rechts des Maules herunterhing. Eines seiner großen Ohren war geknickt.

„Oh, ja! Richtig Ärger!", stimmte der andere zu, dessen Kopf sich kaum von dem des ersten Drachen unterschied. Lediglich war dessen Bart nicht ganz so lang. Eine Narbe zog sich über seine rechte Wange.

Wasser spritzte hoch, als seine Pranke sich bewegte.

„Oh, ja, schönes warmes Wasser!", stöhnte der erste. „So gut für den alten Rücken!"

„So, so gut. Ja!", stimmte der zweite zu, und der Kopf verschwand. Fast zeitgleich war auch der erste Drachenkopf verschwunden. Dafür sprudelten Wasserstrahlen in die Luft, erst links, dann rechts. Fio lächelte, amüsiert über die beiden verspielten Alten, die er kurzerhand Langbart und Kurzbart taufte. Immerhin konnte er sie im Traum ja offenbar nicht nach ihren wahren Namen fragen.

„Ah!", tauchten beide mit einem einstimmigen Seufzen wieder aus dem sonnenerhitzten Wasser auf. „So gut für den alten Rücken!"
Fio stand nun vor den beiden und sah in ihre alten, gütigen Drachengesichter.
„Krieg im Tal der Drachen wird es geben!", sagte Langbart und schaute zu seinem badenden Begleiter.
„Ja, ein Krieg wird kommen!", sagte Kurzbart und blickte Langbart ebenfalls an. „Es sei denn..." Er unterbrach. Dann drehten sich beide langsam zur Mitte.
Es wurde Fio unheimlich. Was sollte das bedeuten? Ein Krieg? Im Tal der Drachen? Dort, wo sein Opa wohnt?
Die beiden schauten seinem Traum-Ich plötzlich direkt in die Augen und Fionrir erschrak gehörig. Er zuckte auf seiner Kuscheldecke zusammen.
„Es sei denn, der Drachenkönig verhindert ihn!", setzte Langbart den Satz fort. Im Hintergrund begann die Sonne zu zittern.
„Drachenkönig!", sagten Kurzbart und Langbart abwechselnd mit unheilvollen Stimmen.
Die Sonne zitterte noch stärker. Sie schien Risse zu bekommen. Unzählige Drachen wiederholten plötzlich hinter ihm den Ruf. Fio drehte sich um und sah sich hunderten gegenüber. In deren Mitte ging sein Opa Sirrusch. Er hielt eine Krone in der Hand und hob sie ihm entgegen. Alle Drachen gingen auf die Knie. Fio geriet in Panik.
„Drachenkönig! Drachenkönig!", kam es aus den beiden Mäulern hinter ihm.
Er drehte sich um, wich zurück und begann trotz der Hitze zu frösteln, als er wahrnahm, was mit der Sonne geschah. Sie bekam Risse und dahinter strahlte es gleißend weiß.

„Drachenkönig! Drachenkönig! Drachenkönig!", skandierten nun alle.
Fio wich weiter zurück, ohne den Blick vom Himmel abzuwenden. Die Drachen starrten ihn unvermindert an und sprachen dieses eine Wort immerzu aus. Dann brach die Sonne mittig auf und etwas aus ihr flog rasend schnell auf den Träumenden zu. Der Kopf eines enormen Drachen formte sich so plötzlich, dass Fio nach hinten stürzte. Das Letzte, was er wahrnahm, waren zwei leuchtend grüne Drachenaugen und ein verhallendes „Drachenkönig".

Fio erwachte und setzte sich mit vor Schreck weit geöffneten Augen auf. Zwei grüne Punkte waren vor ihm, ganz gleich, wohin er seinen Kopf auch wandte. Der Spätsommer wärmte seine Kinderhöhle, die im Inneren des Himmelskammgebirges verborgene lag. Trotzdem blieb das Frösteln. Er blickte sich ängstlich um, doch es war ruhig und der junge Drache noch immer alleine. Er schloss die Augen und die zwei grünen Punkte zeichneten sich auch auf seinen Augenlidern ab. Er erhob sich auf alle viere und schüttelte sich.

Langsam wurde das Leuchten blasser und bis Fio zur Tür gelangt war, die in die große Wohnhöhle führte, war es kaum mehr wahrnehmbar. „Was waren das bloß für Drachen?“, fragte er sich laut.

„Wen meinst du, mein Kleiner!“, fragte sein Papa Taras, der im selben Moment die Tür öffnete.

„Ach, nichts!“, sagte Fio, und bekam die Hornplatten auf seinem Kopf durchgewuschelt.

„Darf ich dich überhaupt noch Kleiner nennen?“, fragte sein Papa lächelnd, und Fio schaute an sich herunter. Ja, ich habe einen ganz schönen Schuss getan in den letzten Wochen, dachte er.

„Alles bereit für den Aufbruch?“ Doch noch bevor er antworten konnte, ergänzte sein Vater, dass es nun erst einmal ein ausgiebiges Frühstück gäbe. „Immerhin fliegst du zwei Tage, bis du bei Opa bist und noch dazu mit deiner Quirina auf dem Rücken. Da brauchst du Kraft und Energie. Unterschätz das nicht!“

„Ja, ja, Papa. Ich weiß!“, antwortete Fio. Sein Vater grinste und führte ihn zum Frühstückstisch, der

inmitten der großen Wohnhöhle stand. Wilko und Mirka, die beiden Menschen, die gemeinsam mit den Drachen in der Höhle lebten, luden gerade große Schüsseln mit allerlei Gemüsesorten darauf.
„Guten Morgen!“, wünschte Wilko und richtete seine langen schwarzen Haare, die er im Nacken zusammengebunden trug.
Seine Frau winkte dem jungen Drachen lächelnd zu. „Na, gut geschlafen?“, fragte sie.
Als er bejahte, legte sie skeptisch den Kopf zur Seite.
„Doch, doch, nur etwas kurz!“, versicherte Fio, und die schlanke Menschenfrau klopfte einladend auf dessen Sitzfelsen.
„Na, dann! Es ist fast alles auf dem Tisch. Stärke dich für die Reise!“
Fio stieg auf seinen Platz und überblickte, was ihm geboten wurde. Tatsächlich erinnerten ihn die Auswahl und die Menge der Speisen sehr an seinen Geburtstagstisch. Seine Eltern saßen bereits und griffen nach einem gebratenen Hahn hier und einem Bärenschinken dort, um sich ihre Teller zu beladen. Wenn sie einmal in der Woche aßen, mehr als das brauchten Drachen nicht, dann trug der massive Holztisch stets so viele Speisen, dass er unter ihrem Gewicht knarzte.
„Ach, Fio!“, sagte sein Vater, während er nach dem Obstteller griff. „Wo liegt die Insel der Früchte nochmal?“
„Offensichtlich bald nicht mehr auf dem Tisch!“, sagte Fio und grinste. Taras lachte und sein Sohn gab die richtige Antwort: „Eintausend Drachenlang südlich von Lindheims Küste.“

„Du bist bereit für deine Reise!“, stellte sein Vater anerkennend fest, biss ein riesiges Stück aus einem Braten und schob unmittelbar drei Äpfel hinterher. Er war sehr stolz auf seinen Sohn, nicht nur weil er die Strecke so gut auswendig gelernt hatte, sondern gerade weil er so eifrig mit dem Fliegenlernen war, dass Taras es kaum glauben konnte, wie gut sein Jüngster inzwischen flog.
Fio suchte die Schüssel mit seinem Lieblingsgemüse zwischen all dem Fleisch, Fisch und Geflügel, um es vor seinem gefräßigen Vater zu retten.
„Tut mir leid!“, sagte Mirka und schaute ihn betrübt an. „Rosenkohl wächst im Sommer nicht!“ Sie reichte ihm mit beiden Händen eine große Schale. „Ich habe aber dennoch etwas für dich zubereitet, von dem ich mir sicher bin, dass es dich deine Leibspeise nicht vermissen lässt.“
Sie lächelte, wie eine junge Mutter ihr Kind beim ersten selbst zum Mund geführten Löffel anlächeln würde, als Fio eine volle Gabel ihres Gerichts in den Mund steckte und unmittelbar selbst zu lächeln begann.
„Na, wie ist es?“, fragte sie.
„Köstlich!“, schwärmte Fio und schob sogleich eine weitere Gabel mit Zuckerschoten und Bratkartoffeln in den Mund, die zart nach Olivenöl, Rosmarin und Knoblauch dufteten.
Während des Kauens schaute er Mirka an, die gerade selbst etwas von den Speisen auf ihren Teller auflud. Manchmal kam es ihm so vor, als könne sie seine Gedanken lesen. Er konnte vor ihr kein Gefühl ver-

decken, das sie nicht sofort erkannte. Sie las jede Laune an Fios Gesicht ab, ganz gleich mit welchen Grimassen er sie zu verstecken versuchte. Er ging jede Wette ein, dass sie sehr wohl wusste, dass er wieder schlecht geschlafen hatte. Vor ihr und Wilko konnte er nichts verbergen. Immerhin kannten sie ihn, seit er vor über sieben Drachenjahren aus seinem Ei geschlüpft war. Dennoch weihte er sie nicht in sein Geheimnis ein. Von Quirina abgesehen, seiner Cousine Lida und zwei Wölfchen, die ihn bei seiner letzten Reise begleitet hatten, wusste niemand von seinen Visionen. Selbst seine Eltern und Geschwister nicht. Wer wollte auch gerne für verrückt erklärt werden? Und wenn es denn die zweite Gabe aus der Prophezeiung der Migdardia, der großen Schriftensammlung der Drachen, wäre, wer würde den nächsten Drachenkönig unter sich haben wollen? Den Drachenkönig, der über alle Familienoberhäupter gehoben würde. Fio konnte sich nicht vorstellen, dass auch nur ein einziges begeistert wäre. Also verschwieg er es und würde es auch keinem anderen preisgeben als seinem Opa. Sirrusch würde er in Kürze treffen, wenn er erst mit Quirina im Tal der Drachen angekommen sein würde. Opa weiß alles, war er sich sicher. Gedankenverloren führte er die nächste Gabel zum Maul.
„Na, du bist ja so verträumt heute Morgen“, stellte seine Mama Midga fest und schob ihm einen großen Krug mit Wasser herüber. „Frisches Quellwasser. Das macht dich bestimmt wach.“
Fio nahm das Gefäß lächelnd entgegen und setzte zum Trinken an. Auf der Oberfläche schwammen Zitro-

nenscheiben. Es schmeckte säuerlich und nach Melisse. Offenbar mussten Wilko und Mirka es mit Blättern aus dem Garten versetzt haben. Fio streckte sich und gähnte laut.

„Ach, Fio!“, sagte Taras beiläufig. „Tanina bat darum, dass du sie auf dem Weg zu Quirina noch besuchst. Brich also bitte etwas früher auf!“

Sein Sohn verzog das Gesicht, nickte aber. Seine Schwester zu besuchen, lag nicht wirklich auf dem Weg. Fio überschlug es im Kopf. Na, toll! Das kostet mich mindestens drei Stunden in der Luft. Tanina hatte vor einiger Zeit zusammen mit ihrem Freund, einem stattlichen Bergdrachen namens Fargas, eine eigene Höhle bezogen. Sie lag hoch im nordöstlichen Ausläufer des Lindgebirges. Auch sein Bruder Derko hatte eine Höhle im Lindgebirge, allerdings am südlichen Ende, gegenüber der Residenzstadt Lindheim, was Fio gelegener kam. Immerhin konnte er ihn und seine Menschenfreundin, Prinzessin Quirina, auf derselben Reise besuchen. Warum soll ich Tanina eigentlich besuchen?, grübelte er, schaute zu seinem Vater hoch und öffnete das Maul.

Sein Vater lächelte. „Ich dachte, du würdest nie fragen wollen!“, sagte er. „Sie hat eine Überraschung für dich!“

Auch Fio lächelte nun. Er mochte Überraschungen.

Zweites Kapitel

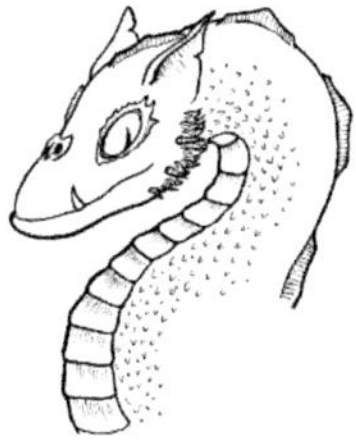

Königsstadt Lindheim, Stadtgefängnis

Eine schmeichelnde Stimme und überraschte Seufzer waren aus dem Stadtgefängnis zu hören, das sich unauffällig mitten unter den dicht an dicht stehenden Wohnhäusern der Lindheimer Kernstadt befand.

„Wisst Ihr", sagte die schmeichelnde Stimme, „was damals aus ihm wurde?"

Ein Schweigen entstand. Dann sprach eine unsichere Stimme von der anderen Seite des Gitters. „Er wurde sein Muttermal los?"

„Mehr als das!", setzte der Schmeichler fort. „Er wurde durch mein Elixier alle Muttermale los. Er wirkte dadurch so jung, dass ihn ein Goldschmied in die Ausbildung nahm, weil er ihn für einen Heranwachsenden hielt. Heute ist er ein gefragter Juwelier, drüben bei den Bergleuten."

Wieder war ein Seufzer zu hören. „Und Ihr wollt mir helfen können? Nicht einmal der Hofapotheker konnte es!"

„Helfen wollen, und vor allem auch können, vermag ich. Schaut mir ins Gesicht!", empfahl die Stimme. Die von Warzen übersäte Nase des Gefängniswärters drückte sich an die Gitterstäbe. „Was seht Ihr?", fragte der Schmeichler, und deutete auf seine Haut.

Aus rotgeäderten Augen schaute er seinen Gefangenen an und sagte schließlich: „Keine Warzen?"
„Richtig! Nicht eine Warze und, glaubt mir, was Ihr an Warzen habt, wäre nicht der Rede wert, wenn Ihr mich damals gesehen hättet."
„Warum seid Ihr dann im Gefängnis?"
„Eine traurige Geschichte. Ihr kennt ja den Hofapotheker! Beschreibt ihn mir!"
„Ja, ein großer, hagerer Mann mit langen, abstehenden Ohren und einem schwarzen Haarkranz."
„Genau das ist er. Der Hofapotheker. Mein Mittel hatte ich nach Lindheim gebracht. Ich wollte es unter den Bewohnern Lindheims verteilen. Günstig natürlich. Ich will ja schließlich helfen und heilen."
Der Gefängniswärter nickte.
„Tja, und er ließ es mir von den Wachen abnehmen und mich ins Gefängnis stecken", sagte der Gefangene mit wehleidiger Stimme.
„Dieser Schuft. War er neidisch?"
„Nicht nur das. Er wollte alles für die Königsfamilie. Dabei hätte es für alle Lindheimer gereicht."
„Das heißt, er hätte mir eigentlich ein Mittel geben können?"
„Nicht ein Mittel! Mein Mittel!", korrigierte der Shcmeichler mit Trotz in der Stimme. „Oh, es tut mir so leid."
Der Wärter grummelte und hielt die Gitterstäbe so fest, dass die Knöchel seiner Fäuste ganz weiß wurden.
„Zum Glück konnte ich eine Kiste verstecken!", ergänzte der Schmeichler.

„Wo?“, fragte der Wärter hoffnungsvoll.
Mit einer hölzernen und einer echten Hand umfasste der Gefangene die Gitterstäbe und lächelte ihm verschwörerisch zu. „Ich hole sie dir, mein Freund!“

Königsstadt Lindheim, Schloss

Zetern und kurze Schmerzensschreie waren aus dem Thronsaal des Schlosses zu hören, hinter dessen Rückseite sich der Lindenfels erhob, ein Bergmassiv, welches das Schloss vor den auch im Sommer noch immer kühlen Nordwinden schützte und gleichzeitig vor der Hitze aus dem Süden bewahrte. Es herrschte Wohlfühltemperatur.
„Au!“, schimpfte Quirina ein weiteres Mal.
„Entschuldigung, Prinzesslein!“, erwiderte ihre alte Amme Ida, die versuchte, die Haare der Prinzessin mit einer Bürste zu bändigen.
„Prinzessin oder Quirina, bitte! Ich bin kein kleines Kind mehr, Ida!“, ermahnte die junge Thronfolgerin.
„Entschuldigung, junge Herrin!“, erwiderte diese und bürstete weiter.
„Aua!“, entfuhr es Quirina erneut.
„Warum musstest du auch auf Blakkaz ausreiten, ohne eine Kopfbedeckung zu tragen, Kind!“, tadelte ihre Mutter, Königin Anna. „Du siehst aus wie ein…“
„Bauernmädchen. Ich weiß, Mama!“, beendete das junge Mädchen den Satz.
Ihre Zofe Alina, die gerade im Begriff war, ihr eine lederne Drachenreiterkleidung anzulegen, schmun-

zelte und zwinkerte Quirina ungesehen von den königlichen Eltern zu.

„Und mir missfällt dieses Gewand!“, setzte ihre Mutter die Kritik fort. „Kind, du hast viel zu viele Stellen, an denen die Sonne dich verunstalten kann. Nicht einmal einen Schleier hat es.“

„Aber, Herrin“, sagte Alina mit beschwichtigender Stimme, „ein Schleier würde doch sofort beim Flug zur Seite geweht. Dabei machte sie eine wischende Bewegung mit der Hand und sagte: „Wusch!“

König Leontin schüttelte den Kopf. „Es ist mir nicht recht, dass du auf Fionrir so weit fliegen möchtest!“

„Papa, das hatten wir doch schon!“, flehte die Prinzessin.

„Er ist erst sieben Jahre alt, Quirina!“, erinnerte der König.

Die junge Prinzessin schwieg.

„Herr, Ihr habt recht“, warf Alina ein. „Doch sind es Drachenjahre. Auf der Welt ist er schon über 50. Und er ist doch ein guter Flieger.“

„Seine letzte Drachenreiterin verlor er einfach so in der Luft“, bemerkte Leontin und sprach den Satz fast wie eine Frage aus.

„Aber, Herr König, das tat er doch nur, um die Drachenjägerin von seinem Rücken abzuschütteln.“

„Da hast du recht, Alina, doch meine ich nicht seine Flugkünste. Ihr verlasst mein Königreich!“

„Och, Papa! Fios ganze Familie ist doch dabei. Das hatten wir doch auch schon.“

„Ja, das hatten wir schon. Leibwächter werden dich begleiten.“ Quirina setzte an, etwas zu erwidern, doch erkannte sie am Blick ihres Vaters, dass es nun keinen Zweck mehr hatte, mit ihm zu diskutieren. Zur Antwort angesetzt hätte ihr Vater, doch beendet hätte den Satz der König. Die Prinzessin nickte und ließ sich weiter ankleiden. Es ist ja nicht das Schlimmste, was passieren konnte, dachte sie. Immerhin darf ich Fio begleiten und dass ein Teil der Leibwache dabei sein soll, ist auch nicht schlimm. Bestimmt ist Elgar unter ihnen, mutmaßte sie.

Elgar Schildmannssohn war Hauptmann der Ersten Leibwachengruppe der königlichen Leibgarde. Wenn ihr Vater einen Teil seiner Leibwache abbefahl, dann war es Elgars Gruppe. Mit ihm hatte sie schon einige Abenteuer erlebt und mochte ihn.

Während Ida Quirinas Haaren den finalen Bürstenstrich gönnte und sich anschickte, Alina zu helfen, die letzten ledernen Schutzteile anzulegen, die ihren Drachenreiteranzug ausmachten, malte sich die Prinzessin die Reise mit Fio aus. Sie würde mit ihm Wolken durchstoßen, mit den Adlern um die Wette fliegen und die ganze Welt aus einer Sicht sehen, die keinem Menschen bestimmt war. Sie lächelte und fühlte es in sich kribbeln. Dass ihr vermutlich die *Krone Lindheims*, das mächtige Flaggschiff der Flotte ihres Vaters, folgen und einige Leibwächter sie beobachten würden, war ihr nahezu gleichgültig.

Ihre Mutter winkte einen der königlichen Diener heran. „Geh zum Hafen und bitte den Proviantmeister, Früchte zu laden. Und Gemüse. Möhren vor allem. Sie schützen die Prinzessin vor Sonnenbrand."

Der Diener nickte stumm und eilte aus der Tür.

„Über deine Kleidung müssen wir noch ein Wort reden!“, fuhr die Königin an ihre Tochter gewandt fort, doch bevor sie antworten konnte, redete Alina dazwischen. „Ach, was hätte ich denn machen sollen, meine Frau Königin?“
„Was meinst du?“, fragte sie verdutzt.
„Ich konnte doch nicht ahnen, dass das passieren würde. Ich wollte Prinzessin Quirina doch nur ein Geschenk machen!“, fuhr sie mit fast weinerlicher Stimme fort. Sie senkte ihren Kopf und schniefte lautstark. Als Stille um sie herum eingekehrt war, blickte sie mit ihren großen Augen nach oben. „Wie konnte ich ahnen, dass ich die Südliche Kleidermotte in den Schrank bringen würde? Mit so einem unscheinbaren, kleinen Geschenk.“
Leontin runzelte die Stirn und auch Quirina schaute irritiert zu ihr herüber, doch schaffte es in letzter Sekunde, ihre Überraschung zu verbergen. „Ja, Alina!“, sagte sie. „Eigentlich sollte ich mit dir schimpfen.“
„Wegen was schimpfen?“, fragte ihre Mutter.
„Ja, Alina, wegen was schimpfen?“, wiederholte die Prinzessin.
„All deine Kleider! Von der Südlichen Kleidermotte zerfressen! Und nur noch das Drachenreitergewand heil geblieben“, jammerte die Zofe. „Ich Dummerchen!“
„Ja, alle mit riesigen Löchern versehen“, sagte Quirina tadelnd.
„Und wie kam sie in den Kleiderschrank?“, hakte die Königin nach.

Die Prinzessin setzte zu einer Antwort an, doch Alina kam ihr zuvor. „Ein Tüchlein hatte ich erstanden. Von einem Händler auf dem Markt. Aus dem Süden. Da waren sie drinnen. Die schrecklichen Eier, aus denen sie geschlüpft sind."

„Aber gestern waren doch noch alle Kleider heil!", warf Leontin ein, während die Königin mit einem weiteren Diener tuschelte, der daraufhin hinauseilte. „Wann hast du Quirina denn das Tüchlein geschenkt?"

„Na gestern, mein König!"

„Aber gestern war doch gar kein Markt!", merkte er an.

„Es war ja auch ein fahrender Händler, mein Herr König."

„Und wie kommt es, dass er sich beim Einlass nach Lindheim nicht registrieren ließ? Mein Schatzmeister berichtet mir täglich, welche fremden Händler bei uns einkehren."

„Na, mein König, wenn er doch mottenverseuchte Ware anbietet. Da würde er sich doch wohl nicht anmelden."

Als der König zu sprechen ansetzte, eilte der Diener wieder in den Thronsaal und flüsterte in das Ohr der Königin. „Die Kleider sind tatsächlich alle weg! Keines mehr im Schrank!", rief die Königin aus. „All die schönen Kleider! Mitsamt den Knöpfen gefressen!"

„Diese gefräßigen, gefräßigen Motten!", klagte die junge Zofe.

„Das soll eine Motte getan haben?", fragte der König skeptisch nach.

„Es waren ja ganz viele Eier!“, schaltete sich Quirina wieder ein.
„Und es ist die Südliche Kleidermotte gewesen!“, ergänzte ihre Zofe.
„Zeig uns das Tüchlein doch mal!“, forderte der König. Alina und Quirina schauten sich gegenseitig an. Da setzte die Amme an: „Ich habe es hier in meiner Schürze!“, und suchte danach. „Hier muss es doch sein!“, sagte sie, während sie ihre Schürze abtastete. Dann schaute sie überrascht auf. „Es ist weg!“
„Gefressen! Ich sage nur: Südliche Kleidermotte! Zum Glück hatte ich noch dieses Ledergewand.“
„Aber, Alina!“, sagte die Königin und glaubte, sie nun der Unwahrheit überführt zu haben. „Das ist doch ganz unmöglich, dass es deines war. Du bist doch viel größer als deine Herrin!“
„Ja, zu meinem Unglück war es eingegangen. Zu meiner Herrin Glück genau auf ihre Maße.“
„Wie soll denn Leder eingehen?“, wunderte sich Königin Anna.
„Oh, Frau Königin, das war noch so ein Unglück. Ich trug es im Regen und als die Sonne kam, schaffte ich es geradeso, es auszuziehen, als es in der Sonne zu schrumpfen begann.“
„Das wäre mir neu, dass gegerbtes Leder in der Sonne einginge.“
„Es war Mondleder. Ich wusste nicht, dass man es bei Tag nicht tragen darf, Frau Königin!“
Quirinas Mutter setzte zu einer Antwort an, schloss den Mund aber wieder und schaute Alina ratlos in die Augen, die unschuldig zurückblickte.

„Nun", sagte der König mit einem kaum merklichen Schmunzeln, doch fester Stimme, „dann muss es wohl das Drachenreitergewand sein, bevor die Nördliche Ledergewandmotte zuschlägt."
Alina machte einen Knicks, die Amme atmete mit einem Seufzer aus und Quirina fiel ihrem Vater dankbar um den Hals.
„Oh, danke, Papa!"
„Alle Kleider gefressen!", murmelte die Königin.
Feldwebel Thomasyn Feuerschmied, ein hünenhafter Leibwächter aus Leontins Garde, trat herein. „Eure Majestäten, der Drache Derko ist auf dem Balkon unserer Prinzessin gelandet."
„Ah, sehr gut. Nun, dann sagen wir ihm Hallo", sprach der König, Quirina löste sich von dessen Hals und eilte in ihre Gemächer, an deren Schlafzimmer sich der große Balkon mit Sicht auf Derkos hinter einem Wasserfall verborgene Höhle anschloss.
Fios älterer Bruder stand mit seinen hinteren Läufen auf der Brüstung, die gefährlich knackste. Er war ins Gespräch mit Elgar und drei Kriegerinnen vertieft, als die königliche Familie mit ihren Bediensteten auf den Balkon trat.
„Ich grüße dich, Derko vom Himmelskamm, Protektor meines Reiches", sagte der König im amtlichen Ton.
„Ich grüße Euch, Leontin, Löwe, Herrscher des Königreichs Lindheim, Hüter des weißen Baumes", sprach Derko feierlich zurück.
„So, der Formalie ist genüge getan", fuhr der König in freundschaftlichem Ton fort und umarmte den großen

Drachen herzlich, der die Geste erwiderte. „Schön, dass du wieder da bist, mein guter Derko!"
Auch Quirina umarmte den Drachen. Vor über einem Jahr hatte Fios großer Bruder die Höhle hinter dem größten Wasserfall des Lindsees bezogen. Unterirdisch war sie über einen Gang mit dem Schloss verbunden, der schon viel älter war als Leontin und auch Derko selbst. Vor langer Zeit hatte er als Fluchtort für die Königsfamilie gedient und die Höhle war lange Zeit vergessen, bis Fios Bruder sie für sich erschloss. Nur Quirina und ihrem Forscherdrang war es zu verdanken, dass auch der Gang wiederentdeckt wurde. Seit sie sich kannten, besuchte die Prinzessin den großen Drachen so oft es ihr möglich war.
„Ja, es ist schön, wieder zu Hause zu sein, Leontin", sagte der große Drache. „Diese Wüstenluft ist nichts für uns Bergdrachen."
„Ist alles in Ordnung im Tal der Drachen?", fragte Leontin.
Der Drache nickte lächelnd. „Nichts steht dem Brautkampf meiner Schwester im Wege. Ihr werdet überrascht sein, wie viele Drachen und Menschen dort friedlich zusammenleben!", sagte er an die Königsfamilie gewandt. „Ist Fionrir eigentlich schon angekommen?"
Quirina schüttelte den Kopf. „Nein, erst heute Mittag wollen wir uns treffen. Bei Ruben und Lucia. Den beiden wollen wir noch einen Besuch abstatten, bevor wir aufbrechen. Fio hat sie ja lange nicht mehr gesehen."
Ruben war der Esel, den Fio bei seinem Abenteuer am siebten Geburtstag aus der nicht gerade freundlichen

Haltung eines Wanderkrämers namens Aigolf befreit hatte. Er war nicht nur eng mit ihm verbunden, auch Quirina besuchte ihn regelmäßig und sie freute sich auf den gemeinsamen Besuch. Sie würde ihn in Fios Beisein das erste Mal seit fast einem Jahr auch wieder verstehen können. Sich mit einem Esel zu unterhalten, der nichts als *Iah* sagte, war nicht ganz das, was die Prinzessin brauchte, um ihre Freundschaft zu pflegen. Ruben ging es vermutlich ebenso. Er unterhielt einen Postpapageienverkehr mit Sarah, der Eselin, die Wilko und Mirka Dienste leistete, sodass Fio vermutlich mehr von ihrem Eselsfreund wusste als sie selbst. Ruben lebte zusammen mit seiner Freundin, einer Pferdedame namens Lucia, bei Kapitän Ewein, der sich der beiden angenommen hatte, nachdem sie in Lindheim angekommen waren.

„Na, das trifft sich doch gut", sagte Leontin. „Dann könnt ihr ja gemeinsam mit dem Kapitän von dessen Gut zum Hafen kommen." Er richtete sich an Elgar. „Hauptmann!"

Während der König Elgar und seine Auswahl an Leibwächtern instruierte, schaute Quirina über den Lindsee. Sie mochte Kapitän Ewein. Er und seine Mannschaft waren es, die sie damals aus der Entführung durch die Drachenjäger gerettet und zurück nach Lindheim gebracht hatten. Auch hatte er sich gleich nach Aigolfs Festnahme angeboten, Ruben und Lucia, die zuvor einem der Drachenjäger gehört hatte, bei sich aufzunehmen.

Ich werde wohl die meiste Zeit über bei den Leibwächtern an Bord bleiben müssen, dachte die Prinzes-

sin betrübt, aber immerhin kann ich mit Fio fliegen. Nicht zuletzt vermutlich wegen Alinas gelungenem Coup mit der Drachenreiterkleidung.
„Was macht dich traurig?“, fragte Derko, der von der Brüstung heruntergestiegen war und sich, mit den Vorderpranken an die Brüstung gelehnt, neben sie gestellt hatte.
Sie schaute zu ihm hinauf. „Ich wäre gerne den ganzen Weg mit deinem Bruder geflogen!“, antwortete sie und blickte dem Drachen in die Augen.
Derko nickte. „Dein Vater meint es gut mit dir. Er sorgt sich. Wenn ihr erst in Sirruschs Tal seid, wirst du so viel in der Luft sein dürfen wie noch nie“, sagte er und lächelte die Prinzessin an. Dabei entblößte er ein Gebiss voller scharfer Zähne, die einen im Umgang mit Drachen Unerfahrenen wohl das Fürchten gelehrt hätten. „Unter Drachen droht dir keine Gefahr!“
„Darum geht es mir gar nicht!“, erwiderte Quirina. „Ich hatte mich gefreut, eine lange Zeit alleine mit ihm sein zu können. Wir sehen uns so selten und Post von Brieftauben zu lesen oder dann und wann eine Sprachnachricht per Papageienpost zu bekommen, ist nicht dasselbe.“
„Das verstehe ich. Aber warte ab! Manchmal sind die Dinge nicht so, wie sie scheinen!“, sagte Derko, zwinkerte und hob in Richtung Himmelskammtal ab.
„He! Was meinst du?“, rief ihm die Prinzessin nach, doch er verschwand rasch hinter den Gipfeln des Lindgebirges, auf dem Weg zu seinen Eltern.
„Bereit, Prinzessin?“, weckte sie Elgars Stimme aus ihren Gedanken.

Quirina nickte und sie begaben sich auf den Weg zu Kapitän Eweins Gut.
Ich freue mich so sehr auf Fio, dachte sie. Wie gut, dass dieser gemeine Aigolf im Stadtgefängnis ist.

Drittes Kapitel

Königreich Lindheim, Himmelskammtal, ostwärts

Das Himmelskammgebirge erschien Fio inzwischen nur noch so groß wie eine seiner Klauen. Der junge Drache kam gut voran und das Wetter meinte es gut mit ihm. Ein leichter Westwind war aufgekommen und gab ihm Rückenwind auf dem Weg zu Taninas Höhle. Er flog so flink wie selten. Übermütig drehte er sich in der Luft. Dabei rief er langgezogen „Hui!“ und schaute sich unmittelbar um. Was für ein unschickliches Geräusch für einen jungen Erwachsenen, dachte er und grinste. Mit diesem Wind im Rücken gewinne ich bestimmt selbst einen Wettflug gegen Ceti. Er freute sich, seinen Cousin endlich für längere Zeit wiederzusehen. Er lebte in der Drachenbucht, an deren langem Küstenbereich sich die Heimstatt vieler Drachen und insbesondere die seines Opas anschloss. Für einen Kurzbesuch leider zu weit weg, dachte Fio etwas betrübt. Zuletzt hatte er seine Verwandten immerhin in Derkos Höhle gesehen, als seine Cousine Lida dort Geburtstag gefeiert hatte, doch hatten Ceti und er kaum Zeit füreinander gefunden. Zu viele Mitglieder ihrer beiden großen Familien, die sich lange nicht mehr gesehen hatten, waren dort versammelt gewesen. Er würde viel mit dem kleinen Angeber fliegen, wie er seinen Cousin gerne scherzhaft nannte. Ceti war ein geflügelter Wasserdrache und Fio kannte keinen, der so fliegen und schwimmen konnte wie er. Vielleicht kann ich ein paar Tricks abschauen, dachte er und drehte eine weitere Schraube in der Luft. Oder er von mir, setzte er lächelnd in Gedanken nach. Bald würde die Höhle seiner Schwester in Sicht kommen, doch vorher galt es, andere Freunde zu besuchen. Freunde, mit denen er erst vor wenigen Monaten ein riesiges Abenteuer bestanden hatte.

Von weitem war ein Heulen zu hören und Fio lächelte. Ein zweites setzte ein, dann ein drittes, bis unter ihm ein ganzes Wolfskonzert stattfand. Der Drache drehte einen langen Bogen und ging in den Tiefflug über. Schon konnte er den ersten Wolf ausmachen. Er rannte parallel zu seiner Flugbahn und schaute sich heulend immer wieder nach ihm um. Bald flog Fio nur noch wenige Meter über den Wipfeln der Bäume. Das Heulen wurde in seinem Kopf übersetzt. Seine Drachengabe wurde aktiv.

„Fio!“, rief der Wolf, den er nun als Fionn erkannte. Auch seine Schwester Fiona rief den Namen des jungen Drachen. Sie wartete bereits auf einem kleinen Felsen mit steilen Hängen, der inmitten einer Lichtung stand. Ein großer weißer Wolf schritt den natürlichen steinernen Pfad zum Plateau des Felsen hinauf. An seiner Seite war eine graue schmale Wölfin, die er ebenfalls sehr gut kannte. Der junge Drache stellte seine großen Flügel quer zur Flugrichtung und wurde rasch abgebremst. Wie ein Adler landete er mit den Pranken voran und kam sicher auf dem Steinboden

zum Stehen. Fiona rannte auf ihn zu und prallte gegen seine Flanke. Vertraut schmiegte sie sich an einen Drachen, der sie um ein Vielfaches an Masse und Größe übertraf.
„Oh, wir haben dich vermisst“, jaunerte die junge Wölfin. Mit einem schnellen Sprung landete ihr Bruder auf Fios Rücken und knabberte an einer seiner Hornplatten. „Bir baben bich behr berbisst“, pflichtete der junge Wolf seiner Schwester bei.
„Du bist ganz schön gewachsen!“, stellte Fiona fest.
„Ihr aber auch!“, gab Fio zurück. „Ihr seid schon richtige Halbstarke!“ Der junge Drache kannte sie, seit sie geboren waren, und nun würden sie bald das Welpenalter hinter sich lassen.
„Und du ein Ganzstarker!“, erwiderte sie und maß die Größe ihres Drachenfreundes mit langen Schritten ab. Ihr Gang ließ sie dabei wie einen vierbeinigen Storch wirken.
Lachend begrüßte auch ihre Mutter Canina ihren Drachenfreund. „Schön, dass du uns besuchst“, sagte sie und scheuchte Fionn mit einem kurzen Knurren von Fios Rücken herunter.
„Ja, schön dich wiederzusehen, Fio“, bestätigte Arcos, der Papa der beiden. „Wir dachten schon, dass du irgendwann vorbeikommen würdest. Wie lange dauert es noch bis zum großen Ereignis?“
„Das finde ich auch. Schön, euch wiederzusehen“, erwiderte Fio, und antwortete, dass es nur noch wenige Tage bis zum Brautkampf seien.
Tanina und ihr Gefährte Fargas, ein großer Bergdrache, hatten vor einigen Wochen Nachwuchs be-

kommen. Selbst unter modernen Drachen war es ungewöhnlich, dass junge Paare Nachkommen zeugten, ohne dass die Drachin oder der Drache, der sich einen Partner oder eine Partnerin ausgesucht hatte, den traditionellen Brautkampf geführt hatte. Immerhin ging es beim Brautkampf darum, dass sich nur der stärkste Drache das Recht erarbeitete, die Familie des jeweiligen Drachen zu erweitern. Schon weit bevor der Brautkampf überhaupt vereinbart war, hatten sich seine Schwester und sein hoffentlich baldiger Schwager entschieden, einen kleinen Drachen miteinander haben zu wollen. Sehr zum Missfallen von Taras und Fargas Mutter, die beide aus alten Bergdrachenfamilien stammten, die sehr viel auf die alten Bräuche gaben. Doch nicht nur Tanina hatte sich durchgesetzt, auch Fargas, obwohl seine Mutter selbst Fios Vater an Größe überragte.

„Magst du noch kurz mit reinkommen?“, fragte Canina. „Die Kleinen müssen schlafen. Sie sind schon viel zu lange auf.“

Fio schaute den blauen Morgenhimmel hinauf und runzelte die Stirn.

Canina lächelte und erklärte: „So langsam müssen sie Jäger werden. Seit sie ihre Wolfsprüfung bestanden haben, müssen sie sich daran gewöhnen, dass die Nacht und nicht der Tag uns gehört. Heute treffen sie sich mit Jutz und er will ihnen etwas über die Mäusejagd beibringen.“

Nun war es an Fio zu schmunzeln. Ein Uhu bringt Wölfen die Mäusejagd bei, dachte er. Wer hätte das gedacht? Jutz und die Wölfchen hatten sich nach

seiner letzten Reise befreundet, was, ganz im Gegenteil zu dem, was deren Opa Finris von Uhus hielt, prächtig funktionierte. Zwar verstanden sie einander nicht mehr, seit Fio fort war, doch das hatte sie nicht daran gehindert, dass der geflügelte Nachtjäger den kleinen bepelzten angehenden Nachtjägern wie ein väterlicher Berater zur Seite stand. Er hatte sogar sein Revier zu ihnen verlegt, um bei den beiden Welpen sein zu können. Sie verständigten sich mittlerweile auch ohne ihn recht gut.
„Och, Menno!", sagte Fionn. „Wir wollen noch nicht schlafen. Fio ist doch gerade erst angekommen."
„Ja", ergänzte seine Schwester, „und wir haben so lange nicht mehr miteinander gesprochen. Magst du heute Abend mitkommen. Magst du? Magst du?"
Fionn sprang an Fio hoch. „Au ja! Bitte, bitte! Dann können wir auch mal wieder mit Jutz reden, statt immer nur Zeichensprache zu machen."
Seine Schwester stellte sich kurz auf die Hinterläufe und wackelte mit den Vorderpfoten, während sie dreimal quiekte. „Das heißt auf eulisch: Vorsicht, drei Greifvögel!", sagte sie stolz.
Fio musste lachen. „Wow!", lobte er, und auch Fionn stellte sich nun auf die Hinterläufe. Seine Pfoten hob er nach vorne und rollte die Augen zweimal. „Und das heißt: Da laufen zwei Mäuse!"
Fio applaudierte.
„Weißt du auch, was das heißt?", fragte Fiona und bewegte ihren Kopf mit glucksenden Geräuschen vor und zurück.
„Nein!", sagte Fio und war ganz gespannt.

Fiona begann zu kichern und ihr Bruder rief prustend: „Vorsichtig! Ich spucke dir gleich Taubenfedern vor die Füße!" Die beiden Geschwister krümmten sich vor Lachen auf dem Boden und auch er setzte in das ansteckende Lachen mit ein.
„Jetzt aber ab mit euch in die Höhle!", sagte Canina, und Arcos wuschelte seinen Kindern über die Köpfe. Fiona hatte dessen Fellfarbe und Fionns Fell folgte dem Grau seiner Mutter.
Die beiden rasten voraus und riefen: „Komm! Wir zeigen dir unseren Schlafplatz!"
Auf dem Weg zur Höhle erzählten Arcos und Canina, wie froh sie seien, diese Vertiefung im Felsen gefunden zu haben. Er bot ihnen ausreichend Platz für ihr noch junges Rudel. Vorher habe ein Bär darin gelebt, doch der sei wohl ausgezogen, als mit Tanina und Fargas zwei Drachen unweit über ihm Quartier bezogen hatten.
„Wie geht es meinem Vater?", fragte Canina.
„Oh, sehr gut. Finris hat gemeinsam mit deinem Onkel ein neues Rudel gegründet. Es ist recht groß und ich darf dir mit einem Gruß deines Papas ausrichten, dass du dich bald über Halbschwestern freuen darfst."
Canina lächelte, doch Fio spürte, dass sie ihren Papa vermisste. Er kannte das Gefühl durch seine Reisen nur zu gut, von zu Hause weg und von seiner Familie getrennt zu sein.
„Schau!", sagte Arcos mit einer einladenden Geste und führte Fio durch den schmalen Eingang. Obwohl er viel lieber auf zwei Beinen lief, musste er sich nicht

nur auf alle viere begeben, sondern ganz klein machen und fast schon kriechen, um hineinzukommen. Immer wieder berührte er die Höhlenwände, während er sich durchzwängte, doch nach wenigen Metern vergrößerte sich der Gang und öffnete sich in einen Raum, der wohl Fios Länge zweimal in alle Richtungen maß. Ein wenig Licht fiel hinein und erhellte ihn geradeso, dass er ihn noch wahrnehmen konnte. In der hinteren Ecke des Raumes befand sich eine Mulde im Gestein, die mit Heu ausgekleidet war. Darin hatten sich die beiden Wolfswelpen eingekuschelt und schauten Fio erwartungsvoll an.
„Ich wusste gar nicht, dass Wölfe Nester bauen!“, stellte der junge Drache fest.
Canina lachte. „Na rate mal, wessen Idee sie da gefolgt sind. Mich würde nicht wundern, wenn ihnen eines Tages Flügel gewachsen sind.“
„Jetzt aber rasch schlafen, sonst seid ihr für den Jagdunterricht zu müde!“, sagte ihr Papa.
„Eine Geschichte, eine Geschichte!“, bettelten beide.
„Seid ihr dafür nicht inzwischen zu alt?“
„Bitte!“, bettelten sie und zogen das e unerträglich in die Länge.
„Natürlich gibt es eine!“, sagte Arcos mit sonorer Stimme, und auch Fio und Canina legten sich zu den Wölfchen. Der große weiße Wolf lächelte stolz über sein großes Publikum.
„Nun!“, setzte er an, und die beiden Geschwister kuschelten sich aufgeregt aneinander. „Es war einmal ein junger Wolf. Er hatte seine Jungwolfprüfung noch vor sich, war also noch nie zuvor auch nur eine einzige

Nacht alleine draußen gewesen. Doch es begab sich, dass er sich um seinen kranken Großvater kümmern musste. Er war alleine in der Wolfshöhle zurückgeblieben, als das Rudel zur Jagd ausgezogen war."
„Was hat er denn?", fragte Fiona.
„Bitte?"
„Der Opa von dem kleinen Wolf!"
„Oh!", sagte Arcos und schaute angestrengt an die Höhlendecke. „Schnupfen!", sagte er schließlich. „Er hatte Schnupfen, weil er so oft draußen war und in einem Gebirgssee herumplantschte, ohne seinen Eltern Bescheid zu sagen!"
„Der Opa hatte noch Eltern, denen er Bescheid geben musste?", fragte Fionn, und seine Schwester biss ihm kurz in den Nacken, sodass er verstand. „Oh! Ja! Hihi!", sagte ihr Bruder verlegen. Seine Schwester und er waren gemeint, die immer wieder ausrissen, um das Abenteuer zu suchen. Irgendwie schien die Reise mit Fio ansteckend gewesen zu sein.
„Nun", fuhr Arcos fort, „jedenfalls war der Opa erkältet und konnte nicht mit auf die Jagd. Doch hatte er Hunger und er bat seinen jungen Enkel ein Mäuslein für ihn zu fangen, dass ihn gewiss heilen würde."
Fiona stieß ihren Bruder an und machte Flugbewegungen mit ihren Pfoten.
„Pst!", mahnte sie ihre Mutter zur Stille.
„Also ging der junge Wolf hinaus, um eine Maus zu jagen", fuhr Arcos fort. „Der Opa gab ihm den Rat mit, nirgendwo auf dem Weg stehen zu bleiben und sich immer an den Pfad zu halten, den er ihm beschrieben hatte. Denn am Ziel sollte es die leckersten Mäuse

geben. Der junge Wolf nickte und rasch machte er sich auf, seinem Opa eine dieser köstlichen Mäuse zu fangen. Die Nacht war schon fast vorbei, weshalb der junge Wolf sich auch nicht fürchtete. Außerdem sollte er sich vom Waldweg der Menschen fernhalten und zudem gleich wieder zurück sein!"
„Wie hieß er denn?", fragte Fiona.
„Woher soll ich denn wissen, wie der Waldweg heißt?", stieß ihr Papa irritiert aus.
„Papa!", antwortete die Wolfswelpin langgezogen. „Ich meine doch das Wolfswelpe!"
„Es hieß…", überlegte ihr Wolfspapa nicht minder langgezogen. „Es hieß…" Die beiden Geschwister schauten ihren Papa mit großen Augen an. „Lupi! Ja, Lupi, so hieß er!", sagte Arcos unsicher.
Die Wölfchen schauten skeptisch.
„Lupi ging also in den Wald und geradewegs auf die beschriebene Stelle zu. Als er sie fast erreicht hatte, da traf er einen großen Wolf, den er noch nie gesehen hatte. Hallo, Herr Wolf!, sagte Lupi, und der Wolf grüßte höflich zurück."
„Papa!", sagte Fionn, und Arcos rollte mit den Augen.
„Ja!?", antwortete er entnervt.
„Wie hieß der große Wolf?"
„Er hat sich Lupi nicht vorgestellt."
„Dann war das aber nicht höflich."
Arcos schnaubte und ihre Mutter sagte wieder: „Pst! Sprecht nicht immer dazwischen, wenn Papa erzählt!"
Die Wölfchen nickten.
„Der große Wolf sagte Lupi jedenfalls, er solle sich doch nicht mit den kleinen Mäuschen zufriedengeben.

Er kenne ein riesiges Mauseloch. Er müsse nur wenige Minuten den Waldweg der Menschen entlang gehen und dann käme es schon in Sicht."
„Aber… Hmpf!", machte Fiona. Ihr Bruder hatte ihr rechtzeitig eine Pfote vor das Mäulchen gehalten.
„Ja, richtig! Er durfte nicht den Waldweg gehen, aber Lupi dachte sich, wenn ich dafür eine viel größere Maus nach Hause bringe, wird es wohl in Ordnung sein. Er ging also den Weg entlang und je länger er ging, desto näher kam der Morgen und er begann, sich zu fürchten, denn ohne den Schutz der Dunkelheit würde man ihn meilenweit sehen. Dann erkannte er plötzlich ein riesiges Loch in einer Felswand, die mitten im Wald in den Himmel ragte. Das muss das Mauseloch sein, dachte sich Lupi."
Ein Kratzen drang zu Arcos Ohren.
„Der Wolf näherte sich aufgeregt dem Mauseloch."
Das Kratzen von fünf Krallen auf dem Steinboden wurde lauter.
„Und als er vor dem Loch stand…"
Das Kratzen wurde schneller und schneller.
Arcos atmete tief durch. „Was ist, Fiona?"
Fiona nahm seine Pfote von ihrem Maul und sie plapperte sofort und schnell drauflos. „Er sollte doch nicht auf dem Waldweg gehen. Warum hört er nicht auf seinen Opa? Hat er ihn nicht verstanden, weil er so viel Schnupfen hat? Und außerdem: Hat Lupi noch nie ein Mauseloch gesehen? Mäuse können doch gar keine Löcher in Steine graben. Er geht da doch nicht etwa rein? Hmpf!"

Ihr Bruder hatte ihr wieder seine Pfote vorgehalten. Arcos nickte ihm dankbar zu und Fio hatte das Gefühl die junge Wölfin würde gleich vor unbeantworteten Fragen und Neugierde platzen.
„Lupi ging hinein in die Höhle. Fackeln waren an ihren Wänden. Der Tunnel, durch den er ging, war viele Meter lang und reichte tief in den Felsen hinein. Eine große Kaverne war an dessen Ende. Vorsichtig schlich er weiter, bis er den Wolf, der ihm den Weg gewiesen hatte, darin auf seinen Hinterläufen stehen sah."
Fiona spuckte die Pfote ihres Bruders weg und rief, ganz außer Atem: „Wölfe können nicht so lange auf den Hinterläufen stehen!"
Arcos ignorierte den Einwand. „Lupi ging auf den Wolf zu, hinter ihm waren lauter Käfige. In einigen lagen graue und braune Tiere, die Lupi nicht erkennen konnte, da ihn die Fackeln zu sehr blendeten.
Er schaute den großen Wolf an, dann fragte er: *Warum stehst du auf den Hinterläufen?*
Damit ich weiter sehen kann, antwortete er.
Und warum bewegst du dein Maul nicht, wenn du sprichst?, fragte Lupi.
Damit mir keine Fliegen hineinfliegen, sagte der große Wolf.
Und warum hast du drei Arme?, wollte der junge Wolf wissen.
Das ist kein Arm, sondern ein Gewehr, rief er und warf im selben Moment das Wolfsfell und auch den Wolfskopf von sich, denn beides war nur seine Verkleidung. In Wirklichkeit war er nämlich ein Jäger."

Die Geschwisterwölfe hielten den Atem an.
„Der Jäger legte auf das Wölfchen an und es zitterte wie noch nie in seinem Leben."
Die Wölfchen umklammerten einander und bibberten mit.
„Dann spannte der Jäger sein Gewehr und just in dem Moment, als er abdrücken wollte, sprang der Opa aus dem Dunkel und fraß den Jäger mit einem Happs auf."
Die Wolfskinder atmeten erleichtert aus.
„Es war nämlich so, dass der Opa noch eine Maus gegen seinen Schnupfen dahatte und seinen Enkel zurückholen wollte. Da roch er nicht nur die Spur seines Enkels, sondern auch das Fell eines alten Freundes, den er schon lange vermisst und tot gewusst hatte. Da ahnte der Opa, dass etwas nicht stimmte und eilte sich, seinen Enkel zu retten. Als er das getan hatte, schimpfte er ihn aus. Dann öffneten sie die Käfige und stellten fest, dass fast alle Wölfe des Waldes von dem Jäger gefangen worden waren. Gemeinsam gingen sie zurück in die Wolfshöhle und feierten ein großes Fest…"
Fiona hob eine Pfote, doch ihr Vater fuhr fort.
„… bei dem der Jäger eine große Rolle spielte, denn der Opa hatte ihn natürlich nicht ganz gefressen, sondern als Festmahl aufgespart, damit ihre befreiten Freunde alle etwas von ihm hatten."
Fiona senkte ihre Pfote wieder.
„Und die Moral von der Geschicht'?", setzte Arcos an.
„Einen ganzen Jäger frisst man nicht?", mutmaßte Fionn, und Canina fing an, lautstark zu lachen. Tränen

tränkten das Fell ihrer Wangen. Auch Fio steckte sie mit dem Lachen an, bis sich auch wirklich jeder der fünf vor Lachen krümmte.

Arcos trocknete seine tränennassen Augen mit dem Pfotenrücken. „Nein, das ist nicht die Moral“, sagte er, und ein letztes Zwerchfellbeben durchzog ihn. „Die Moral von der Geschicht‘: Das Hör’n auf Opas ist euch Pflicht!“

„Hm!“, überlegte Fiona. „Aber hätte er auf ihn gehört, wären sie jetzt nur noch zu zweit.“

„Außerdem“, ergänzte ihr Bruder, „hätte der Opa dann nur eine weitere Maus gehabt, von der er bestimmt nicht so satt geworden wäre.“

„Und zudem hätte der Jäger sie bestimmt dann auch irgendwann gefangen“, stellte Fiona fest.

„Obendrein hätte der Opa dann nie erfahren, was aus seinem alten Freund geworden ist“, warf ihr Bruder ein, und sie nickte zustimmend.

Arcos öffnete mehrfach das Maul, um zu einer Erwiderung anzusetzen.

„Papa?“, sagte Fiona.

„Ja?“, antwortete er so tief und langgezogen, dass es Fio fast wie ein Knurren vorkam.

„Wie hieß denn der Freund von dem Opa?“

„Schlaft jetzt!“, sagte er, leckte seinen Kindern kurz über das Fell und verließ die Höhle.

Die beiden Welpen kuschelten sich in ihre heugefüllte Mulde und ihre Mutter und Fio wünschten ihnen einen guten Tag, was man bei Wölfen und auch allen anderen nachtaktiven Tieren sagt, wenn sie zu Bett gehen. Canina verabschiedete sich leise von Fio und legte sich sodann ganz in der Nähe ihrer Kinder hinzu. Der junge Drache ging wieder geduckt und auf allen vieren hinaus aus der Wolfshöhle. Arcos stand vor dem Eingang und blickte in die Ferne. Fio stellte sich neben ihn und der weiße Wolf lächelte ihn an. „Toll, unsere zwei, was? Das Geschichtenerzählen ist zwar mühsam, aber ihnen macht man so leicht nichts vor. Fellkäppchen und der gute Wolf war schon meine Lieblingsgeschichte, als ich noch ein Welpe war, doch auf solche Fragen wäre ich nie gekommen. Man muss viel improvisieren. Nicht mehr lange und sie ziehen aus, um ihre eigenen Familien zu gründen."

Der Drache nickte. Er erinnerte sich gerne an die Geschichten zurück, die sein eigener Vater ihm abends noch immer von Zeit zu Zeit erzählte, obwohl er nun seit seiner bestandenen Drachenprüfung zu seinem siebten Geburtstag nicht mehr ein kleiner Drachling war, wie Opa wohl sagen würde.

„Und nun kannst du bald deinem Neffen Drachengeschichten erzählen."

„Ja, ich freue mich darauf. Es ist bestimmt, wie ein großer Bruder zu sein."

„Nun ists auch Zeit für mich!", sagte Arcos und wandte sich dem Höhleneingang zu. „Grüß deine Schwester von mir und bis bald!"

„Ich richte den beiden gerne deinen Gruß aus", antwortete Fio.

„Beiden? Nein, Fargas ist schon vor drei Tagen nach Osten aufgebrochen. Ich schätze, er wird mit seiner

Bergdrachenfamilie vereint zum Brautkampf kommen." Damit verschwand er in der Höhle.
Wer passt dann auf das Drachenei auf, wenn Tanina zum Brautkampf fliegt?, wunderte sich Fio und machte sich zum unweit gelegenen Hort seiner Schwester auf. Als er abhob, hörte er leise aus der Wolfshöhle die Stimme Fionas: „Papa, wo hat der Opa die Maus eigentlich gefunden?"
„Pst!", hörte er zwei erwachsene Wölfe zischen, dann war er außer Hörweite.

Viertes Kapitel

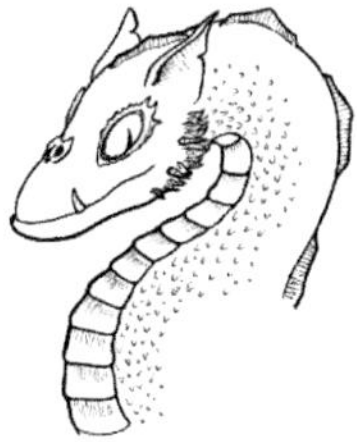

Bucht der Wasserdrachen, über und im Meer

Mit energischen Flügelschlägen steuerte Ceti auf eine Wolkendecke zu. Der junge Drache, dessen Mutter eine Flugdrachin und dessen Vater ein Wasserdrache war, drehte seinen Körper mit jedem Flügelschlag um seine eigene Längsachse. Es war eine Flugtechnik, die er selbst entwickelt hatte, um schneller an Höhe zu gewinnen und höher fliegen zu können als jeder andere Drache, den er kannte. Ceti tauchte durch eine weitere Wolkendecke und ihn durchzog ein leichtes Zittern. Die Feuchte und Kühle, die so hoch am Himmel herrschte, verwunderte ihn stets aufs Neue. An der Küste und noch mehr im Tal der Drachen, an dessen Grenze zur Wüste sein Opa Sirrusch lebte, war es bereits so früh am Morgen angenehm warm. Der junge Drache schraubte sich weiter nach oben. Der Mond war noch immer blass am schon blauen Himmel zu erkennen, während die Sonne ihre Strahlen aussandte, um die Wüstenei des Tals langsam an ihre gewohnte Hitze heranzuführen. Ceti liebte diese morgendliche Abkühlung und vor allem freute er sich auf die Aussicht, die er in wenigen Minuten haben würde. Gleich, dachte der junge Drache und machte sich bereit für eine schier unfassbare Kraftanstrengung. Nach einigen hundert Drachenlang riss ein Wind an ihm, der vermutlich in der Lage gewesen wäre, ein ganzes Haus wegzupusten. Die Luftmassen stießen ihn mit einem harten Ruck aus seiner Flugbahn, doch Ceti war vorbereitet. Er legte sich schräg und schraubte sich mit eng anliegenden Flügeln weiter hinauf. Dabei nutzte er den enormen Luftstrom als Antrieb.

Er schmunzelte, als er sich an die erste Begegnung mit ihm erinnerte. Er wollte wissen, wie hoch ein Drache wohl fliegen konnte. Mit der üblichen Flugtechnik kam er schon sehr hoch hinaus. Doch erst als er die neue Art des Höhenflugs ersonnen hatte, erreichte er die Sphären, die er sich vorgestellt hatte. Eines Tages, an der einen Stelle, die er nun stets nutzte, um den Strom zu reiten, traf ihn unerwartet dieser Stoß, der ihn damals aus der Bahn geworfen und fast zum Absturz gebracht hatte. Zahlreiche Drachenlang brauchte es im freien Fall, bis er sich wieder gefangen hatte. Doch Ceti gab nicht auf. Er wollte das Geheimnis des Luftstroms ergründen. Er taufte ihn Himmelsschlange, denn er bewegte sich offenbar einer Seeschlange gleich am hohen Firmament. Immer wieder versuchte er, in ihn einzutauchen. Noch am selben Tag hatte er es auch das erste Mal geschafft. Nach mühsamen Minuten hatte er es erschöpft wieder aus dem Strom herausgeschafft und sich überrascht einen ganzen Tagesflug entfernt im Westen befunden. Erst am späten Abend war er völlig übermüdet wieder zu Hause angekommen. Und das verdankte er nur seiner Gabe, den Ort seiner Geburt zu spüren, ganz gleich, wo er sich befand. Ein Mensch hätte vermutlich

Landkarte, Sextant und Kompass benötigt, um sich zurechtzufinden.
Nach einigen Wochen der Übung hatte er es geschafft, sich viele Drachenlang in der Himmelsschlange nach oben zu schrauben. Dann war er unerwartet herauskatapultiert worden und durfte überrascht feststellen, dass der Strom ihn trug, wenn er seine Vorderläufe nur in den richtigen Winkel stellte. Im Laufe der Reisen mit seiner Himmelsschlange lernte er die sehr große Schlangenlinienrunde kennen, die sie ununterbrochen drehte: Von der Bucht der Wasserdrachen, über eine große Insel im Westen hinweg, im weiten Bogen um das Himmelskammgebirge herum, an der Heimat der Bergdrachen vorbei, durch die Wüste seines Opas und wieder zurück nach Hause. Ceti könnte in Minuten mehrere Tagesreisen als Flugdrache bewältigen. Doch stellte er seine Füße diagonal zur Himmelsschlange und seine Flügel quer, konnte er ohne viel Kraft aufwenden zu müssen, beinahe ewig an derselben Stelle in der Luft bleiben. Schoben sich dann die Wolken zur Seite, wie sie es gerade taten, konnte er die wundervolle Landschaft seiner Heimat stundenlang betrachten.
Ceti genoss die Aussicht. Es schien ihm fast, als sei alles unter ihm eine riesige Spielzeuglandschaft. Ein großer Schwarm Gänse flog unter ihm hinweg. Sie bildeten ein großes V. Der junge Drache beobachtete sie lange. Immer wenn sie ein paar hundert Drachenlang geflogen waren, tauchte er einen seiner Füße leicht in den Strom der Himmelsschlange und war augenblicklich wieder über ihnen, um seine Beobacht-

ungen fortzusetzen. In unregelmäßigen Abständen gab die Gans, die die Führung übernommen hatte, ihre Position auf und rückte ans Ende einer der Arme des Vs, sodass eine andere die Führung übernahm. Das steht so ganz im Gegensatz zur Welt der Drachen, dachte Ceti. Bei uns wäre immer der stärkste Drache vorne. Selbst wenn er noch so erschöpft wäre, würde er nicht nach hinten rücken. Er bewunderte die Gänse dafür.

Wir Drachen glauben, wir sind die Herrscher der Welt und ein paar Vögel machen uns vor, wie viel besser man als Gemeinschaft vorankommt, sinnierte er weiter. Selbst die Menschen mit ihren Königinnen und Königen und ihrem Adel, die über alles bestimmen wollen, sind nicht halb so gut wie ein Zug Gänse.

Ceti blickte durch das V hindurch und sein Blick traf Marheim, die Residenzstadt des Fischerkönigs. Dort lebte Simioni, sein Freund, mit dem er durch den alten Pakt zwischen Drachen und Menschen verbunden war. Sie waren sich so ähnlich, dass es ihm manchmal vorkam, als hätten sie eine gemeinsame Seele, verteilt auf einen Drachen- und einen Menschenkörper. Der Tradition folgend war Simioni ihm als Junge vermeintlich zum Fressen geschenkt worden. Simioni war damals zwölf Jahre alt gewesen und als Cetis Geschenk an dessen siebten Drachengeburtstag enthüllt wurde, war es, als schauten sie sich in die eigenen Augen. Simioni war Kronprinz und Ceti ein Sohn des Oberhaupts der Wasserdrachen. Als sein Vater sagte, er solle Simioni fressen, lachte er nur und auch der Prinz war frei von Angst und lachte, bis sich beide krümmten. Das war natürlich nur ein Test, doch das wussten weder Ceti noch Simioni. Wie hätten sie einander nicht mögen können. Sie waren eins. Trotz ihrer unterschiedlichen Gestalt.

Vor wenigen Wochen war der alte Fischerkönig, Simionis Vater, überraschend gestorben und er ihm sehr viel früher, als er es sich gewünscht hätte, auf den Thron gefolgt. Ceti war oft bei ihm, um seinem Freund Trost zu spenden. Stets hießen ihn die Bewohner willkommen und beide ernteten frohe Blicke, wenn sie die Straßen der Residenzstadt gemeinsam entlangspazierten und sich austauschten. Bestimmt sitzt du schon im Thronsaal und empfängst die ersten bekümmerten Bürger, dachte Ceti und lächelte. Dann tauchte er wieder in den Strom ein, schraubte seinen Körper durch die reißenden Winde, bis er, Purzelbäume in der Luft schlagend, wieder unter ihm hinauskatapultiert wurde. Ein riesiger Vogelschwarm flog unter ihm, just als er aus dem Strom herausschleuderte. Ceti tauchte in ihn ein und war im selben Moment nicht mehr zu sehen. Er breitete seine Schwingen aus und hatte sich rasch wieder unter Kontrolle. Auch die hunderte von Vögeln um ihn herum flogen unbeeindruckt weiter. Wasserdrachen waren keine Fressfeinde und hier keine Seltenheit. Der Drache versuchte ihre Geschwindigkeit zu halten, was bedeutete, etwas langsamer zu fliegen, als er es gewohnt war. Er fühlte sich eins mit dem Schwarm. Als dieser plötzlich seine Richtung änderte, verwunderte es ihn, dass auch er automatisch die

Richtung wechselte. Lächelnd blickte er sich um, doch die Vögel hatten kein Auge für ihn und flogen stur geradeaus. Ceti blickte sich um. Zwischen ihnen erkannte er nur wenig von den Wolken über ihnen und der Welt darunter. Die Vögel wussten dennoch, wo es hinging und vertrauten dem jeweiligen Vogel, der sie anführte. Noch einige Minuten genoss der junge Drache, Teil des Schwarms zu sein, bis er sich langsam absinken ließ, um seinen Weg alleine fortzusetzen. Keiner der kleinen Vögel beschwerte sich. Sie machten Platz, als sei es das Normalste der Welt, dass ein Drache ihren Schwarm durchflog.

Unter sich sah Ceti das nahe Gebirge der Feuerdrachen, aus dem sein Opa Sirrusch stammte und in dem er gelebt hatte, bis er sich in einem weiten Gebiet zwischen der Wüste und der Bucht der Wasserdrachen niederließ, um seinen zahlreichen Enkeln, die er in allen umliegenden Drachenreichen hatte, gleichermaßen nahe zu sein. Ceti steuerte direkt auf einen Felsvorsprung zu, den er immer wieder besuchte. Ein Steinadlerpaar hatte dort einen Horst gebaut. Ceti hatte miterlebt, wie das Adlerweibchen ihre Eier gelegt, wie sie gebrütet hatte und vor kurzem, wie die Küken geschlüpft waren. Er ließ sich in sicherem Abstand vom Felsvorsprung nieder und beobachtete, wie die Jungen gefüttert wurden. Der Drache lächelte, als er sah, wie das Weibchen einen Hasen, den ihr Gatte geschlagen hatte, mit ihnen teilte. Ihm selbst waren Fische zwar lieber, er konnte sich aber gut vorstellen, wie sehr sich die drei Kleinen auf ihr Mahl freuten. Er fühlte sich an seine eigene Zeit als

Drachenjunges erinnert, als seine Eltern ihm frischen Fisch brachten, kaum dass er geschlüpft war. Noch einige Zeit beobachtete er die liebevolle Mutter und ihre Kinder, bis die Erinnerung an den Fisch seiner Kindheit ihn Appetit bekommen ließ. Der Drache hob ab und die vier Adler schauten neugierig hinter ihm her, bis er von der Himmelsschlange weggerissen wurde. Nach zwei Augenblicken ließ er sich wieder hinaus schleudern und schoss unmittelbar dem Meer entgegen. Wie ein Komet stürzte er zur Wasseroberfläche, die an diesem Vormittag still lag. Man hätte vermuten können, die Wasser der Bucht erwarteten den jungen Flugdrachen, auf dass er die zur Hälfte von seinem Wasserdrachenvater geerbten Gene endlich nutzte. In letzter Sekunde legte er die Flügel so eng an seinen Körper und streckte seinen Kopf, sodass er wie ein riesiger Pfeil erschien. Das Wasser wich gehorsam zur Seite, als er mit einem lauten Zischen eintauchte und vom Meer verschluckt wurde. Über ihm schloss sich das Wasser und lag wieder still.

Ceti entfaltete seine Flügel wieder, die ihm auch im Meer ermöglichten, sich nahezu wie in der Luft fortzubewegen. Immer tiefer tauchte er, bis er den Meeresboden erreicht hatte. Hier war alles anders. Das Seegras wogte mit den Bewegungen des Wassers, die er schwimmend ausgelöst hatte. Es schien ihm fast, als seien sie in einem gemeinsamen verträumten Tanz. Alles schien hier unten langsamer abzulaufen, nicht so geschwind wie in der Luft.

Ceti vernahm ein helles Geräusch, einen Ruf. Als er sich umdrehte, war eine Walschule über ihm. Mehrere große Tiere, die selbst Riesendrachen winzig wirken ließen, schwammen wenige Drachenlang von ihm entfernt vorbei. In ihrer Mitte ahmten junge Wale jede Bewegung ihrer Eltern nach. Hier in der Drachenbucht hatten sie kaum Fressfeinde zu fürchten. Trotzdem kümmerten sie sich und schützten ihre Junge wie im offenen Meer. Nur selten verirrte sich ein Hai in die Bucht und auch die großen Seeschlangen fanden sich fast nie ein. Wasserdrachen fingen zwar auch Fisch, doch so große Meeressäuger standen nicht auf ihrem Speiseplan.
Bewundernd blickte er ihnen hinterher, als sie an ihm vorüberzogen. Wahrscheinlich könnte man ein ganzes Fischerdorf aus Simionis Reich auf einem ihrer Rücken unterbringen, dachte der junge Drache. Dann hätte man eine lebende Insel. Zumindest so lange, bis der Wal zu tauchen begänne. Ceti schüttelte lächelnd den Kopf. Mit ausladenden Schwimmbewegungen gewann er schnell an Abstand zu den Tieren. Er wollte sie nicht beunruhigen. Mit großen, kraftvollen Bewegungen wurde er immer schneller. Ein großer Fischschwarm tauchte vor ihm auf. Einige Delphine stießen immer wieder in ihn hinein. Sie waren auf Fischfang. Ceti tat es ihnen gleich, allerdings ohne Fisch fangen zu wollen. Vielmehr wollte er seine Geschwindigkeit nicht vermindern. Er war auf neuer Rekordjagd. Siebenundzwanzig, achtundzwanzig, neunundzwanzig, zählte er im Kopf. Ein großer Felsen markierte das Ende der Drachenbucht. Im Anschluss begann das

offene Meer. Vierunddreißig!, triumphierte er in Gedanken und ließ seine gewonnene Geschwindigkeit auslaufen. Das wäre es fast gewesen, dachte er. Genau mein alter Rekordwert. Wäre der Schwarm der Fische nicht gewesen, hätte ich es geschafft.

Ceti zuckte mit den Schultern und tauchte in eine Grotte, die sich nahe dem Felsen öffnete. Dort lebten Tiere, die nie die Oberfläche und wahrscheinlich noch nicht einmal das offene Meer sahen. Sie waren fast durchsichtig. Manche von ihnen leuchteten oder schienen Lampen über ihrem Kopf zu tragen, die ihren Weg erhellten. Er empfand das Meer immer schon interessanter als die Luft, auch wenn er hier nicht ganz so schnell vorankam, wie er sich das wünschte.

Als er wieder aus der Grotte emporkam, nahm er eine Wasserbewegung unter sich wahr, die ihn aufschrecken ließ. Ein Hai tauchte unter ihm mit weit geöffnetem Rachen auf ihn zu. In letzter Sekunde konnte der junge Drache seine Richtung wechseln, sodass er den scharfen Zähnen entkam, die unmittelbar neben ihm aufeinanderschlugen. Sofort drehte der Hai wieder und kam erneut auf ihn zugeschossen. Ceti war mit dem Rücken zur Felswand der Grotte gepresst. Ein Entkommen war nicht mehr möglich. Panisch blickte er sich um. Ich habe nur eine Chance, dachte er. Daraufhin presste er die Luft zusammen, die in einem Luftsack zwischen seiner Lunge und einem ganz speziellen Organ gespeichert war, das nur Nachfahren von Feuerdrachen in sich trugen. Sekunden später trat weißes Drachenfeuer aus seinem Rachen. Das kühle Meerwasser um ihn herum wurde augenblicklich zu Wasserdampf. Der Hai wurde regelrecht von ihm weggeschleudert und auch Ceti machte, dass er rasch in die entgegengesetzte Richtung davonschwamm. Es reizte ihn zwar festzustellen, wer schneller war, doch der Preis, in diesem Fall zweiter Sieger zu sein, war ihm dann doch zu hoch. Auch wenn Wasserdrachen gute Meeresjäger waren, Haie waren ihnen ein paar Millionen Entwicklungsjahre voraus.

Schnell erreichte er den rettenden Strand. Erst jetzt spürte er, dass er sich leicht verbrüht haben musste. Seine Gesichtshaut fühlte sich ganz heiß an. Das Feuerspeien war kein Problem, dazu war der Drachenrachen schließlich geschaffen, aber im Gegensatz zu seinem Opa, der ein reiner Feuerdrache war, fehlte ihm die feuerfeste Schuppenhaut. Seine erinnerte eher an die eines Wals und auch wenn sie kaum durchdringlich war, hitzestabil war sie nicht. Er musste an die Walfänger denken, die ihren Fang am Strand zerlegten und brieten. Darüber würde er eines Tages mit Simioni verhandeln müssen. Fische zu essen, war für Ceti in Ordnung, doch so große Meeressäuger zu erlegen, das war für ihn eine Schande.

Am Rand des Strandes entdeckte der junge Drache Kokospalmen. Er schritt auf eine reich mit Nüssen behangene zu und pflückte sich eine besonders große. Mit seinen Zähnen knackte er sie und trank das aromatische Kokoswasser darin, um den Salzgeschmack in seinem Maul zu vertreiben. Dann nahm er eine der Schalen und blies heißen Drachenatem hinein, sodass sich das Öl vom Fruchtfleisch trennte. Vorsichtig verrieb er das Gemisch aus Öl und Fruchtfleisch auf den verbrühten Stellen seiner Haut. Augenblicklich setzte ein kühlender Effekt ein, der ihn seufzen ließ.

„Schau an! Bereitet sich da jemand auf den Winter vor?“, hörte er eine alte, krächzende Stimme.

„Ja, so scheint es!“, fügte eine andere hinzu. „Will sich tünchen, um sich im Schnee verstecken zu können.“

Ceti drehte sich um und suchte nach der Quelle des sich entwickelnden Gesprächs.

„Sollte ich ihm sagen, dass es noch Sommer ist?“

„Oder dass es hier gewiss nie schneit?“

„Als weißer Kokosdrache will er vielleicht seinen Haifreund zurückgewinnen.“

In einem nahen Tümpel entdeckte er zwei alte Drachenköpfe, die aus dem Wasser ragten. Blasen und Dampf stiegen aus ihm empor.

Langsam schlenderte er auf die beiden zu. „Hallo, wer seid ihr? Ich bin Ceti!“

„Ihr? Hältst mich wohl für einen König!“, kam aus dem Maul des einen, dessen Kopf auf einem rotbraunen faltigen Hals saß und länglich war. Zwei spitze große Ohren gingen von ihm ab. Eines hing geknickt herunter.

„Nun, sei gegrüßt, Ceti Haisprudler!“, sagte der andere, der dessen Zwillingsbruders sein musste. Abgesehen vom nicht geknickten Ohr und einer Narbe an der linken Wange sahen sich beide zum Verwechseln ähnlich.

„Haisprudler?“, fragte der junge Drache amüsiert.

„Nun“, erläuterte der andere mit krächzender Altersstimme. „Du warst es doch, der den Hai auf dampfendem Wasser nach oben geschickt hat, oder?“
Wenn ich Haisprudler bin, dann seid ihr aber Knickohr und Narbenwange, dachte Ceti und musste lachen.
„Ja, ein Haisprudler ist er, weil er Feuerspucker ist, der junge Ceti!“, stellte Narbenwange fest und zwirbelte an einem Ende seines Bartes, der ebenso wie der des anderen links und rechts in einer Strähne vom Maul herunterhing. „Und obendrein ein Schwimmer!“
„Und ein Flieger!“, ergänzte Knickohr mit einem anerkennenden Schnalzen seiner gespaltenen roten Zunge.
„Können wohl von Glück reden, dass er nicht auch Wurmdrachen in seiner Familie hat. Grübe uns sonst noch das Wasser ab“, schob Narbenwange hinterher und seufzte, als eine Serie Wasserblasen aus dem Tümpel emporstieg.
„Was macht ihr hier? Ich habe euch nie zuvor in der Bucht gesehen!“, fragte Ceti neugierig.
Für gewöhnlich verirrten sich keine anderen Drachen an die Küste. Benachbart waren nur die Wurmdrachen, doch die interessierten sich nicht für das Wasser. Die meiste Zeit schienen sie damit zu verbringen, ihre unterirdischen Wurmdrachenhöhlen mit immer raffinierteren Drainagesystemen zu verbinden, die eindringendes Regenwasser ableiteten.
Wen wundert da, dass es sie nicht zum Wasser zieht, dachte der junge Drache.

„Hihi!“, lachte Knickohr verschmitzt und hielt sich eine Klaue vor das Maul, als wolle er das Lachen verbergen. „Wir wollen antworten!“, sagte er, um einen ernsten und fast schon aristokratischen Ton bemüht.

Narbenwange und Knickohr zwinkerten einander zu und fuhren in erhabenem Ton abwechselnd fort: “Wir haben die Reise von unserem fernen Königreich auf uns genommen…“

„… und unsere Untertanen sich selbst überlassen, …“

„… um dem wohl unglaublichsten Brautkampfe beizuwohnen, …“

„… seit Taras den großen Sirrusch bezwang.“

Ceti verwirrte die Art, wie die beiden sprachen. „Oh, ja!“, stammelte er irritiert. „Der wird bestimmt gewaltig. Tanina ist meine Tante, wisst ihr!“

„Ein Enkel des großen Sirrusch vor uns?“, sagte Knickohr anerkennend. „Daher das weiße Drachenfeuer.“

„Sogar unter Wasser!“, fuhr Narbenwange fort und pfiff durch die Zähne.

„Wir kennen den guten Sirrusch bestens!“, sagte Knickohr.

Und der andere ergänzte: „Haben die Feuerberge mit ihm unsicher gemacht.“

„Und manchmal auch sicherer!“, fiel ihm Knickohr ins Wort, fasste an die vernarbte Wange des anderen und beide lachten meckernd.

„Da waren wir noch jung und hüpften noch nicht von heißer Quelle zu heißer Quelle, um dem Rückenschmerz zu trotzen.“

„Und um die Gelenke wieder beweglich zu machen."
„Daher sind wir auch schon früher angereist. Zwei Tage, um die alterswunden Knochen nach der Reise zu pflegen..."
„... und einer um die Schau zu genießen!"
Der junge Drache nickte. Das kannte er von seinem Opa auch. Er war der älteste Drache, den er kannte. Er strahlte noch viel von seiner legendären Kraft aus und sein Drachenfeuer war noch immer weiß. Ceti wusste jedoch, dass auch er mit dem Älterwerden kämpfte. Ohne seinen Neffen Davud, der ein fliegender Riesendrache war, machte er keine weiten Reisen mehr. *Wenn ich Heimweh habe, gibt es Davud, der mich zurückfliegt!*, sagte sein Opa immer.
„Wie heißt ihr? Ich berichte Opa, dass ihr ihn besuchen kommt. Er freut sich bestimmt, euch zu sehen!"
„Oh, das ist lieb. Nun, dann sag ihm, dass... Silar...", setzte Narbenwange an und Knickohr fuhr fort: „... Pardusch ihn besuchen wird."
Mit diesen Worten tauchten beide Drachenköpfe unter Wasser. Die Oberfläche schlug Wellen und Ceti war sich sicher, sie lachten darunter.
Er wartete noch einige Sekunden, dann zuckte er mit den Schultern. „Na, dann bis zum Brautkampf, Silar und Pardusch!" Noch immer tat sich nichts. Komische Kauze, dachte der junge Drache und hob in Richtung der Residenzstadt des Fischerkönigs ab.

Fünftes Kapitel

Königreich Lindheim, Ostgrenze, Taninas Höhle

„Ich soll was?", rief Fio aufgebracht und starrte seine Schwester entsetzt an.

Tanina saß auf einem großen Sitzfelsen in ihrer Höhle und sprach zu ihm mit ruhiger Stimme: „Es ist doch nur bis zum Brautkampf. Ich kann ihn doch unmöglich bei mir haben, wenn ich im heißen Sand trainiere."

„Tanni! Das kannst du mir doch nicht antun. Ich fliege doch mit Quirina zu Opa. Wie soll ich das machen?"

„Schau mal!", sagte seine Schwester und hielt einen ledernen Sack vor sich, an den zwei große Riemen mit Schnalle und Dorn angenäht waren.

„Das trage ich gewiss nicht!", stieß er entsetzt aus.

„Es ist nur für zwei Tage, Brüderchen! Stell dich doch nicht so an. Du bist schon sieben. Es wird Zeit, Verantwortung für die Drachengemeinschaft zu übernehmen."

Dachte ich mir doch, dass das mit der Aufnahme in die Erwachsenenwelt einen Haken hat, sagte sich Fio. Und offenbar ist das mit der zweiten Drachengabe auch unnütz. Da sieht man alles Mögliche voraus, aber solche Sachen nicht.

„Ach, Fio!", sagte Tanina fast schon bettelnd. „Du bist der Beste, den ich mir vorstellen kann."

„Warum nicht Derko? Er ist viel stärker!“
„Unser Bruder trifft Vorbereitungen für den Brautkampf und außerdem holt er Mirka noch ab.“
„Was ist mit Mama?“
„Fliegt mit Wilko auf dem Rücken!“
„Dann könnte Papa doch?“
„Fio, bitte! Die drei reisen erst heute Abend und ich will mein Kleines so früh wie möglich in meiner Nähe haben. Komm schon! So schlimm ist es doch nicht und er behindert dich in keiner Weise!“ Sie hielt den Ledersack empor. „Und weißt du, was das Schönste ist?“, fragte sie und beugte sich verschwörerisch vor.
„Na, was?“, fragte er entnervt.
„Er gibt keine Widerworte!“, flüsterte sie.
„Ha, ha!“
Damit legte sie das Drachenei, aus dem bald sein Neffe schlüpfen würde, vor seine Füße. „Spiel doch mit ihm!“
Gelangweilt kullerte er das Drachenei mit einer seiner Klauen im Kreis.
„Na, siehst du?“, sagte seine Schwester und klatschte in ihre Pranken. „Ihr versteht euch doch prima.“
„Also gut!“, willigte er ein, und Tanina fiel ihm erleichtert um den Hals. Als sie ihn küssen wollte, wiegelte ihr Bruder lachend ab. „Schon gut, schon gut!“
Tanina lächelte glücklich. Dann küsste sie das Drachenei und hielt es einige Sekunden zärtlich im Arm, bevor sie es im Ledersack fest verschnürte und ihn ihrem kleinen Bruder umschnallte. „Schick siehst du aus!“, stellte sie fest und musterte ihn. Auf dem Rücken trug er seinen großen Rucksack, der so gefärbt

war, dass er dort kaum auffiel, und diagonal den Lederriemen, der das Ei an seiner Seite hielt, ohne dass es sich bewegen konnte. Dann küsste sie Fio doch auf die Stirn, bevor er sich wehren konnte, und verließ rasch die Höhle. „Wir sehen uns beim Brautkampf“, hörte er sie aus dem Tunnel, der ins Freie führte, bevor der Schlag ihrer Flügel zu vernehmen war und rasch leiser wurde. Sie war den Tränen nahe gewesen und vom Abschied so rasch geflohen, wie sie konnte. Der junge Drache ahnte, wie schwer es ihr fiel, sich von ihrem ersten Drachenei zu trennen. Fio stand still und schaute sich in der Haupthöhle seiner Schwester und seines baldigen Schwagers um. Dann lächelte er und sagte zu sich selbst: „Etwas Widerstand gehört zur Rolle eines kleinen Bruders!“
Fionrir verließ die Höhle und flog mit großen Flügelschlägen Quirinas Zuhause entgegen. In wenigen Stunden beginnt sie, dachte er, meine dritte Reise und das nächste Abenteuer.

Königsstadt Lindheim, Stadtgefängnis

„Wartet! Noch einen Moment!“, sagte der Gefängniswärter leise und blickte sich nervös um. Als der Schweinehirte mit seinen zwei Sauen, der beinahe bezeugt hätte, wie Aigolf aus der Hintertür gelassen wurde, um die Ecke gegangen war, stand die Gasse hinter dem Stadtgefängnis leer.
„Jetzt!“, hauchte er, und der Wanderkrämer trat aus der mit Eisenbeschlägen gesicherten Tür hinaus ins

Freie. Er atmete tief durch und schloss die Augen. Die Mittagssonne schien ihm warm entgegen.
„Und ich habe euer Wort?“, fragte der Wärter und betastete vorsichtig die Warzen auf seiner Nase.
„Wir Entstellten müssen zusammenhalten. Wer, wenn nicht wir?“, sagte Aigolf und umarmte ihn gespielt herzlich. „Bis heute Abend bin ich mit der Kiste wieder hier. Ich klopfe zweimal kurz und einmal lang, dann weißt du, dass ich es bin. Noch bevor die Wachablösung da ist, bin ich wieder zurück und sitze in meiner Zelle. Bald wirst du warzenfrei sein wie ich.“
Der Gefängniswärter nickte mit einem hoffnungsvollen Lächeln, das aber nicht ganz frei von Zweifeln zu sein schien.
Aigolf blickte sich rasch um und verschwand hinter der nächsten Ecke. Hinter ihm schloss sich kaum hörbar der Zugang zum Stadtgefängnis, in dem der gewiefte Betrüger kaum drei Monate gefangen gehalten werden konnte.
„Dieser leichtgläubige, einfältige Trottel!“, flüsterte er sich selbst zu. Nicht nur die Kleidung, die er bei seiner Festnahme getragen hatte, hatte er ihm überlassen, sondern obendrein noch seinen falschen Bart. Und das, obwohl er vermeintlich nur einen kurzen Weg zum Versteck seiner letzten Kiste und zurück zum Gefängnis zu bewältigen hatte. Aigolf nutzte einen dunklen Hauseingang und den Glaseinsatz der Tür, um ihn anzulegen und zu richten. Nun würde ihn niemand mehr erkennen. Selbst wer die alten Fahndungsplakate kannte, würde ohne Beachtung an ihm vorübergehen. Auch das wichtigste Erkennungsmerk-

mal, die fehlende rechte Hand, führte nicht mehr zu seiner Wiedererkennung. Welch gutherzige Weichlinge!, dachte er und erinnerte sich zurück, während er sich, beide Hände offen zeigend, auf den Weg zum Hafen begab. Wer Straftaten gegen die Königsfamilie beging, kam ins königliche Verlies. Aigolf hatte die Prinzessin als Geisel genommen, also war auch er dort gelandet.
Dieser blöde Drache!, dachte er verärgert, während ihm die Situation so intensiv wieder in Erinnerung kam, als sei sie gerade erst geschehen. Ich wäre entkommen, wenn er mich nicht überrumpelt hätte. Fast die ganzen Kisten mit meinem Elixier habe ich durch dich verloren, Fionrir vom Himmelskamm. Das wirst du büßen!, schwor er sich.
Bereits nach einer Woche hatte er täglich nach den Wärtern gerufen und geklagt, sein Armstumpf bereite ihm im Verlies Schmerzen. Tagelang hatte er auf Schlaf verzichtet, um des Nachts Klagelaute durch das Verlies und den angrenzenden Raum der Wachmannschaft zu schicken. Nur einmal waren Gefangene aus dem Verlies entkommen, und das nur, weil der leichtgläubige Sohn des Schatzmeisters es ermöglicht hatte. Aigolf war zwar ein Meister darin, andere tun zu lassen, was er wollte, und glauben zu lassen, dass das, was zu seinem eigenen Vorteil führte, ihr eigener Wunsch war. Ein zweites Mal würde es jedoch selbst ihm nicht gelingen, aus dem Schlossverlies zu entkommen. Er musste in das Stadtgefängnis verlegt werden und daran hatte er erfolgreich gearbeitet. Nach einiger Zeit hatte er nicht einmal mehr jam-

mernd nach Hilfe rufen müssen, vielmehr ließen die Wachen selbst den Gefängnisarzt kommen und nach ihm und seinem Armstumpf schauen. Es sei viel zu feucht im tiefen Verlies, hatte er Aigolf diagnostiziert, der bei jeder Berührung seines Armstumpfes überzeugend gezuckt hatte. Bereits eine Woche später, in der er seinen gespielten Schmerz täglich um eine Nuance gesteigert hatte, war auch der Gefängnisarzt für ihn vereinnahmt. Er ließ ihm nicht nur eine hölzerne Prothese fertigen, die aus der Ferne kaum von einer echten Hand zu unterscheiden war und sogar bewegliche Gelenke hatte, er setzte sich auch für Aigolfs Verlegung in das ebenerdige und deshalb trockene Stadtgefängnis ein. Die Wachbesatzung war regelrecht in Feierstimmung, als der König der beharrlichen Forderung seines Leibarztes letztlich zugestimmt hatte. Natürlich ließ er die Wachmannschaft im Stadtgefängnis verdoppeln, doch Aigolf benahm sich so liebenswert, dass er nach einem knappen Monat wie jeder andere Gefangene im Stadtgefängnis behandelt wurde. Den hässlichen Wärter zu seinem Freund zu machen, war ein Einfaches gewesen. Niemand war freundlich zu ihm. Alle hatten Angst, sich an den Warzen anzustecken. Aigolf hatte seine Chance gesehen und zu Nutzen gewusst.
Der Wanderkrämer blickte ein letztes Mal in sein Spiegelbild. Der Gefängnisaufenthalt hatte seinem Teint nicht gutgetan. Ich sehe aus wie ein Gespenst, dachte er. Als er die Pfauenfeder auf seinem Hut sah, atmete er tief durch. Er liebte sie. Sie war sein Markenzeichen. Leider bedeutete das: Auch sie war auf dem

alten Steckbrief an seinen Hut gezeichnet. Schweren Herzens zog er sie aus dem Hutband heraus und legte sie auf den Fenstersims des Hauses. Eigentlich gönnte er anderen nichts. Ihm selbst hatte ja auch nie jemand etwas Gutes getan. Seine Pfauenfeder sollte jedoch jemand finden, der sie zu würdigen wusste. Das war er ihr schuldig.

„So!", sagte er zu sich selbst. „Nun bin ich nicht mehr Aigolf der Wanderkrämer!" Er streifte seine Kleidung glatt und trat auf die Straße. Offen ging er in Richtung des Hafens und grüßte dabei höflich jeden, der ihm entgegenkam, kaum dass er die Seitengassen verlassen hatte. Niemand erkannte ihn.

Königreich Lindheim, Luftweg zur Königsstadt

Fio glitt mit sanften Flügelschlägen auf einer Windböe. Seine Augen hielt er zusammengekniffen, denn die Sonne hatte inzwischen ihren höchsten Stand erreicht. Unter ihm flogen zahlreiche Vögel und je weiter er kam, desto mehr Möwen mischten sich hinzu. Er näherte sich dem Lindsee, dem großen Gewässer, das die Stadt Lindheim mit dem Schloss von Quirinas Vater umgab. Unzählige Flüsse mündeten in ihm. Manche kamen aus dem Lindgebirge und nicht wenige stürzten sich in großen Wasserfällen in ihn hinein – auch die Höhle seines Bruders verbarg sich hinter einem solchen nassen Vorhang. Andere führten nach Süden oder Westen hinaus aus dem

Lindsee in das offene Meer. Einem von ihnen würde er der Sonne entgegen folgen, sobald er Quirina abgeholt hatte, und dann gemeinsam mit ihr bis zur Küste der Drachenbucht fliegen. Fio war sehr aufgeregt, denn eine so weite Strecke hatte er bisher noch nie zurückgelegt. Zwischen dem Himmelskammtal und Lindheim war er schon ebenso oft gependelt wie zwischen dem Drachenhort seiner Eltern und der Höhle Taninas. Zur Drachenbucht flog er nun zum ersten Mal alleine. Die Strecke war doppelt so lang. Fast einen ganzen Tag würde er am Stück fliegen und im Gegensatz zu den Flügen über das Land konnte er nicht einfach irgendwo landen und Rast machen. Sein Vater hatte ihm eingeschärft, wo all die kleinen Inseln und Felsen lagen, auf denen er zur Not kurz verschnaufen konnte. Jeden Morgen hatte er ihn abgefragt, bis Fio selbst mitten in der Nacht geweckt werden konnte, ohne auch nur eine nicht aufzählen und benennen zu können, wo sie sich befand. Wenn er ein paar Jahre älter und stärker wäre, hätte er nicht so viel über die Inseln lernen müssen. Dann hätte er im Wasser rasten und sich mit Muskelkraft selbst aus dem Meer wieder in die Lüfte erheben können. Zu jedem Besuch bei seinem Bruder hatten sie im Lindsee geübt, doch während der starke Derko stets spielend abgehoben war, schien es Fio, als würde ihn der komplette See festhalten.

„Das wird schon“, hatte sein großer Bruder ihn getröstet. „In ein paar Jahren bist du stärker als jedes Wasser und kannst dich ihm entreißen.“

Fio überflog den großen See. Er konnte fast als Meer gelten, so groß war er. Schiffe fuhren ein und aus. Manche kamen gerade aus den Zuflüssen des Landesinneren, von wo sie Feldfrüchte in die Stadt brachten oder Eisenwaren und Geschmeide von den Bergvölkern. Andere hatten die Segel gehisst und machten sich bereit, einen der Zuflüsse zum offenen Meer zu nehmen, wo sie von der *Insel der Früchte* exotische Obstsorten aufluden, mit dem Fischerkönig um Meeresfrüchte feilschten oder Waren des Wüstenvolks erwarben. Auch sah er die drei Schiffe der königlichen Marine dort vor Anker liegen. Das Flaggschiff war das einzige mit mehr als drei Masten, das im Hafen lag. Die drei galten als die schnellsten, die man bauen konnte.
Bald hatte Fio den Hafen überflogen, auf dem geschäftiges Treiben herrschte. Fischerboote des Lindsees löschten ihre Ladung und brachten den Lindfisch zum Markt, wo er frisch an die Stadtbewohner verkauft oder von Händlern erworben wurde, die die Delikatesse getrocknet ins Landesinnere und selbst ins Reich des Fischerkönigs weiterverkauften. Fio selbst hatte seit seinem letzten Geburtstagsmahl kein einziges Stück mehr von einem Tier essen können. Seit seine Gabe sich entwickelt hatte und er mit Tieren sprechen konnte, hatte sich viel verändert. Nicht alles konnte seine Familie verstehen. Wie sollten sie auch? Fio sprach selbst mit Insekten. Seitdem passte er bei jedem Schritt auf, dass er nicht auf jemanden trat, den er vorher nicht einmal wahrgenommen hatte. Er hörte es kaum, wenn eine

Ameise zu ihm sprach, doch er wusste, dass sie da waren, und das reichte, um ihn zur Vorsicht zu ermahnen. Das Sprechen mit Ameisen und Bienen war allerdings einigermaßen kompliziert, musste er zugeben. Sie sprachen nie in der ersten Person von sich. Ihre Welt teilte sich in Wir und die anderen auf. Ein Ich und Du gab es nicht. Fio hatte lange gebraucht, bis er verstanden hatte, dass ihn die Ameise, mit der er als erstes reden durfte, gar nicht mit dem königlichen Ihr angesprochen hatte. Der junge Drache erinnerte sich noch genau an diesen Tag mitten im Sommer. Er hatte auf seinem Lieblingsfelsen gelegen und die wärmende Sonne genossen, als eine kaum hörbare Stimme in sein Ohr drang.

„Wer seid ihr?", hatte er gehört und sich sofort aufgesetzt.

„Wer spricht?", hatte Fio laut gerufen, denn er hatte den Sprecher ob der Lautstärke weit weg vermutet.

„Nicht so laut! Ihr tut uns weh!", hatte die Stimme geantwortet. „Wir sind es! Hier bei euch!"

Fio hatte sich umgeblickt, doch niemanden wahrnehmen können. Dann hatte er eine Kralle zum Ohr geführt, weil er gedacht hatte, er höre so leise, weil sein Ohr verstopft wäre.

„Stopp!", hatte die kleine Stimme gerufen und Fio ein Kribbeln an seiner Pranke gespürt. „Jetzt vor das große Auge führen!"

Als er seine Pranke zu seinem Gesicht geführt hatte, musste er überrascht feststellen, dass eine einzige rote Ameise auf ihr gesessen hatte. Nachdem er sie auf dem Felsen abgesetzt und sich nah zu ihr hinunter-

gebeugt hatte, war die Ameise fortgefahren. „Wir bauen hier! Vorsicht!“, erbat sie höflich.
Fio hatte sich umgeblickt, doch nicht eine weitere Ameise sehen können.
Das kleine Insekt hatte dann gelächelt und stolz ergänzt: „Wir bauen weiter, während wir mit dir sprechen!“
Sie hatte keinen Namen. Mit einer Ausnahme hießen alle Ameisen entweder Arbeiterin, Soldatin oder Männchen. Er lernte sie nach und nach alle kennen. Dass die Königin mit Wir von sich sprach, kannte er bereits von den menschlichen Herrscherinnen und Herrschern. Auch sie nutzten das Wir in ihren Dekreten und Verordnungen. Die Königin der Ameisen hieß Agnes und meinte mit Wir tatsächlich auch nur sich.
In den nächsten Tagen traf er die Ameisen oft. Je mehr von ihnen zusammenkamen und mit Fio in Wir-Form sprachen, desto tiefer wurden die Gespräche. Stolz nannten sie das Schwarmintelligenz. Hatten Sie Baupause, was selten war, kam Fio zum Reden von seiner Höhle herunter zu ihnen. Manchmal lösten sie zusammen Rätsel, denn Drachen rätseln gerne. Manchmal brachte er sogar sein Drakon-Spiel mit. Selten kamen allerdings genug Ameisen zusammen, um es spannend zu machen. Siebenundvierzig Ameisen brauchte es, um die Drakon-Figur zu rücken, aber erst ab zweihundertzwölf Ameisen saß Fio genug Intelligenz gegenüber, um das Spiel anspruchsvoll zu machen. Außerdem konnten weniger die Würfel nicht schwungvoll genug werfen.

Wie Ameisen sahen auch die Hafenarbeiter aus, die er in weiter Ferne erspähte. Er war nun nah an Lindheim, der gleichnamigen Residenzstadt des Königreichs. Das große Schloss lugte bereits hinter dem Ausläufer des Lindgebirges hervor. Doch das war nicht sein Ziel. Durch einen Postpapagei hatte Quirina ihm mitgeteilt, dass er sie auf dem Gut Kapitän Eweins treffen sollte. Dort würde er auch Ruben und Lucia wiedersehen und freute sich schon sehr.

Sechstes Kapitel

Königsstadt Lindheim, Hafen

Aigolf betrat das Hafenviertel und der Duft von Salz und Fisch wehte ihm entgegen. Sofort steuerte er ein verlassenes Lagerhaus an. Auf etwas Druck hin gab dessen seitwärtige Tür nach und gewährte ihm Einlass. Im Inneren sah es noch immer so aus wie kurz vor seiner Verhaftung. Der Boden war übersäht von Brettern aufgebrochener Kisten. Hier und da lagen Waren daraus herum, die aus aller Welt stammen mussten, doch niemand haben wollte, offensichtlich nicht einmal die Einbrecher, die die Kisten durchwühlt hatten. Es schien sich inzwischen herumgesprochen zu haben, dass das Lagerhaus nicht umsonst aufgegeben worden war und nichts von Wert darin zu finden sei. Dem staubigen Boden nach hatte es kein Gauner betreten, seit der Wanderkrämer in Haft gekommen war. Die von längst vergessenen Gegenständen übersäte Fläche war frei von jeglichen Spuren, wenn man von den Eindrücken kleiner Mäusefüßlein absah. Aigolf steuerte einen entlegenen Platz an, zu dem nicht einmal das Licht der wenigen Oberlichter drang, die den kleinen Raum erhellten. Seine Größe machte das Gebäude zu einem guten Versteck. Für das heutige Handelsvolumen war es einfach zu klein und es umzubauen verschlänge mehr Gold, als es Nutzen brächte.

Es braucht schon ein gewisses Genie, das zu erkennen, lobte sich Aigolf in Gedanken selbst, als er an einer großen Kiste angekommen war. Sie stand an der entlegensten Seite des Gebäudes. Der Wanderkrämer lehnte sich gegen die Wand, stemmte seine Füße an die Kiste und schob das schwere Holzmöbel mit einiger Anstrengung zur Seite. Sie gab eine Lücke im Gemäuer frei. Aigolf griff hinein und zog eine kleine Kiste hervor. Er öffnete sie und prüfte den Inhalt. Zwanzig unetikettierte Fläschchen fand er zwischen trockenem Heu wieder, in das sie zum Schutz gebettet waren. Darauf lagen ein Tintenfässchen, ein Federkiel sowie ein Fläschchen mit Leim und einige unbeschriftete Etiketten. Aigolf nahm die Kiste unter den Arm und lächelte.
„Sehr gut!", sagte er. „Der weise Mann sorgt vor! Jetzt muss ich nur noch einen Dummen mit großer Börse finden, und ich bin weg!"
Mit diesen Worten verließ er das Lagerhaus. Die Tür ließ er offen. Er würde es nie wieder brauchen.

Königsstadt Lindheim, Hofgut Kapitän Eweins

Fio überflog die Stadt, die das Schloss umgab, und näherte sich den vielen Äckern und Feldern, die sie auf der Südseite umsäumten. Früher, das wusste er von seinem Papa, hatten hier Lindenwälder gestanden, von denen nun nur noch vereinzelt kleine Haine übriggeblieben waren. Den Bäumen, die nun nicht mehr da waren, verdankten das Gebirge, der See, das Königreich, die Stadt und selbst ihre Bewohner, die sich Lindmänner und Lindfrauen nannten, ihre Namen. Schon merkwürdig, dachte der junge Drache. Wie es wohl wäre, wenn wir den Himmelskamm abtragen würden, sinnierte der junge Drache. Wie würde jemand wissen, dass die Himmelskammdrachen dort wohnten, wenn es das Gebirge nicht mehr gäbe. Dann fiel ihm ein, dass es dann ja auch keine Höhle im Gebirge mehr geben würde und sie auch dort nicht mehr wohnen würden. Fio verwarf den Gedanken.

Am Ende einer langen Lindenallee kamen ein Landhaus und zwei Scheunen in Sicht. An der rechten der beiden erkannte er mehrere Menschen und unter ihnen ein eng beieinanderstehendes Paar Huftiere, Ruben und Lucia.

Der Drache setzte zur Landung an und kam wenige Meter hinter ihnen lautlos auf.

Ein junger blauer Papagei hielt sich an einem Zaun mit seinen Krallen fest und sprach zu dem Esel. Fio kannte den Vogel sehr gut, denn er lebte im Himmelskammtal und war einer der sechs Postpapageien, durch die er mit Quirina Nachrichten austauschte.

„Iah, Iah, Iah“, machte er, und Ruben krächzte in gleicher Art zurück. Lucia nickte dazu und lächelte ab und an.

Die Menschen, Elgar, Thomasyn und Quirina sowie drei Kriegerinnen, die Fio nicht kannte, standen um die drei herum und verfolgten das Schauspiel gespannt. Schließlich erlebte man es nicht alle Tage,

wenn ein Postpapagei eine Nachricht einer Eselsdame an einen Esel überbrachte.
„Iah, Iah!", gab der Papagei wieder, und die beiden Empfänger der Nachricht lachten wiehernd.
„Das muss eine lustige Nachricht aus dem Himmelskammtal von Sarah und Abe gewesen sein", mutmaßte die Prinzessin.
„Vielleicht ein Witz?", riet Elgar.
„Und ob das ein Witz war!", sagte der Papagei, und Lucia ergänzte: „Und was für einer!"
„Huch!", rief Ruben. „Ich verstehe euch und ihr mich!"
Die drei blickten sich in alle Richtungen um und auch die Menschen schauten umher.
Quirina sah Fio als erste und rannte ihm entgegen. „Hallo, mein Lieber!", sagte sie und umarmte ihn. „Guten Flug gehabt?"
Bevor er antworten konnte, entdeckte sie seine Umhängetasche. „Tolle Handtasche!", sagte sie und neckte ihn: „Alina hat auch so eine!"
„Das ist keine Handtasche", sagte er grummelig. „Das ist die Tragetasche für meinen Neffen!"
„Da ist ein Drachenei drin?", rief sie aufgeregt, und Fio nickte. „Darf ich? Darf ich?"
Die anderen waren inzwischen ebenfalls zu ihnen gestoßen und begrüßten ihn, während sie neugierig zuschauten, wie er die Schnürung der Tasche öffnete und das Drachenei herausnahm.
„Es sieht aus wie ein riesiger Flussstein!", stellte der Kapitän fest.

Das Drachenei hatte die Größe eines Menschenkopfes und war von hellgrauer Farbe mit roten Sprenkeln, die es von der Feuerdrachenahnenlinie seiner Großmutter Midga hatte.
Quirina nahm es mit ausgestreckten Armen entgegen. „Ui, das ist aber schwer!", stellte sie fest. Dann hielt sie ein Ohr daran. „Kratzt das Drachenbaby an der Schale?", fragte sie.
Fio nickte. „Es wird nicht mehr lange dauern, bis es die Schale knackt und schlüpft." Der junge Drache lächelte. Auch wenn er sich gewehrt hatte, seinen Ei-Neffen mitzunehmen, so war er doch stolz, bald der Onkel eines jungen Drachen zu sein. Er hoffte sehr, dass er Flügel haben würde. Alle aus seiner und fast alle aus Fargas Familie hatten welche, also stand die Chance gut. Fio malte sich bereits aus, wie sie Flugübungen auf seinem Lieblingsfelsen machen würden.
„Ich habe leider eine schlechte Nachricht!", riss ihn Quirina aus seinen Gedanken, und er schaute sie gespannt an. „Mein Papa möchte, dass wir das Schiff nehmen. Ohne Leibgarde darf ich nicht weg. Aber sei nicht traurig. Wir können ja immer wieder vom Schiff aus Runden fliegen."
„Oh!", sagte Fio enttäuscht. Hätte ich das gewusst, hätte ich mich gar nicht dagegen gewehrt, das Ei mitzunehmen, dachte er. Und wieder wunderte er sich über seine zweite Drachengabe. Wenn die Drachenkönigsage durch mich erfüllt wird, dachte er, werde ich wohl der unbegabteste Herrscher, den die Welt je gesehen hat. Sein Ururgroßvater Pamusch trug den Beinamen *Der Zweifachgesegnete*. Wie würde ich

wohl heißen?, fragte er sich. Vermutlich *Fionrir der etwas mehr als einfach Begabte*, grummelte er in sich rein.
„Sei nicht traurig!“, munterte ihn Quirina auf.
„Ach, wir können ja im Drachental fliegen, so oft wir wollen, und das Meer ist sicherlich nicht viel aufregender als Opas Wüste“, entgegnete er, obwohl er tatsächlich traurig darüber war. Es wäre sein erster richtiger Flug mit einer Drachenreiterin gewesen. Es macht schon einen Unterschied, ob ich zu Hause losfliege und in der Drachenbucht ankomme oder ob ich einfach so ein paar Runden um das Schiff oder auf Land drehe.
„Na, mein geschuppter Freund!“, sagte Ruben. „Wie gehts dir? Schon fast ein dreiviertel Jahr her, dass wir uns gesehen haben.“
„Ja!“, sagte Fio bedauernd. „Ich wünschte, ich hätte euch besuchen können, als ich zu Quirinas und Lidas Geburtstag hier war.“
Leider war er so von seinen vielen Drachenverwandten umlagert gewesen, die ihn zumeist seit Jahren nicht mehr gesehen hatten, dass die Zeit wie im Fluge vergangen war.
„Ach, immerhin haben wir den einen oder anderen Papageien hin- und hergeschickt“, wiegelte Lucia ab.
„Und nicht zu knapp!“, bestätigte der junge Papagei. „Aarons Sprachnachrichtendienst hat uns zu wohlhabenden Vögeln gemacht!“, sagte er grinsend und hob ab. „Ich muss los. Geschäfte! Ihr wisst schon.“ Mit diesen Worten drehte der blaue Vogel einige Runden um ihre Köpfe, bis er schnellen Flügelschlages in Richtung Hafen davonflog. Fio winkte ihm hinterher

und wandte sich wieder Ruben zu. Unter den staunenden Augen der drei Bogenschützinnen unterhielten sich Drache, Esel und Pferd untereinander sowie mit Quirina, Thomasyn und Elgar, als sei es die normalste Sache, die man sich vorstellen konnte. Eine der Bogenschützinnen, eine hochgewachsene Frau, die einen massiven Langbogen an ihrem Rücken befestigt trug, schaute Fio rätselnd an. Dann verstand sie. „Darf ich dir meinen Hund einmal vorbeibringen? Wir müssen uns zwingend mal über meinen zerfetzten Köcher austauschen!“ Der Drache lachte und die drei Schützinnen stimmten mit ein.
„Nun, da wir einander so gut verstehen“, begann der Esel, „sollten wir nicht versäumen einander vorzustellen. Ich bin Ruben und das ist meine Liebste, Lucia!“ Fio wunderte sich, dass sein Freund die geliebte Pferdedame nicht zuerst vorstellte, doch dann fiel ihm wieder ein, dass sich der Esel ja immer zuerst nennt. Die Langbogenschützin mit den kurzen blonden Haaren stellte sich mit dem Namen Petrissa vor und ihre beiden Kameradinnen, die kürzere Bögen und Köcher mit unzähligen Pfeilen bei sich trugen, wurden Ortrud und Oda gerufen. Sie hatten beide grüne Augen, schwarze glatte Haare und eine scharfgeschnittene Nase. Auch in ihrer zierlichen, wenn auch drahtigen Gestalt glichen sie einander, sodass Fio sogleich vermutete, sie seien Zwillinge, wenn auch keine eineiigen.
„Damit hast du alle Begleiter kennengelernt!“, sagte Elgar. „Wir sollten zeitnah aufbrechen, solange das Meer noch ruhig ist. Nicht, Kapitän Ewein?“

„Ja, Hauptmann!", antwortete er und versuchte mit Mühe ein Lächeln zu verbergen. Fio wurde hellhörig. Irgendetwas verbergen die zwei doch vor mir, dachte er und blickte zu Quirina, der es ebenfalls nicht entgangen zu sein schien. Lucia und Ruben nickten ihnen zu und schlüpften mit den Köpfen unter zwei gepolsterte Halterungen an einem großen Kutschwagen. Ewein schulterte einen bereits gepackten Seesack und auch die Leibwächterinnen und Leibwächter sowie die Prinzessin nahmen ihre Rucksäcke auf. Nacheinander bestiegen die Menschen den offenen Kutschwagen. Einzig Fio ging auf gleiche Höhe mit seinen beiden behuften Freunden.
„Toll, nicht?", sagte Ruben und deutete mit einem Huf auf die Halterung um seinen Hals. „Hat Ewein uns fertigen lassen. Wann immer wir in die Stadt müssen, um Futter für uns zu kaufen, können wir den Wagen damit ziehen. Kein Metall zwischen den Zähnen, keine Zügel um den Hals!"
Fio nickte dem Kapitän respektvoll zu. Offenbar war sein eigener Speiseplan nicht das Einzige, das sich geändert hatte, seit sich seine erste Gabe entwickelt hatte.

Königsstadt Lindheim, Schloss

Der Wanderkrämer atmete tief durch. Nun kam der gefährlichste Teil seiner Mission. Er würde sich an Fionrir rächen, doch dazu war unerlässlich, die Drachenjäger auf seiner Seite zu wissen. Sie waren jedoch im hochsicheren Verlies des Schlosses eingekerkert, wie es nur für Hochverräter und auch für Aigolf vorgesehen war. Seit einer halben Stunde beobachtete er ein seitliches Fenster, das massiv vergittert war. Es führte zu einer der Zellen, in denen die Drachenjäger ihre Strafe abbüßten. Er vermutete, dass es Enndlins oder Lienhards Zelle war. Als die Wache ihren Rundgang beendet hatte, eilte er sich hinzugelangen – schnell genug, um die wenige Zeit zu nutzen, die ihm noch blieb, und langsam genug, um keine Aufmerksamkeit zu erregen. Es war nur ein schmaler Weg, der die massive Außenmauer vom angrenzenden Lindsee trennte. Er barg kaum Platz für eine Person. Wenn er es nicht rechtzeitig zurückschaffte, würde ihm die Wache beim nächsten Rundgang entgegenkommen, ohne dass er entweichen könnte.

Aigolf blickte hinein. „Drachenjäger!", flüsterte er.

Lienhard schreckte auf und eilte zum Fenster. „Aigolf, wie bist du entkommen?", flüsterte er zurück.

„Dazu ist keine Zeit, Drachenjäger! Rache treibt mich an und ich nehme sie für mich und für euch."

Lienhard blickte grimmig und nickte. Ihre gemeinsame Zeit im Verlies, die sie beide Fio verdankten, hatte sie in gleichen Rachefantasien schwelgen lassen.

„Wie kann ich den Geheimbund kontaktieren?", fuhr der listige Wanderkrämer leise fort.

„Es gibt ihn nicht mehr. Sewolt, der Verräter, hat die Reste zerschlagen. Auch von Enndlin habe ich seit Wochen nichts mehr gehört. Sie haben uns separiert, diese adeligen Bastarde!", schimpfte er, und seine Stimme wurde immer lauter.

„Pst!“, ermahnte ihn Aigolf. „Wir bekommen unsere Rache. Das schwöre ich dir!“, flüsterte er eindringlich. „Doch schnell! Ich habe nur noch eine Minute! Wen muss ich kontaktieren?“
„Warte!“, flüsterte der Gefangene, eilte zu einem Buch, dem er eine Seite entriss und ihr mit einem Kohlestift eine Zeichnung hinzufügte. „Such den *Zerbrochenen Krug* am Hafen auf und zeig dem Wirt dieses Zeichen!“
Aigolf nahm den aus einem entliehenen Atlas entrissenen Zettel entgegen. Auf einem Stück Landkarte hatte Lienhard einen Dreizack gezeichnet, um den eine Seeschlange gewunden war. Auf der Rückseite waren Kreuze in die Abbildung der Landschaft eingezeichnet. Sie zeigte Lindheim und Umgebung.
„Was bedeutet das?“, fragte Aigolf hastig und blickte sich nervös um. Bald musste die Wache zur nächsten Runde aufbrechen.
„Dort findest du Drachenwaffen versteckt. Ihr werdet sie brauchen!“
„Wir werden dich befreien!“, schwor ihm Aigolf, und Lienhard reichte ihm die Hand. Kaum, dass die Wache zur nächsten Runde um die Ecke kam, tat der Wanderkrämer den ersten Schritt auf die rettende Straße und begann unauffällig zum Hafen zu schlendern. „Den Teufel werde ich tun, dich Störenfried zu befreien“, sagte er zu sich selbst. „Wenn ich für meine Geschäfte etwas am wenigsten brauche, dann ist das ein ungestümer Drachenhasser, der alles durcheinanderbringt. Rache, ja, aber nicht so heiß. Daran verbrennt man sich nur.“

Aigolf eilte, so schnell es ging, ohne aufzufallen, zurück zum Hafenviertel. *Zerbrochener Krug*, las er bald an einem Haus, dessen ergraute Wände von dunklem Fachwerk durchzogen waren. Über dem Eingang zur Spelunke hing ein Schild an einer schmiedeeisernen Stange und schaukelte in der leichten Brise, die am Hafen ging. Aus dem Inneren kamen Geräusche von in lebhafte Unterhaltungen vertieften Menschen. Nicht wenige schienen bereits zu dieser frühen Stunde reichlich Bier und Wein zugesprochen zu haben. Der beste Ort für zwielichtige Geschäfte, dachte Aigolf. Die wenigsten Gäste erinnern sich später noch an die geheimnisvollen Gäste, die in den dunkleren Ecken

miteinander verhandeln, und die, die sich erinnern können, sind wenig daran interessiert, dass jemand erfährt, dass sie selbst Gäste waren.
Der Wanderkrämer trat ein und blickte sich rasch um. Noch wollte er nicht zum Wirt gehen. Seine Erfahrung hatte ihn gelehrt, zunächst die Umgebung zu studieren, bevor man mit der Tür ins Haus fiel. Er steuerte einen leeren Tisch an, der höchstens für zwei reichte. So war die Gefahr am geringsten, dass sich jemand zu ihm gesellte.
Kaum saß er, trat der Wirt hinter dem Tresen hervor und stellte sich dienstbar an seinen Tisch, der gleich der vertäfelten Wände aus dunklem, braunem Holz bestand. Er war ein glatzköpfiger, pausbackiger Mann mittleren Alters. Um die Hüfte trug er eine fleckige Schürze, die offenbarte, dass er nicht nur hinter der Theke stand, sondern auch das Essen zubereitete.
„Was darfs sein, Fremder?“, fragte er.
„Nun“, sagte Aigolf. „Ich habe gehört, hier gäbe es vorzügliches Essen. Der Besitzer dieses Etablissements soll höchstpersönlich in der Küche stehen. Vielleicht könnt ihr ihm sagen, dass er mir seine viel gelobte Spezialität zubereiten möge.“
„Den Eintopf aus Erbsen und Möhren?“, fragte der Wirt, der mit den Worten Aigolfs um einige Zentimeter gewachsen zu sein schien.
„Eben jenen. Jeder, den ich nach dem besten Essen am Hafen gefragt hatte, erwähnte ihn!“, sagte der Wanderkrämer mit gewinnendem Lächeln.
Der Wirt grinste breit und nickte. „Ich bin Harold, der Wirt selbst. Das ist mein Leibgericht.“

„Nein, ihr seid der Wirt selbst?“, tat Aigolf überrascht. „Wer hätte das gedacht? Was für eine Ehre!“
„Einmal Erbsen und Möhren! Kommt sofort!“, sagte der Wirt stolz, eilte zur Theke und verschwand durch eine Pendeltür in die Küche.
Erbsen und Möhren!, dachte Aigolf. Nach drei Monaten Gefängnis ist alles ein Festmahl. Vorsichtig griff er nach einem Lederbeutel, der erst seit wenigen Minuten in seinem Besitz war. Geräuschlos wühlte er zwischen den Goldmünzen und hoffte wenigstens eine kleine Silbermünze oder am besten eine Kupfermünze zu finden. Die Goldmünzen hatten das königliche Emblem. Das war zu auffällig und ein Hundertfaches dessen, was seine Mahlzeit kosten würde. Er hatte Glück und fand eine kupferne. Eigentlich fand es Aigolf sehr schade, aus Lindheim fliehen zu müssen. Es gab hier so viele Unbedarfte, mit denen man vortrefflich Geschäfte machen konnte. Wer hätte gedacht, dass ich die ganze Kiste auf einen Schlag so rasch und so teuer verkaufen kann, dachte er. Der Wirt brachte ihm einen großen Krug Bier aufs Haus.
„Oh, so viel! Das ist ja kaum zu schaffen“, stellte er schmeichlerisch fest, und der Wirt winkte ab.
„Das schafft Ihr doch mit links!“, sagte er und kehrte zurück in die Küche.
Wie wahr, dachte Aigolf und konnte sich ein Lächeln nicht verkneifen. Links habe ich schließlich eine echte Hand. Unauffällig sondierte er den Raum, als er den ersten Schluck des würzigen Getränks getrunken hatte. Nach dem vielen Wasser, das er einzig im Gefängnis bekommen hatte, überwältigten ihn die

vielen Aromen geradezu. Das wird der einzige Schluck bleiben, wusste er. Ich brauche allzeit einen klaren Kopf. Wenn die anderen trinken, ist das die hilfreichere Variante. Er verabscheute Trunkenheit, auch wenn er sie bei seinen Geschäftspartnern nur allzu gerne förderte. So lassen sich die besten Geschäfte machen.

In der Mitte des Raums saßen einige Matrosen, die lautstark über Witze lachten, die vermutlich anzüglicher Natur waren, und mit großem Krach nach jedem Schenkelklopfer ihre Krüge zusammenstießen. Rechts von ihnen waren drei ältere Herren mit wettergegerbten Gesichtern, die miteinander aßen und sich sehr vertraut schienen. Vermutlich waren es alte Seeleute, die sich hier zur Ruhe gesetzt hatten, aber den Hafen noch nicht loszulassen bereit waren. In der rechten Ecke nahm er, nur beschienen von einer einzigen Kerze, drei Männer wahr, die mit einem weiteren und einer Frau verhandelten. Die drei schienen Schmuggler zu sein, der Mann und die Frau Schwarzhändler. Auf der gegenüberliegenden Seite, in noch tieferen Schatten, saß ein weiteres Pärchen, eine gedrungene Frau mit einem ebenso gedrungen wirkenden Mann. Sie könnten Geschwister sein, dachte Aigolf. Beide studierten den Raum ebenso aufmerksam wie er. Zu wem kann ich euch zuordnen?, fragte sich Aigolf. Schmuggler? Nein, dann würdet ihr einen Kunden bei euch haben. Seeleute seid ihr auch nicht, denn dann würdet ihr eure Heuer verprassen.

Der Blick der Frau traf ihn und ihn fröstelte. Sofort wandte er seinen Blick ab. Ui!, dachte er. Das habe ich

noch nie erlebt. Dann sah er, wer ein paar Tische neben ihm saß: Enndlin, seine alte Geschäftspartnerin, die Führerin der Drachenjäger. Sie ist also ein zweites Mal aus dem Verlies entkommen, diese durchtriebene Frau! Was für ein Zufall, dachte er lächelnd.
Gerade wollte er aufstehen und sich zu ihr setzen, als die Tür zum Hof aufging und ein kräftiger Mann vom offensichtlichen Toilettengang zurückkommend unmittelbar auf ihren Tisch zusteuerte. Aigolf hob seinen großen Bierkrug und setzte ihn an die Lippen. Besser konnte er sein Gesicht für den Augenblick nicht vor Sewolt verdecken. Als er sich gesetzt hatte, stellte Aigolf den Krug ab, rückte seinen Stuhl in Hörweite und stellte sich dösend. So fiel nicht auf, dass er seine hölzerne Hand wie eine Muschel an sein Ohr hielt, um sie noch besser belauschen zu können.
Ah, so, so! Wer hätte das gedacht?, kommentierte Aigolf im Stillen. Du bist also gar nicht erneut ausgebrochen. Ihr arbeitet nun beide für den König. Ein Verräterpärchen, stellte er fest, doch es lag keine Verachtung in seinen Gedanken. Wenn die Situation sich ändert, musst du dich anpassen, war seine Devise. Nur so kommst du voran.
„Nur noch zwei Waffenverstecke sind übrig und dann darf ich auf meine Begnadigung hoffen!“, hörte er Enndlin sagen. „Kann ich dem König trauen?“
Im Augenwinkel sah er, wie Sewolt ihr eine Hand auf die Schulter legte. „Ich kann nicht glauben, dass ich das je sagen würde, aber, ja, Leontin ist ein guter König. Er steht zu seinem Wort. Ich habe meinen Freibrief bekommen.“ Dabei klopfte er sich auf seine

Brusttasche. „Und auch du wirst ihn bekommen, sobald die letzten Drachenwaffen übergeben sind."
Enndlin nickte ihm zu. Dann stießen sie ihre Krüge zusammen, leerten sie und verließen das Gasthaus.
Jetzt ist es doppelt eilig, ermahnte sich Aigolf. Mein hässlicher Wärter wird bereits ahnen, dass ich nicht zurückkehre und spätestens zur Wachablöse, wird es Alarm geben. Noch zudem muss ich schneller als Enndlin und Sewolt eines der Drachenwaffenverstecke erreichen. Mit Drachenwaffen im Besitz hält mich niemand auf und es gibt viel reichlicheres Lösegeld, wenn ich den widerlichen Drachen und diese freche Prinzessin erst wieder in meiner Gewalt habe.
Das ist Rache nach Aigolfs Art und die werdet ihr mir nicht nehmen, schmunzelte er siegesgewiss in sich hinein. Kaum war die Tür ins Schloss gefallen, servierte ihm Harold eine extragroße Portion seines Leibgerichts. Er hatte es sogar mit einem Rosmarinzweig am Tellerrand garniert. Aigolf bedankte sich und legte ihm Lienhards Zeichnung vor.
„Oh, ein Drache mit einem Spaten. Ich mag Drachen", sagte der Wirt. „Doch was soll das sein?"
Der Wanderkrämer drehte die Augen nach oben und dann die Zeichnung um.
„Ah, eine Seeschlange um einen Dreizack!", stellte er fest, dann beugte er sich vor und flüsterte: „Die Leute, die du suchst, sind da hinten in der Ecke!"
Aigolf schaute dem unauffälligen Wink seines Daumens hinterher, erneut traf sein Blick auf die Augen der gedrungenen Frau. Wieder fröstelte ihn.

Siebtes Kapitel

Königsstadt Lindheim, Hafen

Nach einer halben Stunde hatten Fio, Quirina und die Leibwächter den Hafen mit Eweins Kutsche erreicht, wo sie schon von König Leontin und Königin Anna erwartet wurden. Das Königspaar stand, flankiert von weiteren Leibwächtern, am Flaggschiff der königlichen Flotte. Die beiden anderen Schiffe, die dazu gehörten, waren etwas kleiner und rechts neben dem großen Viermaster vertäut. Viele weitere Schiffe lagen im Hafen und wurden beladen. Andere löschten gerade ihre Fracht. Es herrschte reges Treiben.

„Mama, Papa!", rief Quirina und sprang ihnen aus dem noch nicht ganz zum Stehen gekommenen Kutschwagen entgegen. „Ihr werdet mir fehlen", sagte sie und umarmte ihre Eltern.

Fio musterte die drei großen Schiffe. Welches wir wohl nehmen werden?, fragte er sich. Keines von ihnen hinterließ den Eindruck, als stünde ein Aufbruch kurz bevor. Nur wenige Matrosen befanden sich an Bord, alle waren mit dem Schrubben des Decks beschäftigt und sie beachteten weder den königlichen Besuch, noch ihren gerade angekommenen Kapitän.

Auch Quirina war es aufgefallen. Verwirrt blickte sie zu ihren Eltern. „Welches nehmen wir?"

„Bevor wir das verraten, habe ich noch etwas für dich!“, sagte ihre Mutter und nickte einem der Leibwächter zu, den Fio als Liam Schwertarm erkannte. Er war der Lebensgefährte der Hauptfrau Senta, die ein freundschaftliches Verhältnis zur Prinzessin hatte und oft ebenfalls zu Besuch kam, wenn der junge Drache bei Quirina weilte. Liam nickte ihm kaum merklich zum Gruß zu, dann öffnete er eine Schatulle, in der mehrere kleine Fläschchen enthalten waren.
„Ein Mittel gegen die Sonne!“, sagte die Königin stolz. „Der Hofapotheker konnte sie besorgen. Der Erfinder hatte eine so weiße Haut, wie er sie selten gesehen hatte. Es sei das wirkungsvollste Mittel gegen die Sonne, versicherte er. Trage es täglich auf, Kind, sonst kehrst du noch…“
„Als Bauernmädchen zurück!“, beendete die Prinzessin den Satz. „Danke, aber ist das nötig? An Deck gibt es doch immer einen Baldachin für uns!“
Liam übergab die kleine Kiste an Elgar, der sie unter den Arm nahm. Fio kamen die Flaschen irgendwoher sehr bekannt vor.
„Nun, Kind!“, fuhr die Königin fort, „du wirst sie brauchen. Also, welches Schiff?“
Quirina zeigte auf das Flaggschiff und ihre Mutter schüttelte den Kopf. Dann zeigte die Prinzessin auf das kleinere Schiff rechts davon. Nun antwortete ihr Vater. „Du kommst näher!“, sagte er lächelnd.
Sie zeigte auf das dritte der Flotte und ihre Mutter winkte lächelnd weiter.
„Dahinter?“, fragte sie, und ihre Eltern nickten lächelnd. Sie umrundete das Schiff und blieb staunend

stehen. Fio schloss rasch auf und sah ein kleines Schiff mit wenig Tiefgang im Schatten des zweiten Dreimasters. Es hatte einen hölzernen Vogelkopf am Bug und sah nicht so aus, als könne es sie alle tragen.
Quirina quietschte vor Freude. „Ein Luftschiff!" Sie rannte zurück zu ihren Eltern, umarmte sie und warf sie dabei beinahe um.
„Das ist noch nicht alles!", sagte ihre Mutter und winkte Liam herbei, der etwas auf dem Rücken herantrug. Fio erkannte es sofort.
„Ein Drachensattel?", rief die Prinzessin erstaunt, während Kapitän Ewein bereits das merkwürdige kleine Schiff mit den anderen Leibwächtern bestieg, denen nicht ganz wohl dabei zu sein schien.
„Ja, ein Sattel! Jetzt verstehst du wohl das Sonnenmittel. Wir wollen doch nicht, dass die Sonne dich verbrennt, während du auf deinem Drachen neben dem Luftschiff herfliegst!", erklärte Königin Anna. Im Hintergrund war ein Feuerfauchen zu hören. Fio blickte sich um und erblickte einen Ballon, der sich langsam über dem Schiff entfaltete.
„Das ist so, so…" Quirina blieben die Worte aus, und sie umarmte ihre Eltern erneut. Währenddessen ging Fio auf alle viere und ließ sich von Liam den Drachensattel anlegen, auf dessen Seiten er das Emblem der Lindheimer Königsfamilie erkannte – den weißen Lindbaum auf blauem Grund.
„Eine gute Reise, mein Kind!", sagte König Leontin und zeigte auf das Schiff, über dem der Ballon bereits zu schweben begann. Als es abhob, sprang Elgar in letzter Sekunde an Bord.

„Jetzt aber rasch auf deinen Fio gesprungen, bevor deine Eskorte ohne dich aufbricht“, ermunterte der König seine Tochter.

Ein Kaiarbeiter nahm die Planke vom Schiff und begann ein Tau zu lösen, das sich am Schiff zu vier Tauen verästelte, die an seinen Seiten festgemacht waren.

„Oh, danke, Papa!“, sagte Quirina und schwang sich auf ihren Drachensattel.

„Der Dank gebührt deiner Mutter!“, erwiderte der König, und die Prinzessin sprang noch einmal von Fio ab. Sie rannte zu ihrer Mutter, küsste sie auf die Wange und eilte wieder zurück. Hinter ihnen schwebte das Luftschiff über dem Wasser. Das gelöste Tau wurde von vier Matrosen gehalten, die es nun auf ein Zeichen Eweins losließen.

„Dann wollen wir mal!“, rief der Kapitän und winkte Lucia und Ruben zum Abschied. „Es war schön, euch mal wieder sprechen gehört zu haben. Fio muss unbedingt öfter kommen.“

„Iah!“, rief Ruben zurück. Nach wenigen Sekunden setzte er nach: „War nur Spaß! Bis bald, und seid vorsichtig auf eurer Fahrt!“ Dann wandte er sich zu Quirinas Eltern und den beiden Leibwächtern. „Darf ich die Herrschaften ein Stück mitnehmen?“

Das Königspaar stieg auf und auf einen Wink des Königs folgten auch Liam und dessen Kameraden auf die offene Kutsche des Kapitäns. Ihre eigene reihte sich leer dahinter ein.

„Dann los!“, sagte Lucia. „Und solange der Fio-Effekt noch hält, wollen wir uns über die Situation der Arbeitspferde hier am Hafen unterhalten.“

Königin Anna blickte skeptisch und Leontin lachte, bis ihm Tränen in den Augen standen. „Gute Fahrt! Passt auf euch auf!“, rief er seiner Tochter lachend zu. „Dann mal los, Lucia!“, fuhr er an die Pferdedame gewandt fort, die sofort zu Reden ansetzte.
Der Kutschwagen drehte, Ruben und Lucia trabten in Richtung des Schlosses und hinter ihnen nahm das Luftschiff mit Fio und Quirina an der Seite schnell an Fahrt auf.

Die Prinzessin lächelte selig, als sie Lindheim verlassen und den Lindsee fast überquert hatten. Übermütig drehte der Drache Runde um Runde um das fliegende Schiff. Beide genossen es, der wärmenden Sonne entgegen zu fliegen und den Wind auf sich zu spüren. Fio fühlte es kaum, eine Reiterin auf sich zu haben, so gut passte der Drachensattel.
„Schaut, ihr beiden!“, rief Kapitän Ewein und zeigte voraus. Das Luftschiff steuerte geradewegs auf Land zu und war im Begriff, den Lindsee zu verlassen. „Das ist die Zukunft! Kein Schiff wird mehr an den Verlauf eines Flusses gebunden sein, sobald wir es schaffen so riesige Ballons zu füllen, dass sie auch Frachtschiffe tragen.“
Fio flog mit gleichmäßigen, langen Flügelschlägen parallel zum Luftschiff, das den Namen Königsfalke trug. Quirina saß mit einem Dauerlächeln in ihrem ersten eigenen Drachensattel auf seinem Rücken und genoss es in aller Stille.
„Zu fliegen ist das Schönste, was ich mir vorstellen kann“, bestätigte Fio.

„Weißt du, was das Problem ist?“, fragte der Kapitän. „Uns fehlt ein Feuer, das heiß genug ist, so viel Luft zu erhitzen, dass es größere Ballons füllt.“
„Hm!“, sagte Fio und verstand nicht, warum heiße Luft so wichtig war.
„Außerdem glaubt der Meister Technicus des Königs nicht, dass normale Luft ausreichen würde. Sieben Menschen sind auch für die Königsfalke schon sehr schwer. Ich bin gespannt, ob wir mit dem Proviant, den wir aufnehmen, sobald wir übergesetzt haben, überhaupt abheben können.“
Ein Würgegeräusch war von backbord des Schiffs zu hören. Die komplette Leibgarde Quirinas hing über der Reling und übergab sich auf das Festland. Begonnen hatte es mit Elgar. Mitten im Gespräch mit dem Kapitän war er beim ersten Blick auf den Grund, der zu diesem Zeitpunkt schon hundert Drachenlang unter ihnen gelegen hatte, zur Reling gerannt. Die anderen hatten gelacht und waren ihm nur Minuten später gefolgt. Danach war es an Ewein zu lachen.
„Du hast gut lachen, alter Seebär!“, sagte Thomasyn, der ein kräftiger und großgewachsener Krieger war, wehleidig.
„See- und Luftbär, bitte!“, hatte der Kapitän erwidert und in eine Zwiebel gebissen.
„Herr Kapitän?“, fragte die Prinzessin, der selbst auf einem Drachenrücken zu reiten nichts auszumachen schien. „Seit wann haben wir denn überhaupt ein zweites Luftschiff. Ich dachte, die Königinsschwalbe sei das einzige.“

„Eure Mutter, Hoheit!“, antwortete Ewein. „Sie hat veranlasst, dass ein zweites gebaut wird. Ein schönes Schiff, nicht? Der königliche Bildhauer ist unheimlich stolz auf den Falkenkopf am Bug. Schaut mal, wie geschärft seine Augen zu Boden blicken.“
Ein intensives mehrstimmiges Würgen mischte sich in Eweins Rede.
„Ja!“, bestätigte Quirina. „Er sieht sehr echt aus!“
Auch Fio musste zugeben, dass er einem Falken sehr ähnlich sah, schließlich war er schon oft mit welchen um die Wette geflogen. Er hatte nie gewonnen.
Elgar stieß zu ihnen auf die Steuerbordseite. „Entschuldigt, bitte! Ich bin selbst überrascht, dass mir so übel ist“, sagte er.
Ewein klopfte ihm auf die Schulter. „Wasser und Luft sind nicht dasselbe. Ich weiß, wie seefest du bist, alter Freund!“ Dann griff er in seine Umhängetasche und drückte ihm eine geschälte Zwiebel in die Hand. „Hilft gegen die See- und Luftkrankheit!“
Elgar schaute skeptisch auf die Knolle. Seine Kameraden von der anderen Seite blickten zu ihm herüber. Dann biss er hinein.
„Ih!“, rief Petrissa, und wie auf Kommando drehten sich die vier wieder ab und würgten.
„Hm, gar nicht schlecht!“, sagte Elgar. „Nicht so scharf, wie ich befürchtet hatte.“
„Wenn du sie den ganzen Flug über kaust“, erläuterte der Kapitän, „leidest du in der Luft ebenso wenig wie auf dem Wasser. Außerdem enthalten sie reichlich Stoffe, die uns bei langen Überfahrten gesund halten.

Die Not ist des Apothekers bester Freund!“, sprüchelte er augenzwinkernd.
Elgar holte tief Luft, dann erklärte er der Prinzessin, dass Königin Anna zunächst das auf Expedition in den Norden entsandte Luftschiff zurückbeordern wollte, doch da es keine Möglichkeit gab, es zu kontaktieren, habe sie ein zweites bauen lassen.
„Unglaublich!“, sagte die Prinzessin, und Fio wusste, dass sie nicht nur den Schiffsbau meinte. Ihre Eltern hatten offensichtlich von langer Hand geplant, sie hereinzulegen.

Insel der Früchte, Hafen

Nach einer guten Stunde Fahrt hatten sie das Festland hinter sich gelassen und die Insel der Früchte lag in Sicht. Natürlich war es keine Insel, auf der es nur Früchte gab oder die gar aus Früchten bestanden hätte. Vielmehr war es eine Insel mit fruchtbarstem Boden. Sie war frei von Bergen, die die Sonne davon abgehalten hätten, die heimischen Pflanzen die volle Zeit des Tages zu bescheinen. Das Klima war von vielen Sonnenstunden und ausreichend Regen bestimmt und hatte die Insel zu einem wahren Pflanzenparadies werden lassen. Die Erträge waren üppig und die Einwohner hatten einen regen Handel mit Obst und Gemüse aller Art aufgebaut.

„Hier gehen wir runter!", kündigte der Kapitän an.

Inzwischen hielt sich nur noch Petrissa in der Nähe der Reling auf. Die anderen rochen intensiv nach Zwiebeln und schienen von der Luftkrankheit genesen zu sein.

Ewein ging zum Feuertopf, der unter dem Ballon heiß brannte und deckte die Öffnung zu einem Viertel mit einer großen Tonscheibe ab, die er mit einer Eisenzange auf das hell lodernde Feuer legte. Nach wenigen Minuten verlor das Schiff an Höhe.

„Das Geheimnis ist", erklärte er, „nur so viel Hitze wegzunehmen, dass das Schiff behutsam sinkt. Schließe ich zu viel, gehen wir zu schnell runter und im schlimmsten Fall fällt der Ballon zusammen. Dann stürzen wir wie ein Stein ins Meer."

Von der Reling setzte Petrissas Würgen wieder ein. Fio ging mit Quirina in den Sinkflug und steuerte einen Landungssteg an, an dem mehrere Handelsschiffe und zahlreiche Boote festgemacht waren. Unzählige Menschen bewegten sich mit Körben zwischen ihnen und großen Lagerhäusern hin und her. In ihnen erkannte er Bananen und Orangen. Sogar Ananasfrüchte konnte er ausmachen.

„Schau mal!“, rief seine Freundin. „Kokosnüsse!“

Fio steuerte auf einen Stand unweit des Stegs zu, an dem ein junger Mensch sie feilbot. Kurz davor landete er sanft, Quirina löste sich vom Drachensattel und sprang auf den Händler zu, der mit großen Augen auf den Drachen starrte. Als sie bereits bei ihm war, fixierte er Fio noch immer voller Faszination. Dann erkannte er das königliche Wappen der Lindheimer am Sattel und starrte Quirina mit großen Augen an.

„Eure Hoheit!“, sagte er und verbeugte sich so tief, dass er beinahe vornübergekippt wäre.

Die Prinzessin machte einen Knicks. „Zwei Kokosnüsse, bitte!“, sagte sie, und der Junge eilte sofort an seinen Zubereitungstisch. Fio hatte noch nie Kokosnüsse gesehen und schaute ihm gespannt zu. Er wühlte so lange in einem großen Korb mit den Früchten, bis er die zwei schönsten gefunden hatte.

Während der Junge, der kaum älter als Quirina war, die Kokosnüsse, einen Handbohrer und eine Machete auf den Tisch legte, blickte er immer wieder verstohlen auf und wusste nicht, wo seine Augen verweilen sollten, bei dem ersten Drachen, den er

leibhaftig sah, oder dem ersten Mitglied der königlichen Familie, das an seinem Stand erschienen war.
„Danke!", sagte Fio, warf sich die kleinere der beiden Kokosnüsse in den Mund und kaute kräftig. „Außen pelzig, innen saftig! Lecker!", stellte er schmatzend fest.
Der junge Inselbewohner starrte ihn irritiert an. Mit offenem Mund eilte er sich, die zweite Kokosnuss zu bearbeiten. „Bitte schön, Eure Hoheit!", sagte er und reichte Quirina eine Hälfte der geöffneten Kokosnuss, die sie lächelnd entgegennahm. Mit beiden Händen trank sie von der Kokosmilch, während die zweite Hälfte geschält und in Stücke geschnitten wurde.
Die Prinzessin nahm das erste vom Tisch und biss ein Stück ab. „So geht es natürlich auch!", sagte sie lachend zu Fio. Mit beiden Händen griff sie die übrigen und bedankte sich mit einem weiteren Knicks. „Der Drache zahlt!", rief sie, während sie bereits zurück zum Steg rannte, wo das Luftschiff inzwischen gelandet und der Ballon eingeholt war. Ewein und Elgar falteten ihn zusammen.
Fio schluckte die zerkaute Nuss herunter, bedankte sich ebenfalls und legte eine handtellergroße Goldmünze auf den Tisch. Er eilte hinterher, während der junge Händler ohnmächtig wurde. Viel später würde er Besitzer eines großen Handelsimperiums für Kokosnüsse sein und im Firmenemblem einen Drachen tragen. Doch das ist eine andere Geschichte.
Als er am Luftschiff angekommen war, trugen Hafenarbeiter bereits von Kapitän Ewein vorab georderte Körbe mit Proviant über ein breites Brett, das zwisch-

en Steg und Laderampe angelegt war, an Bord. Thomasyn half zwei von ihnen, ein großes Fass mit Trinkwasser gebückt unter Deck zu tragen. Fio stand neben Quirina am Steg und bewunderte erneut den detailreich geschnitzten Falkenkopf, der den Bug zierte. Er war so naturgetreu, dass es den jungen Drachen nicht gewundert hätte, wenn ein zahmer Falke dafür stundenlang still Modell gestanden hätte.
„So!“, sagte Ewein, während Elgar und seine Leute die Obstkörbe leer wieder aus dem niedrigen Unterdeck heraustrugen. „Das wars. Darf ich bitten!“ Mit diesen Worten und einer einladenden Geste bat er beide an Deck, die der Einladung sogleich folgten. Unter Fios Gewicht knarzte die Laderampe bedenklich.
„Die Hälfte der Reise werden wir im Wasser fortsetzen müssen“, fuhr der Kapitän fort, und Petrissa seufzte erleichtert. „Unsere Zuladung und sieben Menschen sind tatsächlich zu schwer zum Fliegen, doch ohne das volle Süßwasserfass und den Proviant können wir das offene Meer bei dieser Sommerhitze nicht überqueren.“ Ewein zuckte entschuldigend mit den Schultern, als er ihre traurigen Gesichter wahrnahm. „Das Schiff ist in der Luft eigentlich nur für vier Personen ausgelegt. Ein Luftschiffkapitän und drei Expeditionäre!“
„Expeditionäre?“, fragte Fio, und seine Freundin erklärte ihm, dass die Königinsschwalbe, der die Königsfalke nachgebaut war, ein reines Erkundungsschiff war. Ein Erdkundler, ein Pflanzenkundler und ein Tierkundler befuhren mit ihr derzeit den hohen Norden. Sie vermaßen das unerkundete Land, fertig-

ten Zeichnungen von unbekannten Tieren und Pflanzen und bereicherten so das Material des königlichen Bibliothekars. Seine Schreiber fassten das Wissen in Büchern zusammen und mehrten so das Wissen der Lindheimer. Lernen bedeutet, die Welt zu verstehen, sagte ihr Vater immer, und Quirina liebte es, in den neuen Büchern zu schmökern.

„Hinzu kommt noch", ergänzte Elgar, „dass wir gerüstet sind. Deine Mutter bat uns, für alle Fälle auch Schilde und eiserne Brustharnische mitzuführen. Das wiegt viel mehr als die Zirkel, Griffel und Vergrößerungsgläser der Wissenschaftskundigen. Seid ihr sehr traurig?"

„Ach, schon gut", sagte Fio mit fragendem Blick auf seine Freundin.

„Alles in Ordnung!", antwortete sie, steckte ein Stück Kokosnuss in den Mund und hüpfte auf die andere Seite des Schiffs. „Wir können ja zwischendurch ausfliegen und nach der Hälfte sind wir ja leichter und sicher wieder in der Luft, nicht?" Die Prinzessin lächelte und der Kapitän erwiderte ihre Mimik erleichtert.

Fio beugte sich zum Bug und studierte weiter den Falkenkopf.

„Man kann seine Augen von diesem Meisterwerk kaum wegnehmen, nicht?", sagte Ewein, und der junge Drache nickte.

„Hättest du lieber einen Drachenkopf am Bug?", rief Quirina und zeigte auf die gegenüberliegende Seite des Hafens. Drei Schiffe waren zu erkennen. Die Segel

waren gerefft und an den Bugen befanden sich geschnitzte Drachenköpfe.
Ewein und die Leibwächter stellten sich neben sie und blickten besorgt herüber.
„Unbeflaggt! Das ist nicht gut! Ganz und gar nicht gut!“, sagte der Kapitän mit Blick durch sein Fernrohr, während über ihnen die Flagge Lindheims im Wind zu zittern begann.

Achtes Kapitel

Bucht der Wasserdrachen, auf dem Meer

Fast bis zur Unsichtbarkeit hatte sich die Seeschlange im Schlick des Meeresgrundes vergraben. Nur ein Teil ihres Kopfs ragte heraus. Mit beiden Augen starrte sie in die Weite des dunklen Meeres, während sie unablässig Wasser einzog und jede noch so feine Veränderung wahrnahm, noch weit bevor ihre Augen überhaupt etwas erfassen würden. Wasserpflanzen wogten im Meer, als führten sie einen gemeinsamen Tanz auf. Zwischen ihnen schwammen Fische in allen erdenklichen Farben.

Er kommt näher, dachte sie und sog weiteres Wasser ein, das sie über ihr Maul wieder ins Meer zurückströmen ließ. Ein Wal näherte sich. Das wusste die Seeschlange bereits. Er war nicht sehr groß, das konnte sie mit ihrem Echolot bereits einschätzen. Zwischen ihren Augen befand sich das kleine Organ, mit dem sie Ultraschallwellen dem Unsichtbaren entgegenwerfen konnte und dessen Echo es ihr ermöglichte, ihre Umgebung selbst dann wahrzunehmen, wenn es dunkelste Nacht war und sie an der tiefsten Stelle der See schwamm. Ihr Opfer kam näher. Nun konnte sie ihn sehen. Er würde ihr Nahrung für viele Wochen sein. In den letzten Jahren waren die Fischbestände stark geschrumpft und auch die Wale waren seltener geworden. Die Seeschlange bemaß ihr Futter mit geschultem Blick. Er hatte einen weißen Bauch und einen schwarzen Rücken. Sie kannte diese Sorte. Sie waren Fleischfresser wie sie selbst. Das Tier kam immer näher und ahnte nicht, welche Gefahr in der Tiefe auf es lauerte. Als der Wal über ihr war, schnellte die Seeschlang aus dem Boden. Ihr Körperumfang übertraf nur leicht den des Wales, doch an Länge überbot sie ihn um ein Vielfaches. Sie stieß aus dem Schlick empor und nur eine überraschende Wende konnte den Wal davor retten, gleich gefasst zu werden. Auch er wusste, dass die Seeschlange kein gleicher Gegner war und zog die Flucht dem Kampf vor. Wellenförmig bewegte die Seeschlange ihren Körper und wurde rasch schneller. An Geschwindigkeit war sie dem Wal weit überlegen. Mit schnellen Haken rettete er sich vor ihrem großen Kiefer, doch sie trieb ihn zielgerichtet voran. Ein von eng nebeneinanderliegenden Felsformationen bestimmtes Areal lag voraus.

Gleich habe ich dich in die engste Stelle des Riffs getrieben, dachte die Seeschlange, dann bringt dir deine Wendigkeit keinen Vorteil mehr.

Der Wal hoffte, sich dort vor ihr retten zu können, die ihm siegesgewiss folgte. Die Räume zwischen den Felsen wurden immer enger. Die Kiefer der Seeschlange öffneten sich weit und der kleine Wal blickte hoffnungslos umher. Dann sah er die erhoffte Chance zu entkommen und steuerte auf eine enge Lücke zwischen zwei Felsen zu, die ihn wieder ins offene Meer führen würde. Er passte genau durch, doch die

Seeschlange war bereits so schnell, dass sie Gesteinsbrocken aus den Felsen brach und dem Wal dennoch weiter folgte. Wenige Meter trennten beide. Zu spät erkannten sie, was vor ihnen gespannt war. Ein Fischernetz aus dickem Tau trennte die Unterwasserfelsen vom offenen Meer. Der Wal und die Seeschlange schwammen mit voller Geschwindigkeit hinein, es zog sich zu und verschnürte sie darin. Nun waren beide Opfer.

Ein wenig früher hatte ein Matrose gerufen: „Hast du ihn noch im Blick?“ Er stand an einer Harpune am Bug eines Walfangschiffs. Es stand unter vollen Segeln und teilte das Meer wie ein Pflug den Acker.
Der Matrose im Ausguck rief ihm zu: „Er ist plötzlich abgetaucht! Aber da ist noch etwas anderes im Meer!“
Ein Teil der Mannschaft stand an zwei Booten und hielten sich bereit, zu wassern und den Wal zu fangen, sobald er harpuniert wäre. Die Walfänger tauschten nervöse Blicke.
„Was ist es?“, rief einer zurück.
„Ich weiß es nicht! Etwas Großes!“, antwortete der Ausguck.
Die Matrosen tauschten ängstliche Blicke. Es war bereits gefährlich genug, sich einem einzelnen Wal zu nähern. Es war noch ein kleiner Wal, das hatten sie während ihrer stundenlangen Jagd bereits erkannt. Was, wenn er Teil einer Walschule war und die großen Muttertiere noch in der Nähe? Nicht selten kehrten Matrosen nicht mehr von den Booten zurück auf den Walfänger. Eine wütende ausgewachsene Walmutter

würde beide Boote mit Leichtigkeit zerstören und niemand würde mehr zu seiner Familie an Land zurückkehren. Der Wal- und Fischfang war in den letzten Jahren immer schwieriger geworden. Die Bestände waren stark geschrumpft. Die großen Städte der umliegenden Königreiche wuchsen beständig und mussten ernährt werden. Die Zahl der Walfänger und Fischerboote hatte sich so stark vergrößert, dass viele Fischer nicht mehr von ihren Fängen leben konnten und ihre Familien gezwungen waren, am Rande der Armut zu leben oder sich zusätzlich als Tagelöhner zu verdingen.
„Er steuert auf das Riff zu!", rief der Ausguck mit Freude in der Stimme.
Der Harpunier senkte seine Kanone, in der die mit einem Tau verbundene Harpune steckte. „Dann geht er uns in die Falle", jubelte er, und die Matrosen an den Booten stimmten mit ein. Das Netz, das sich um den Wal wickeln würde, sobald er hineingeschwommen wäre, würden sie steuerbord am Walfänger vertäuen können, ohne die gefährliche Bootsfahrt zu einem panischen Wal unternehmen zu müssen.
Der alte Steuermann des Walfängers durchschiffte die Felslandschaft gekonnt. Ihre Oberfläche würde den Rumpf eines jeden unerfahren gesteuerten Schiffs unerbittlich aufreißen.
„Er ist im Netz!", rief der Ausguck, und die Matrosen sahen freudig auf die wackelnden Bojen, die den Fang ankündigten.
Sie nahmen Fahrt weg. Auf gleicher Höhe beugten sich die Matrosen mit langstieligen Haken über die

Reling, um das oberste Tau des Netzes zu greifen. Sie zogen es an das Schiff, hakten es dort in Seilwinden ein und begannen das Netz an großen Kurbeln nach oben zu hieven. Die Winden ächzten unter der Last.
„Warum ist das so schwer?", wunderte sich einer der Matrosen.
Der Harpunier runzelte die Stirn und schwenkte seine Kanone.
„Oh, mein Gott, was ist das denn?", schrie ein anderer Seemann.
Im Netz sahen sie einen riesigen drachenartigen Kopf. Das Tier hatte seinen langen Leib um den kleinen schwarz-weißen Wal gewickelt, den sie verfolgt hatten. Der Meeressäuger versuchte, mit seinen scharfen Zähnen nach ihr zu schnappen. Die Matrosen zogen das Tau, soweit es ging, nach oben, doch ihre Kräfte und die der Winden scheiterten am unvorstellbaren Gewicht, das beide Tiere zusammen hatten.
„Das ist ein Riesendrache oder sowas!", ertönte der Ruf des Steuermanns, der vom Peildeck den besten Blick hatte. Mit langen Speeren stachen einige der Matrosen auf den vermeintlichen Riesendrachen ein, doch die Panzerhaut war undurchdringlich. Als sie das Tau fixierten, bekam das Walfangschiff gefährliche Schlagseite. Der Wal wurde plötzlich ruhig. Sein Gewicht lastete auf ihm, nun, da er nicht mehr unter Wasser war, wo er höchstens ein Zehntel dessen wog, was gerade auf seinen Lungen lastete. Die Seeschlange, deren Leib fast nur aus Muskelsträngen bestand, wurde hingegen immer agiler. Die Last der höheren Schwerkraft störte sie nicht, ihre Panik entstand durch

die Luft. Ihre Kiemen waren nicht mehr in Kontakt mit dem Wasser. Das Atmen begann ihr immer schwerer zu fallen. Sie lockerte ihren Griff um ihre gewonnen geglaubte Beute und begann sich immer schneller zu winden.

„Wir kentern. Die Gegengewichte nach backbord! Rasch!", rief der Kapitän mit Furcht in der Stimme. Das Schiff schaukelte sich auf, als sei es in einen Orkan geraten. Die der Rumpf der Steuerbordseite war einen halben Meter über der Wasseroberfläche, wenn das Schiff in Richtung des Netzes schaukelte. Es wippte immer schneller hin und her. Mehrere Matrosen eilten zur anderen Seite und fluteten außenliegende Wassertanks. Das Schaukeln beruhigte sich, doch nicht genug, um die Besatzung zu beruhigen.

Nun befreite sich der kleine Wal. Er biss in den Schwanz der Seeschlange, die sich nun so wild umherwand, dass das Holz des stabilen Schiffes zu bersten drohte. Zwei Matrosen fielen zu Boden.

Der Harpunier schrie: „Der Winkel ist zu spitz. Ich bekomme sie nicht in das Schussfeld."

In diesem Moment attackierten die beiden Gefangenen die dicken Taue des Netzes. Der Wal kämpfte verzweifelt, doch es waren die starken Kiefer der Seeschlange, die die Taue mit nur wenigen Bissen auseinanderschnitten.

„Der Wasserdrache befreit den Wal. Tut was!", rief einer der Matrosen.

Mit einem Ruck entließ das zerstörte Netz Wal und Seeschlange. Das Schiff schwankte so plötzlich nach backbord, dass auch die restlichen Matrosen zu Boden

fielen und der Steuermann sich am Ruder festklammern musste.
Der kleine Wal tauchte sofort ab und die Seeschlange stieß sich am Schiff in Richtung des Bugs ab, um Abstand zu gewinnen.
„Ich habe sie!“, rief der Harpunier, und mit einem lauten Knall schoss die eiserne Harpune auf die Seeschlange zu. Binnen Sekunden war sie getroffen, doch die spitze Walfangwaffe prallte an ihrer Haut ab, als sei sie nur ein Zahnstocher.
Mit gen Himmel gereckten Fäusten drohten ihr die Matrosen, als sie unter Wasser verschwand.
„Hätten wir doch Drachenwaffen!“, klagte der Harpunier schwer atmend, während das Schaukeln des Walfängers langsam nachließ.

Tal der Drachen

Ceti verließ die Höhle seiner Eltern, die am Westrand des Tals der Drachen lag. Tatsächlich war es gar kein richtiges Tal, denn bis auf ein paar Hügel umrandete es nichts, das den Begriff Gebirge verdient hätte. Ursprünglich hatte das Gebiet auch gar keinen Namen. Im Norden schlossen sich die Küste und die Bucht der Wasserdrachen. Dort lebten seine Familie und die, die sich seiner Mutter als Oberhaupt angeschlossen hatten. Am Ostrand waren die Feuerdrachen beheimatet, das war der Bereich seines Opas Sirrusch. An diesen schloss sich im Süden das karge, aber große Reich der Wurmdrachen an, in dem seine

Cousine Lida mit ihren Eltern lebte. Wenn Drachen jemanden besuchten, dann sagten sie zum Beispiel: „Ich gehe jetzt Lida bei den Wurmdrachen besuchen." Damit war klar, dass man das Gebiet aufsuchen würde, in dem die Wurmdrachen ihr Revier hatten. Als vor einigen Menschenjahren jedoch ein fliegendes Schiff über das Tal geflogen war, hatte sich alles geändert. Ceti war ihm voller Neugier gefolgt. Voller Staunen hatten die vier Menschen an Bord gewunken. Es waren Wissenschaftler gewesen, die den Auftrag gehabt hatten, das ganze Land für die Menschen zu vermessen und Karten zu zeichnen. Ceti war begeistert gewesen, als sie ihm das Kartenmaterial gezeigt hatten. Alles, was er kannte und noch viel mehr, war darauf klein, aber detailreich verzeichnet. Alle Länder und Städte waren mit kunstvollen Namen überschrieben. „Wie heißt euer Land?", hatte einer von ihnen gefragt, und der junge Drache hatte begonnen, ihnen die Familien zu beschreiben, die dort wohnten und von welcher Art sie waren. Schnell hatte der Wissenschaftler ihn unterbrochen und auf die Höhle gezeigt, die die Familie seines Cousins Fio bewohnte. „Hier ist das Himmelskammtal!", hatte der Geograph begonnen. „Und hier ist die Drachenhöhle vom Himmelskamm. Wir brauchen einen Namen!"
Ceti hatte die Stirn gerunzelt und auch der Wissenschaftler schien um eine Idee verlegen zu sein. Dann hatte sich ein anderer eingeschaltet. „Drachen leben doch immer am Rand von Tälern!", hatte er gesagt und zu zeichnen begonnen. Am Ende stand über dem gesamten Areal, das Wasser-, Feuer- und Wurmdra-

chen sich seit so vielen Generationen teilten, in kunstvollen Lettern: Tal der Drachen.
Als Seti es zu Hause erzählt hatte, wurde es zu einem Witz unter allen, die hier lebten. Wollte ein Wasserdrache die Feuerdrachen besuchen, sagte er: „Ich gehe jetzt ins Tal der Drachen!“ Besuchte ein Feuerdrache einen Wurmdrachen, sagte er dasselbe und der gleiche Spruch wurde selbst dann lachend aufgesagt, wenn die Wasserdrachen Besuch erhielten, und das obwohl deren Bucht noch viel weniger mit einem Tal gemein hatte als der Rest des von den Menschen so bezeichneten Landes. Letztlich hatten die Drachen dann doch Gefallen an dem Namen gefunden und nun lebten sie auch in ihren Augen im Tal der Drachen. Er musste schmunzeln, als er an diese Geschichte zurückdachte.
Unweit des Höhleneingangs sah er einige Drachen, die dicht beieinanderstanden und offensichtlich über etwas wütend waren. Sie gestikulierten wild mit ihren Armen und dem Feuerdrachen unter ihnen entfloh Rauch aus den Nüstern. Er trat zu ihnen und grüßte mit einem Winken.
„Hallo, Ceti!“, sagte der Feuerdrache, an den sich der junge Drache nur vage erinnerte. Er war einer der Enkel seines Opas Sirrusch. Er war nur selten hier an der Bucht. „Hast du es schon gehört? Ein Wasserdrache ist von einem Walfänger mit einer Drachenwaffe angegriffen worden!“
Ceti war schockiert. So etwas war noch nie geschehen. „Wer ist es?“, fragte er erschrocken. Keiner antwortete. Sie blickten nur ratlos umher.

Der Bergdrache unter ihnen kratzte sich am Kopf. „Das ist das Komische!“, gestand er. „Niemand will zugeben, verletzt zu sein.“
„Wer mit einer Drachenwaffe attackiert wird, muss das nicht zugeben. Man sieht es!“, warf er ein.
„Eben nicht“, sagte der Flugdrache der Runde. „Wir vermuten, es war nur ein Streifschuss und, wer auch immer deiner Familie das Ziel war, will nicht zugeben, den Fischern in die Falle getappt zu sein.“
„Hm!“, rätselte Ceti. „Warum sollten Fischer einem Wasserdrachen eine Falle stellen?“
„Ich weiß nur“, sagte der Flugdrache, „dass ich den Walfänger mit dem zerrissenen Netz gesehen habe. Es heißt, sie hätten einen Wasserdrachen mit einem Wal geködert, um ihn zu fangen und dass er sich befreit hätte!“
Ceti schüttelte den Kopf. „Da stimmt doch etwas nicht. Wasserdrachen fangen doch keine Wale. Die sind doch viel zu groß!“
„Aber ich habe doch das Netz gesehen!“, setzte der Flugdrache beleidigt nach.
„Warum hatten sie sonst eine Drachenharpune, wenn sie keinen von uns erlegen wollten?“, fragte der Bergdrache in die Runde.
„Woher sie die Drachenwaffen haben, ist doch die Frage“, sagte Ceti. „Die sind doch seit ewigen Zeiten überall gebannt. Welche zu besitzen, steht unter Höchststrafe. Ganz gleich, wo man lebt.“
„Ja!“, räumte der Feuerdrache ein. „Dieses Rätsel konnten wir auch noch nicht lösen.“
„Hat sie einer gesehen?“

„Nun“, antwortete der Flugdrache. „Ich vermute, dass die Waffe nun auf dem Grund des Meeres liegt.“
„Ich fasse zusammen“, sagte Ceti. „Wir haben keinen verletzten Drachen, keine Drachenwaffe und auch kein Motiv, einen Drachen zu fangen.“
Die drei Drachen nickten verlegen.
„Und einen direkten Zeugen haben wir auch nicht.“
Sie schüttelten die Köpfe und schauten ihm bewusst nicht in die Augen.
Ceti nickte. „Ich denke, ich höre mich mal beim Fischerkönig um!“ Mit diesen Worten ging er und ließ die Drachen schulterzuckend zurück.
Der junge Drache hob ab und gewann mit wenigen Flügelschlägen rasch an Höhe.

Neuntes Kapitel

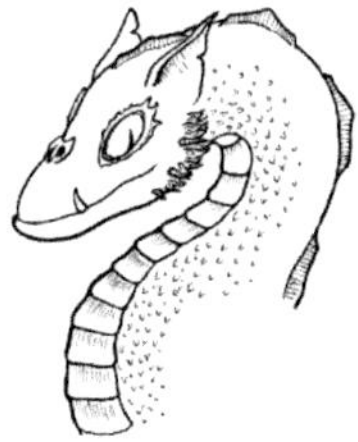

Königsstadt Lindheim, Zerbrochener Krug

Aigolf stand am Tisch der beiden Nordleute. Sie schwiegen und blickten ihm, ohne zu blinzeln, in die Augen. Harold legte ihnen mit einem freundlichen Lächeln die Zeichnung Lienhards auf den von den Spuren des Kneipenalltags gezeichneten Tisch. „Da möchte jemand Kontakt mit euch herstellen“, sagte er mit fröhlicher Stimme. „Darf ich vorstellen: Das ist…“, setzte er an und blickte dann fragend zu Aigolf.

„Geraldo, Gewürzhändler!“, antwortete er und war stolz, dass ihm dieser Tarnname auf die Schnelle eingefallen war.

Harold nickte und fuhr fort: „Hier haben wir Frieda und Friedjolm von den Feuerinseln. Ein Getränk?“

Frieda bedeutete Aigolf sich zu setzen und blickte zu Harold. Mit krächzender, dunkler Stimme bestellte sie drei Krüge Bier, sodass es den Wanderkrämer erneut schauderte.

Wie macht diese Frau das bloß?, dachte er. Jetzt streng dich an. „Frieda und Friedjolm von den Feuerinseln?“, sagte er mit der schmeichlerischsten Stimme, die in dieser Spelunke, vermutlich sogar in ganz Lindheim, je vernommen wurde. „Ich habe schon so viel Gutes von dort vernommen. Die schönsten Maiden und die mutigsten Recken sollen von dort kommen. Und nun habe ich die Freude, ausgerechnet auf Frieda und Friedjolm zu treffen."

„Spar dir deine süßen Worte, Aigolf, Wanderkrämer! Dein falscher Bart kann uns nicht täuschen. Wir sind im Salz geboren, dein Zucker wirkt an uns nicht!", unterbrach ihn Frieda, deren Stimme klang, als würde ein Kolkrabe mit Sand gurgeln.

Sein Gesicht erfror mit geschürzten Lippen, auf denen gerade die nächste Schmeichelei zusammen mit seiner Tarnung verstorben war.

„Wir sind Söldner! Wir sind weder schön, noch Damen", fuhr sie fort. „Wir sind weder mutig, noch Recken. Wir tun, was für Gold getan werden muss, nicht mehr! Mein Bruder und ich haben drei Drachenschiffe an der Insel der Früchte vor Anker. Du bist offenbar aus der Haft entkommen und hast einen Auftrag für uns. Wir haben die richtigen Leute, ihn zu erledigen. Noch unterrichtet kein Alarm von deiner Flucht. Ich denke, die Zeit drängt. Also lass uns zum Geschäft kommen und nicht so tun, als wären wir Verliebte und mein Bruder bei uns, um die Mitgift zu verhandeln."

Aigolf zog seine geschürzten Lippen wieder ein. Respekt!, dachte er sich. Das ist mir noch nie untergekommen. „Nun!", setzte er an und wurde von Harold unterbrochen, der drei volle hölzerne Bierkrüge auf dem Tisch absetzte und die Henkel je in die Richtung seiner Gäste drehte. Dann wischte er mit einem fleckigen Lappen über die Mitte des Tischs, auf der sich der Schaum rasch in eine kleine Lache

verwandelt hatte. Mit einem zufriedenen Nicken und einem gütigen Lächeln schritt er wieder zurück hinter die Theke.
Aigolf blickte ihm nach. Mit dem gleichen Lappen säuberte er nun eines von zwei Gläsern, die vor ihm standen. Vermutlich waren es die einzigen, die er hatte und für den Moment aufbewahrte, wenn ein hoher Gast hereintreten und seinen besten Wein verlangen würde. Das wird nie geschehen, dachte der Wanderkrämer, und das weißt du auch. Dennoch bist du so zufrieden und fröhlich. So wird nie etwas aus dir. Als er sich wieder umdrehte, hatten die beiden Nordleute ihre Krüge bereits gegriffen und erhoben. Aigolf tat es ihnen gleich. „Nun, dann auf einen…", begann er einen Trinkspruch, doch die Geschwister setzten ihre Krüge unvermittelt an die Lippen und leerten sie in einem Zug. „… guten Geschäftsverlauf!", beendete er seinen Satz und stellte den Krug, ohne zu trinken, wieder ab.
„Also, Wanderkrämer! Wer schickt dich? Was willst du von uns?", sagte die gedrungene Frau fordernd.
„Lienhard schickt mich und was ich will, ist Rache!"
„Rache?", hakte die Nordfrau nach.
„Rache, die auch in eurem Sinne sein sollte."
Frieda hob eine Braue und ihr schweigsamer Bruder rückte neugierig näher.
Jetzt habe ich euch, dachte Aigolf triumphierend. „Erinnert ihr euch grob an einen Drachen, den ihr in Lienhards und Enndlins Auftrag fangen solltet?"
Die beiden Geschwister blickten einander an und waren ihm sogleich wieder zugewandt.

„Fahr fort!“, sagte Frieda mit einer Stimme, die Aigolf zu Vorsicht gemahnte.
„Er ist in Lindheim, wie ich auf der Straße erfahren habe. Eine Reise in den Süden steht bevor. Und er ist nicht alleine, was euch ebenfalls interessieren dürfte.“
Er zog alle Register seiner Verhandlungskunst und legte eine kurze Spannungspause ein. „Er hat seine erste Drachenreiterin und zwar keine geringere als die Prinzessin selbst. Soweit ich weiß, hatte sie die tapferen Fünfzig geführt, die die Drachenjäger verhaften und deren Söldner in die Flucht schlagen konnten.“
Die Augen seiner Verhandlungspartnerin verengten sich. Jetzt wird es etwas kniffelig, dachte er. Natürlich wusste er, dass es Friedas und Friedjolms Leute waren, die trotz Überzahl geflohen waren. Überzog er es, beleidigte er seine Geschäftspartner. Untertrieb er, fiel seine Manipulation auf. „Es muss ein ungleicher Kampf gewesen sein. Zwei Drachen und fünfzig Elitesoldaten gegen sich zu haben, ist schwer, eine Situation, fast unmöglich zu bestehen. Es sei denn, …“ Aigolf wählte eine Kunstpause. „… es sei denn, man hat Drachenwaffen zur Verfügung!“
„Drachenwaffen sind seit der Zeit Großkönig Adalberts gebannt“, wiegelte Frieda ab. „Abgesehen von den drakonischen Strafen, die auf den Besitz stehen, sind nach so vielen Jahrhunderten gewiss keine mehr zu finden. Die wenigen, die die Drachenjäger hatten, sind unter königlicher Verwahrung.“
„Nun, diese wenigen sind es“, sagte Aigolf. Nun habe ich euch, dachte er und spielte seinen Trumpf aus. „Nur waren ihre Pläne weit größer! Hier sind die

Arsenale für den großen Putsch, der nie zur Ausführung kam."
Mit diesen Worten drehte er das Stück Landkarte, das mit dem Zeichen der Nordleute nach oben zwischen ihnen lag, lächelnd um. Frieda runzelte die Stirn und ihr Bruder nahm die abgerissene Ecke des Atlasses auf. Er begutachtete den Fetzen Papier und hielt ihn seiner Schwester vor.
Frieda nickte. „Das würde vieles ändern. Eines weißt du jedoch noch nicht, Aigolf. Enndlin…"
„…ist frei und steht im Dienst des Königs!", vervollständigte er ihren Satz.
Frieda lächelte ihn kalt an. „Für kaum zwei Stunden in Freiheit bist du bereits sehr gut informiert. Was macht dich sicher, dass es noch welche gibt? Enndlin hat sich nicht ohne ein überzeugendes Angebot die Freiheit erkauft. Sewolt spionierte für Leontin, bis der Drachenjägerbund zerschlagen war. Das einzige, was Enndlin anbieten kann, ist, die Verstecke der letzten Drachenwaffen, die seinen Drachenfreunden gefährlich werden können, preiszugeben."
Aigolf zeigte mit dem Zeigefinger auf sie. „Du kombinierst gut und richtig. Ich weiß, dass eines noch nicht ausgehoben ist."
„Woher?", fragte die Anführerin der Nordleute.
„Ich habe sie belauscht!", offenbarte der Wanderkrämer siegessicher. „Nur welches das letzte ist, müssen wir noch herausbekommen!"
Friedjolm legte die Karte in ihre Mitte, zog einen Dolch und bohrte ihn schwungvoll auf das am

weitesten von Lindheim entfernte Kreuz. „Dieses ist es!“, raunte er bedrohlich.
Aigolf schrak zurück, während Frieda nicht einmal mit den Augen zuckte. Ich muss vorsichtig sein, sagte er sich in Gedanken. Ich habe sie für mich gewonnen, doch berechenbar sind sie für mich noch nicht. Ich mag Herausforderungen.
„Drachenwaffen sind gegen Drachen gut. Aber was ist mit den Menschen? Wir haben drei Schiffe. Sie sind schnell und wendig“, sagte Frieda. „An Bord sind genug Leute, um kleine Städte zu plündern. Doch Leontins Flotte können wir nicht besiegen, auch wenn es ebenso nur drei Schiffe sind.“
Friedjolm unterbrach das Stopfen seiner langstieligen Pfeife und ergänzte die Bedenken seiner Schwester. „Es sind zwei große und ein sehr großes Kriegsschiff. Ihre Besatzung übersteigt unsere bei weitem und sie haben zig Kanonen! Wenn sie das eine Bordgeschütz sehen, das unsere Schiffe je mitführen, wird uns schon ihr Gelächter versenken.“
Aigolf beugte sich vor und die beiden Geschwister taten es ihm gleich. Er blickte sich um, als würde er sichergehen wollen, dass niemand lauschte. „Ihr habt recht. Bloß ist es so, dass Quirina nicht mit der Flotte aufbricht“, offenbarte er mit Flüsterstimme und verschwörerischem Blick.
Friedjolm lehnte sich zurück, entzündete ein Streichholz und zog mehrmals am Mundstück seiner Pfeife.
„Nicht?“, fragte Frieda.
Aigolf schüttelte den Kopf. „Ursprünglich wollte sie gänzlich alleine mit ihrem Drachen reisen. Mit viel

Mühen scheint sie sich mit ihren Eltern geeinigt zu haben." Er lächelte. Ich muss sie etwas zappeln lassen, sagte er sich. Als Frieda zu sprechen ansetzte, fuhr er unvermittelt fort. „Eine Art Barkasse begleitet sie. Die Elite von Leontins Erster Leibwachengruppe ist an Bord und sein bester Kapitän. Doch mehr nicht!"
Die Geschwister schwiegen. Dann zeichnete sich ein Lächeln ab.
„Sind wir uns einig?", fragte er und hielt Frieda seine rechte Hand hin, um einzuschlagen.
Frieda schaute auf sie herab. „Bevor ich mit Holz einschlage, möchte ich wissen, was ich an Metall erwarten kann."
Aigolf hob einen Beutel aus seinem Mantel empor, weitete die Öffnung mit seiner Linken und hängte ihn an Friedjolms im Tisch steckenden Dolch. Die Geschwister beugten sich vor, schauten hinein und Aigolf daraufhin verwundert an. Frieda entnahm eine der Goldmünzen und pfiff durch die Zähne. „Sind das königliche Prägungen? Woher hast du sie?"
„Ich konnte eine Reservekiste meines wertvollen Elixiers an eine potente Persönlichkeit in hoher höfischer Stellung veräußern", antwortete er grinsend.
„Ein Elixier?", fragte Friedjolm. „Was bewirkt es?"
„Alles, was ich den Augen meiner Kunden ablesen kann", sagte der Wanderkrämer lachend und zeigte sodann in den Beutel. „Und das da!"
Die beiden Geschwister lächelten nun das erste Mal und Aigolf wusste, dass er seinem Ziel sehr nahe war.
„Also?", hakte er nach und schielte auf die noch immer dargebotene Hand. Frieda und Friedjolm legten

ihre auf Aigolfs Holzhand und bekräftigten das soeben geschlossene Bündnis.
„Wirt!", rief Frieda. „Hast du einen von diesen Postpapageien hier?"
Kaum eine Minute später balancierte die kleine kräftige Frau einen noch jungen blauen Vogel auf der Hand. Sie schaute ihn an und sprach langsam und bedächtig. „Bring folgende Nachricht zu unseren Schiffen vor der Insel der Früchte: Segelt zum Delta, aber ohne Flagge, und bewacht es. Prinzessin Quirina sticht in einem kleinen Schiff mit ihrem Drachen und nur wenigen Leibwächtern an Bord in Richtung Süden in See. Schnappt sie euch! Und holt uns am Hafen ab! Wir wissen, wo Drachenwaffen zu finden sind."
„Zu viele Zeichen!", antwortete der Papagei.
„Was?", empörte sich Frieda.
„Zu viele Zeichen!", rief Harold von der Theke aus. „Erst die erwachsenen Postpapageien haben unbegrenztes Merkvermögen."
Frieda seufzte. „Was war das früher so einfach mit Brieftauben. Wenn der Text zu lang war, hast du halt kleiner geschrieben. Also nochmal: Fahrt unbeflaggt zum Delta! Bewacht es gut! Die Prinzessin sticht mit kleinem Schiff, Drachen und wenigen Leibwächtern Richtung Süden in See. Schnappt sie euch."
Der Papagei schaute auf den Kartenfetzen, nickte, hob ab und flog durch das offene Fenster in Richtung des Lindsees davon. Friedjolm und Frieda erhoben sich. „Wirt, es geht alles auf unseren neuen Freund", rief sie Harold zu.

Aigolf nahm seinen Beutel und Friedjolm Dolch und Karte an sich.
„Wohin?“, fragte der Wanderkrämer.
„Zum königlichen Postamt. Unsere Leute müssen uns abholen“, antwortete die Nordfrau.
Als sie das Gasthaus verlassen hatten, schickte Harold seinen Küchenjungen zur Hintertür hinaus und mit einer Nachricht zwei anderen seiner Gäste hinterher. Dieses Treffen dürfte sie sicherlich sehr interessieren. Wir lieben Drachen, wiederholte der Wirt im Kopf die Losung seines Drachenfreundevereins und hielt sein zweites Glas prüfend gegen das Licht.

Marheim, Residenzstadt des Fischerkönigs

Mit weit ausladenden Schlägen seiner Flügel ließ Ceti die halbe Flugstunde hinter sich, die die Höhle seiner Eltern von Marheim trennte. Sie führte über eine karge Steinwüste, die nur hier und da von Büscheln harter, scharfblättriger Gräser und seltener von einigen Palmen unterbrochen war. Bald kam die Residenzstadt in Sicht. Stadt war eigentlich der falsche Begriff. Wenn Ceti an Lindheim dachte, wo Leontin herrschte, war ihm rasch das Bild einer Stadt präsent. Hohe Häuser, dicht nebeneinanderstehend, viel bebaute Fläche und unzählige Menschen. Der Fischerkönig lebte in der größten Stadt, die sein Reich hatte, doch war es im Vergleich kaum mehr als ein befestigtes Dorf mit einem etwas größeren Haus, das seine Residenz war. Die Fischer waren nicht ansatzweise so wohlhabend wie die Lindheimer. Sie hatten keine Metalle, kein Gold, kein Silber, aus dem sie ihren Reichtum schöpfen konnten. Sie hatten Fisch und davon ließen sich weder große Reichtümer erlangen, noch viele Menschen anziehen. Dem war es vielleicht auch zu verdanken, dass ein so kleines Königreich seit hunderten von Menschenjahren existieren konnte und noch nie erobert worden war. Es war einfacher und lohnender, mit den Fischern zu handeln und mit ihnen dringend benötigte Waren zu guten Preisen gegen Fisch zu tauschen, als ihr Land zu erobern und es dann mühsam selbst zu unterhalten.

Kurz vor dem Stadttor setzte Ceti zur Landung an. Natürlich hätte er auch hinter der Mauer direkt vor dem Haus seines Freundes, dem König, landen können, doch der junge Drache empfand das als ungebührlich. Schließlich würde er auch nicht wollen, dass dieser einfach so in seiner Schlafhöhle im Heim seiner Eltern erschien und ihn erschreckte.

„Guten Morgen, Ceti!", rief eine der beiden Wachen, die je links und rechts des hohen hölzernen Tores in kleinen offenen Häuschen darüber wachten, wer ein und aus ging. Das Tor stand offen.

„Auch euch einen guten Morgen!", erwiderte der Drache.

Die zweite Wache grüßte ihn militärisch. „Geh einfach zu unserem König durch. Er erwartet dich schon. Du kommst doch wegen des Vorfalls, oder?"

Ceti wunderte sich, wie schnell Konflikte die Runde machten. „Ja!", sagte er, und die Wache lächelte.

„Das ist gut!", sagte der Wachmann. „Ist bestimmt nur ein Missverständnis gewesen, der Angriff."

„Sicherlich!", erwiderte der Drache und durchschritt den Torbogen des Palisadenwalls, der die Stadt sicherte. Angriff?, dachte er. Mir schwant Übles.

Die Leibwache des Fischerkönigs öffnete das kleine Tor, das in den Innenhof der königlichen Residenz führte. Dahinter schloss sich das dreistöckige Gebäude an, in dem der Fischerkönig mit seiner Familie lebte und seine Dienstgeschäfte führte. Ceti fand ihn in dem kleinen Garten vor einem Zitronenbaum stehend. Simioni pflückte eine der reifen Früchte. Dann erblickte er seinen Drachenfreund.

„Endlich bist du da!“, sagte er mit einem Lächeln, das voller Freude steckte. Beide gingen aufeinander zu und umarmten sich herzlich.
„Schau mal!“, sagte er und reichte Ceti die Zitrone. „Wir haben vielleicht eine Sorte gefunden, mit der wir Handel treiben können. Sie wächst selbst in unseren kargen Böden und wirft viel ab.“ Auffordernd nickte er Ceti zu.
Der junge Drache roch an ihr und nickte anerkennend. Die Augen des Fischerkönigs blickten ihn neugierig und aufmunternd an, also biss er hinein. Entgegen seiner Erwartung war die Frucht nicht sauer, sondern süßlich.
„Das ist wirklich lecker, mein lieber Simioni!“, bestätigte der Drache.
Der König nickte. „Vielleicht eine neue Hoffnung, mein Freund!“
Du wirkst sehr besorgt, dachte Ceti. Mit hinter dem Rücken verschränkten Armen blickte Simioni über die Früchte, die reich an den Ästen hingen. Er trug den Königsmantel seiner Familie, der aus einfachem Leinen gewoben war. Das Emblem der Fischerkönige, der Dreizack mit dem Fischernetz, zierte ihn. Wie alle Herrscher des Königreichs der Fischer trug Simioni den Kopf geschoren, was ihn nachdenklicher, aber auch älter wirken ließ.
„Weißt du noch?“, fragte er. „Der Moment, als sich die Kiste geöffnet hatte? Ein kleiner Junge und ein junger Drache, die sich erschraken, als hätten sie je ein Monster gesehen?“
Ceti nickte und der junge König lächelte.

„Los friss ihn! Ich höre die tiefe Stimme deines Vaters, als wäre es erst gestern gewesen. Wir hatten ihn beide angeschaut und waren in schallendes Gelächter ausgebrochen."
„Ja!", sagte Ceti und lachte laut. „Wie hätte er ahnen können, dass wir uns schon kannten."
Dann wurde der junge König ernst. „Der Pakt zwischen Menschen und Drachen ist wichtig. Nirgendwo leben wir enger und vielzähliger nebeneinander als hier. Du hast von der Geschichte mit dem Walfänger und dem Wasserdrachen gehört?"
„Jedenfalls von einer Geschichte. Ob es die gleiche war, wage ich zu bezweifeln!", antwortete Ceti.
„Ein Drache soll einen Walfänger angegriffen haben, um ihnen den Fang streitig zu machen!", schilderte der König.
„Das ist nicht dieselbe Geschichte, die unter uns Drachen die Runde macht, aber wahrscheinlich dasselbe Ereignis", bestätigte er.
„Dachte ich mir", sagte der junge Mensch. „Jeder biegt die Geschichte, wie sie am besten passt. Es spitzt sich schon seit langem zu. Wir müssen für Frieden sorgen. Ich möchte nicht, dass der tausendjährige Frieden reißt und schon gar nicht, dass das Königreich der Fischer diese Geschichte schreibt."
Ceti nickte und der König fuhr fort. „Erst seit nicht einmal einem Jahr bin ich König. Ich habe es nie so jung werden wollen, aber die Zeit ist unerbittlich. Der Pakt wurde durch uns erneuert. Es ist unsere Pflicht, für Frieden zwischen Drachen und Menschen zu sorgen."

„Ich fliege zu Sirrusch. Das Wort meines Opas hat Gewicht wie kein anderes."
„Das ist gut und ich berufe die Dorfältesten ein. Sie bewunderten meinen Vater und sind loyal."
Wieder umarmten sie sich und Ceti flog rasch davon. Zurück blieb der junge König, der hoffnungsvoll eine zweite Zitrone prüfend in die Hand nahm.

Zehntes Kapitel

Königsstadt Lindheim, Postamt

Eine Glocke, die über der Tür angebracht war, kündigte dem Postmeister neue Kundschaft an. Er steckte einen letzten Brief, den er einem Sack entnommen hatte, in eines der Fächer. Sie nahmen die komplette Wand hinter seinem Empfangstresen ein. Als er sich umdrehte, standen drei Menschen vor ihm, wie sie unterschiedlicher nicht sein konnten. Ganz links lehnte eine Frau am Tresen, rundlich und von fast mütterlichen Gesichtszügen bestimmt, doch mit strengem Blick. Rechts neben ihr stand ein Mann gleicher Größe und Statur, dessen dichtes, schwarzes Haar nur mit Mühe von einem Band gehalten wurde. Er wies das wettergegerbte Gesicht eines Mannes auf, der viel Salzwasser und Sonne gesehen hatte und vermutlich ebenso viele Auseinandersetzungen. Ganz rechts stand ein schlanker Mann, der so bleich war, dass der Postmeister kaum seinen Blick von ihm abzuwenden vermochte.

Er strich seine Weste glatt und prüfte, ob die Ellenbogenschoner richtig saßen. „Nun!“, sagte er, als er sich zum Empfang seiner Kundschaft bereit wähnte. „Was kann ich für die Dame und die Herren tun?“

„Post!“, krächzte die Frau, und der Postmeister erschauerte. Ihre Stimme stand geradezu im Gegensatz zu ihrer gütigen Erscheinung.

„Wir müssen unser Schiff herholen!“, ergänzte der Stämmige in der Mitte mit einer dunklen Stimme, die vermutlich bereits für sich genommen geeignet war, Widersacher zu entwaffnen. Im Augenblick reichte sie dazu aus, dem Postmeister die Stimme zu nehmen. Was waren das nur für Menschen? Warum sagten sie nicht, was sie wollten?
Der Schlanke mit dem bleichen Antlitz rollte mit den Augen. „Werter Herr Postmeister!“, setzte er an. „Was meine Geschäftspartner zum Ausdruck bringen wollen, ist, dass wir sie ersuchen, eine Nachricht für uns zu ihrem Schiff zu überbringen, auf das es uns im Hafen aufnehmen möge.“
„Ah!“. Das verstand der Postmeister. „Nun, euer Schiff liegt in der Nähe auf Anker?“
Der Stämmige legte einen Kriegshammer auf den Tresen. „Seid ihr ein Spion?“
„Was?“, fragte der Postmeister ängstlich.
„Ich mache nur Spaß!“, antwortete er, und der Postmeister atmete erleichtert aus. „Unsere Schiffe liegen im Delta. Am besten eine Taube. Wir wollen diesen neumodischen Krimskrams nicht.“
„Oh, das tut mir leid!“, gab der Postmeister zu bedenken. „Brieftauben können leider keine Ziele anfliegen, die sie nicht kennen. Die nächste Brieftaubenstation ist auf der Insel der Früchte. Von dort müsste die Nachricht dann von einem Kurier zu eurem Schiff gerudert werden.“
Die Frau schaute skeptisch.
„Natürlich unter Wahrung des Postgeheimnisses!“, ergänzte der Postmeister. „Die Nachrichtenrolle bleibt

selbstverständlich verschlossen und wird erst vom Empfänger geöffnet."
„Wie lange dauert das?" krächzte die alte Frau.
„In zwei Stunden wäre die Brieftaube dort. Dann käme es darauf an, ob ein Kurier im Dienst ist. Müsste er erst gerufen werden, dann, nehme ich an, vergingen wohl mehr als drei Stunden bis zur Zustellung"
„Das dauert zu lange!", murrte der Stämmige, und der dritte im Bunde schaltete sich erneut beschwichtigend mit seiner schmeichlerischen Stimme ein.
„Nun, werter Herr Postmeister. Welche wäre denn die schnellste Möglichkeit?"
„Ein PPG!", antwortete er stolz.
Bevor die alte Frau zu meckern ansetzen konnte, fuhr der Postmeister fort. „Das steht für Post-Papagei!"
„Zeichenbegrenzung!", beschwerte sie sich nun doch.
„Mitnichten!," plauderte der Postmeister weiter. „Wir haben hier einen PPG der zweiten Generation. Er hat eine Aufgraduierung erfahren. Er kann sich nicht nur weit mehr Worte merken, sondern sogar naturgetreu Stimmen übertragen. Außerdem…" Er unterbrach und starrte in drei aufgerissene Augenpaare.
„Aigolf, kannst du das übersetzen?" fragte der Stämmige.
„Friedjolm, ich habe nicht die geringste Ahnung! Frida?"
„Aufgraduwas? Zweite Generation? Ist er etwa ein alter Vogel?", fragte Frida verwundert.
Der Postmeister lachte, doch verstummte wieder, als Friedjolm seinen Kriegshammer gedankenverloren zu streicheln begann.

„Seht selbst!“, sagte er stolz und rief: „Aaron!“
Daraufhin flog ein großer, blauer Papagei aus einem Hinterzimmer auf den Tresen und hielt routiniert an einer Stange an, die er mit seinen großen Krallen umklammerte.
„Für nur fünf Kupferstücke bringt er eure Nachricht zuverlässig zum Schiff!“
Daraufhin breitete der Postmeister eine Landkarte aus und überreichte Frieda, die er als Anführerin erkannt hatte, eine kleine Pappkarte, die ein Schiff in Draufsicht darstellte. „Ihr müsst das Schiff lediglich auf den Anlegeort setzen und mit dem Finger darauf deuten. Schon weiß er, wo er hinmuss.“
Als Frieda das Stück Pappe auf der Landkarte ablegte, schnellte die Hand des Postmeisters nach vorne und verdeckte es. „Hui, das war knapp!“, rief er aus. Gleiches dachte auch Friedjolm, der ebenso schnell seinen Kriegshammer erhoben und beinahe hatte niedersausen lassen. Er legte ihn als offene Drohung, das nie wieder zu tun, auf dem Tresen ab, und war froh, dass die Geste doch kein Angriff gegen seine Schwester und er nicht übereifrig gewesen war.
„Ihr müsst ihm zuerst die Nachricht mitteilen, die er überbringen soll, sonst bricht er ohne sie auf.“
Die drei blickten ihn mit offenstehenden Mündern an. Der Postmeister atmete tief durch und zeigte auf ein hölzernes Schild, das auf dem Tresen stand und folgendes eingebrannt hatte: Erst PPG besprechen, dann wegschicken. Ihr esst ja auch nicht, bevor ihr kocht!
Aigolf nickte.

„Ihr könnt in diese Kabine gehen. Postgeheimnis! Ihr wisst ja!“ Der Postmeister zeigte auf vier hölzerne Kabinen, die gegenüber des Empfangstresens links und rechts der Eingangstür aufgebaut waren. Frieda nahm den Ständer, auf dem sich Aaron niedergelassen hatte, respektvoll auf und trug den großen Vogel mit ausgestrecktem Arm in die linke der Kabinen. Friedjolm und Aigolf folgten ihr. Als die Kabinentür sich schloss, zog der Postmeister einen weiteren Sack auf den Tresen und begann, die enthaltenen Briefe in die passenden Fächer hinter ihm einzusortieren.
„Au, dieses Mistvieh!“, hörte er Aigolf nach kurzer Zeit rufen. Daraufhin waren ein aufgeregtes Flattern zu hören und die Geräusche von Menschen, die sich offensichtlich auf den Boden warfen. Die Kabinentür wurde aufgerissen und Aaron flog in aller Ruhe aus dem geöffneten Dachfenster.
Die drei traten mit zerzausten Haaren aus der Kabine und richteten ihre Kleidung.
„Was war das denn?“, keifte Frieda.
Der Postmeister zeigte auf ein Schild neben der Kabinentür, auf das eingebrannt war: „Bei PPG-Nachrichten bitte nur einzeln eintreten. Flügelspannweite beträgt zwei Ellen!“
Alle drei traten an den Tresen, Friedjolm nahm seinen Kriegshammer wieder auf und legte stattdessen fünf Kupferstücke hin. Aigolf nuckelte an seinem geröteten Daumen.
„Na, das waren ja mal drei Vögel!“, sagte der Postmeister, als er wieder alleine war. Dann machte er sich daran, die Päckchen einzusortieren, die die Kutsche in

der Früh gebracht hatte. Eines Tages wird es Adler geben, die Päckchen direkt zustellen, dachte er. Sich um Vögel zu kümmern, läge ihm viel mehr, als Fächer mit Briefen und Paketen zu bestücken. „Eines Tages!“, sagte er und schaute lächelnd zum Fenster hinaus.

Insel der Früchte, Hafen

„Denkt ihr, das sind Schiffe der Nordleute?“, fragte Quirina besorgt und blickte hinaus auf die drei großen Schiffe, die unvermittelt vor einer halben Stunde abgelegt hatten. Ihre hölzernen Drachenköpfe am Bug schauten nun bedrohlich den Zulauf zum Lindsee hinauf. Noch zu frisch waren ihre Erfahrungen mit den Söldnern, die erst vor wenigen Monaten, mit den Drachenjägern vereint, nicht nur Fio und sie fast gefangen, sondern auch die Leibwache ihres Vaters beinahe überrannt hatten. Kapitän Ewein blickte angestrengt durch sein Fernrohr. „Ich sehe viele Menschen an Deck, doch sie sind zu weit weg, um sie richtig zu erkennen. Das sind jedenfalls mehr Menschen, als ich auf Schmugglerschiffen erwarten würde. Aus dem Norden kommen sie gewiss. Niemand sonst fährt Drachenschiffe.“
„Es gibt so viele unterschiedliche Clans an den Küsten und auf den Inseln. Ohne eine Flagge ist es nicht möglich, sie zuzuordnen“, stellte Elgar fest.
Auch Petrissa zog nun ein Fernrohr auf. „Das sind je gut fünfzig Männer. Auf was warten sie? Warum ausgerechnet am Delta?“

„Solange sie dortbleiben, sollen sie warten auf wen sie wollen", sagte Oda, und ihre Schwester nickte zustimmend.
„Wir müssen sie unter Beobachtung halten", stellte der Kapitän fest. „Nur Schmuggler, Piraten und Söldner fahren unbeflaggt. Solange die Flotte eures Vaters in Lindheim festgemacht ist, haben wir nichts hier, um sie zu bewegen, Flagge zu zeigen."
„Ich behalte sie weiter im Blick, Hauptmann!", meldete sich Petrissa und stieg den Mast hinauf.
„Das ist gut. Ortrud, Oda! Sucht die Poststation auf. Wir müssen die Flotte alarmieren. Wer auch immer in den drei Schiffen lauert, es ist nicht gut für die Sicherheit des Königreichs."
Die Geschwister setzten sich unverzüglich in Bewegung, doch sie wurden von Fio überrascht, der plötzlich schwer beladen die Planke blockierte.
„Achtung!", rief er und kam, gefolgt von Thomasyn, vorsichtigen Schrittes an Deck. Die Planken knarzten bedrohlich unter ihm und selbst der Feldwebel blickte besorgt unter sich. In seinen Armen hielt Fio gut zwei gute Dutzend Kokosnüsse, an denen er kaum vorbeisehen konnte. Auch sein menschlicher Begleiter trug die Arme voll davon.
„Er konnte nicht widerstehen!", sagte Thomasyn lächelnd, als er seine Fracht auf dem Boden abgelegt hatte. „Außerdem hatte der Händler ein schlechtes Gewissen wegen des vielen Goldes, mit dem Fio ihn bezahlt hatte."
Quirina lachte. „Ein Wunder, dass er überhaupt so schnell wieder zu sich gekommen ist."

Auch Elgars Gesicht verlor nun seine Sorgenfalten und ein Lächeln huschte darüber. „Vielleicht sollten wir alle ein wenig mehr wie Fio sein! Unbeschwerter!“
Der junge Drache ließ seine Fracht lautstark zu Thomasyns Kokosnüssen fallen. Sie verteilten sich kullernd über das gesamte Deck.
„Obwohl unbeschwert im Angesicht dieser Ladung vielleicht nicht der richtige Begriff ist!“, ergänzte der Hauptmann.
Ewein nahm eine der Nüsse auf. „Gute Qualität!“, sagte er prüfend. „Nun, dann lasst uns eine Kette bilden und sie in den Vorratsraum unter Deck bringen. Umso schneller können wir los und müssen nicht mehr in der Nähe dieser drei Schiffe sein.“
„Nur herein damit!“, war die Stimme des Smutjes von unter Deck gedämpft zu vernehmen.
Die Besatzung stellte sich in eine Reihe und begann, eine Frucht nach der anderen von Hand zu Hand weiterzureichen. An ihrem Ende befand sich Ewein unter Deck und verstaute sie mit dem Smutje sicher hinter einem Netz, das an den Holzwänden des Bugs befestigt war. Quirina nahm eine Kokosnuss von Fio entgegen und reichte sie Oda weiter.
„Sag mal!“, begann die Prinzessin. „Drachen mögen Rätsel, nicht?“
Fio nickte und nahm eine weitere Kokosnuss von Thomasyn entgegen, die er seiner Freundin weiterreichte.
„Gut!“, fuhr seine Freundin fort. „Dann löse das folgende: Was geht morgens auf vier, mittags auf zwei und abends auf drei Beinen?“

Fio dachte nach. Wenn er morgens aufwachte, ging er oft auf vier Beinen. Mittags, wenn er richtig wach war, lief er gerne nur auf den Hinterläufen. Doch warum sollte ihm abends ein Bein fehlen? Drachen liebten Rätsel sogar sehr und das war eines ganz nach seinem Geschmack.
Er bekam die nächste Kokosnuss gereicht, die er an Quirina weiterleitete. Sein Blick verklärte sich.

Als er aufschaute, sah er nicht mehr die Schiffsplanken unter sich. Sand war unter seinen Füßen, doch es war nicht der des Strandes, an dem er die kompletten Kokosnüsse des jungen Händlers erstanden hatte. Es war so feiner Sand, wie er ihn nur an einem Ort je gesehen hatte und das war schon viele Jahre her. Fio schaute umher. Er wusste, dass er nicht wirklich in der Wüste war, an deren Rand sein Opa Sirrusch und seine Oma Soraya lebten. Er wusste, dass ihn eine seiner Visionen gefasst hatte und war vorbereitet. Fio musste einfach ergründen, was hinter ihnen steckte. Es sind Vorahnungen, die ich empfange, dachte der junge Drache. Ganz genauso, wie mein Urahn Pamusch seine beiden Gaben beherrschte, muss ich das auch schaffen. Fio stellte sich der Herausforderung. Würde er es zulassen, dass seine Visionen kamen und gingen, wann sie wollten, würde er irgendwann auffallen. Auch musste er sie lenken. Die Zeiten mussten enden, in denen er ein einfacher Zuschauer in seinen Traumgespinsten war.
Der Weg in seinem Traum führte ihn aus der Wüste hinaus. Er spürte, wie der heiße Sand in feinen trockenen Rinnsalen zwischen seinen Krallen hindurch rieselte. Wie ferngelenkt verließ er die Wüste und steuerte auf eine ferne Men-

schensiedlung zu, hinter der sich eine Bucht am Horizont abzeichnete. Am Himmel riefen Möwen und bestätigten, dass es ein Fischerdorf war, auf das er zulief. Fio zwang sich, stehen zu bleiben. Seine Bewegungen verlangsamten sich erst nur gering, doch dann gelang es ihm, der Richtung, die ihm sein Traum vorzugeben schien, zu entsagen. Es kostete ihn viel Kraft, doch es gelang Fio, sich umzudrehen und der Bucht den Rücken zu kehren. Er schritt tiefer in die Wüste hinein. Nach einigen Minuten erreichte er einen Tümpel, aus dem zwei Drachenköpfe herausragten.

„Nanu?", sagte der eine. „Das ist ja eine Überraschung!"

„Oh, ja!", bestätigte der andere und zwirbelte seinen langen Bart, der links und rechts von den Lippen herunterhing. „Ganz Pamuschs Ururenkel. Die Linie schlägt durch. Er kämpft dagegen an."

Fio wanderte weiter und es kostete ihn viel Energie, nicht in Richtung der Bucht umzukehren.

„Ja, geh und sei stark. Viel stärker noch. Wachse!", rief ihm der erste Drache hinterher.

„Starker, starker Drache!", ergänzte der zweite. Dann verstummte er.

Als Fio sich umdrehte, war der Tümpel leer. Gut, dachte der junge Drache. Ich kann also nicht nur die Richtung bestimmen, sondern auch, wer in meinen Visionen mitspielt. Nur, wie erkenne ich, was ich erkennen soll. Was willst du mir sagen, Traum?

Er ging weiter und seine Beine begannen zu schmerzen. Auch wenn er wusste, dass es nur eine Vision war und die Anstrengung keine wirklich körperliche, fühlte es sich sehr echt an. Fio kam an einem Termitenhügel vorbei. Als er auf gleicher Höhe war, traten tausende der Insekten aus dem

Inneren. Sie türmten sich aufeinander, bis sie so groß waren wie er selbst. Sie bildeten die Form eines Drachen, der seinem Cousin Ceti entsprach. Fio runzelte die Stirn, dann ließen die Termiten den Arm des Drachen, den sie nachbildeten, nach vorne zeigen. Dort, auf einer Spiegelfläche, stand seine Schwester Tanina und schien auf jemanden zu warten. Sie blickte unbewegt in die Sonne. Aus ihrem blendenden Schein tauchte ein Drache auf und flog auf sie zu. Fio erkannte den Drachen aus seiner Vision des Morgens. Dann ließen die Termiten den Arm des Drachen in die andere Richtung schwenken. Er folgte ihm und sah die drei Drachenschiffe in die Bucht fahren. Zahlreiche seiner Verwandten waren in die Enge getrieben und flüchteten an Land. Was kann ich tun?, fragte er sich.

Als er nach unten schaute, hielt er mehrere Kokosnüsse in seinen Händen.
„Fio?“, weckte ihn Thomasyn aus den Gedanken. „Du musst die Nüsse auch weiterreichen!“
Der junge Drache hatte inzwischen fünf entgegengenommen, aber keine mehr weitergereicht. Nach und nach gab er sie nun an Quirina weiter. Geht es vielleicht gar nicht um mich?, fragte sich Fio.
„Na, denkst du über das Rätsel nach?“, fragte die Prinzessin lächelnd.
Der junge Drache nickte und die Ablenkung war ihm willkommen. Was hat drei Beine? Er dachte an einen Bären, der gejagt wurde. Morgens ging er auf allen vieren, mittags spürten ihn die Jäger auf und er richtete sich bedrohlich auf den Hinterläufen auf. Abends hätte er dann nur noch drei Beine, weil eines

bereits zum Schinken verarbeitet wäre. Fio schüttelte den Kopf, während er eine weitere Nuss an Quirina weiterreichte. Das wäre ein allzu grausames Rätsel, dachte er. Nein, stellte er fest. Das ist nicht des Rätsels Lösung. Wäre es ein erlegter Bär, dann ginge er schließlich nicht mehr umher.
Thomasyn reichte ihm die letzte Kokosnuss, die er gedankenverloren einfach in den Mund steckte und erneut mitsamt der Schale aß.

„Das ist beeindruckend!“, sagte Thomasyn. „Damit lässt du jeden Wolf vor Neid erblassen.“
Fio lächelte. Ein Wolf könnte die Lösung sein. Normalerweise gehen sie auf vier Pfoten, doch gerade Fiona und Fionn sprangen ihn sehr oft nur auf ihren Hinterläufen an und als Kwon sich verletzt hatte, hatte er das verletzte Bein angezogen und war nur auf dreien gegangen. Doch was hatte es mit den Tageszeiten auf sich. Des Rätsels Lösung waren wohl auch keine Wölfe. Und außerdem: Als würden Wölfe Kokosnüsse essen!
„Eines der Schiffe hat Segel gesetzt und lichtet den Anker!“, rief Petrissa von oben.

Ewein eilte wieder auf Deck und zog sein Fernrohr ebenfalls auf. „Tatsächlich! Es steuert in Richtung Lindheim!“
„Sie wollen doch nicht Mama und Papa überfallen?“, fragte Quirina erschrocken.
Der Kapitän schüttelte den Kopf. „Selbst drei der Schiffe könnten auf See nicht gegen unser Flaggschiff bestehen. Gegen seine Kanonen gibt es keine Antwort, die diese Nordleute geben könnten. Sie sind nicht für Seeschlachten gemacht wie die Schiffe eures Vaters. Drachenschiffe haben nur wenig Tiefgang, sodass sie nah an den Küsten landen können. Da ist nicht einmal Platz für mehr als eine kleine Kanone. Alles in allem: Sie greifen Lindheim gewiss nicht an!“
Elgar kratzte sich am Kopf und schaute dem Schiff hinterher. „Warum bricht nur eines auf? Warum ausgerechnet jetzt?“ Der Hauptmann zog eine Taschenuhr an einer Kette hervor. „Es ist keine besondere Uhrzeit. Nachmittag. Was war der Auslöser?“
„Ich eile mich zur Poststation zu kommen!“, kündigte Oda an. „Eine Brieftaube erreicht Lindheim weit vor dem Drachenschiff. Dann wird es egal sein, ob es Plünderer, Schmuggler oder Piraten sind. Die Hafenwache und die Flotte werden alarmiert sein.“ Sie zog ihre Schwester am Arm mit dem Steg entgegen.
„Was ist denn das Blaues?“, rief Fio und zeigte zum davonsegelnden Schiff. Petrissa richtete ihr Fernrohr darauf aus. „Es ist ein Vogel. Ein großer blauer Vogel und er fliegt direkt auf uns zu!“
Die beiden Geschwister hielten inne und schauten gebannt auf den näherkommenden Papageien.

„Das ist ein Postpapagei!“, rief Ortrud.
Fio winkte ihm mit einem Flügel entgegen. „Ja, das ist Aaron!“
Der große Papagei breitete seine Flügel aus und hielt auf die Reling zu, wo er sicher landete. „Wusste ich doch, dass du in der Nähe bist, Fio. Konnte ja nicht sein, dass ich einfach so den Sinn der Worte verstehe, statt einfach nur nachzuplappern.“
„Was machst du hier?“, fragte der Drache überrascht.
„Arbeiten natürlich. Das Nachrichtengeschäft floriert. Jeder will plötzlich Sprachnachrichten versenden. Ich habe die Brieftauben gewarnt. Tja, das hat man davon, wenn man sich mit dem Fortschritt anlegt“, sagte er und zwinkerte ihm zu.
Die drei Bogenschützinnen schauten den Vogel verwundert an.
Petrissa gewann ihre Sprache zuerst zurück. „Ich wusste gar nicht, dass diese Sprachnachrichten so funktionieren. Du kannst ja richtig sprechen.“
„Na ja“, gab Aaron zu. „Das liegt an Fios Gabe. Aber ich bin schon auf der Suche, um das zum Standard zu machen. Es gibt so viele Drachen dort, wo dein Großvater lebt, Fio. Ich habe schon zahlreiche meiner gefiederten Freunde ausgesandt. Du bist sicher nicht der einzige Drache mit dieser Fähigkeit. In jeder Poststation ein Drache wie du und wir Papageien sind als Überbringer von Nachrichten unschlagbar.“
„Hm!“, machte der Drache.
„Ja, ich weiß, was du denkst!“, fuhr Aaron fort. „Dann könnte man auch gleich Drachen zu den Überbringern der Nachrichten machen, was? Ihr braucht zu viel

Energie, wenn ihr euch bewegt. Ich lebe lange genug bei eurer Familie. Was dein Vater und dein Bruder essen, würde eine Drachenpost unbezahlbar machen." Aaron zwinkerte Fio erneut zu.

„Apropos Post" sagte Elgar. „Was hast du ihnen für eine Nachricht überbracht?"

„Oh!", sagte Aaron. „Das tut mir leid, aber das unterliegt dem Postgeheimnis."

„Kannst du denn wenigstens sagen, wer auf dem Schiff ist, dem du die Nachricht überbracht hast?", fragte Quirina.

„Leider darf ich weder Absender, noch Empfänger oder Inhalt preisgeben."

„Das dürftest du, wenn ein Mitglied der königlichen Familie durch die Preisgabe geschützt würde!", ergänzte Elgar.

„Niemand ist in Gefahr!", stellte Aaron fest. „Jedenfalls nicht durch die Nachricht." Er klapperte nervös mit dem Schnabel.

„Das kriegen wir hin!", sagte Elgar. „Du darfst nicht verraten, wer der Empfänger ist?"

„Nein, leider nicht!"

„Dürftest du verraten, wer nicht der Empfänger war?"

„Was meinst du, Hauptmann?"

„Du solltest die Nachricht doch gewiss einem ganz bestimmten Empfänger auf dem Schiff zustellen, nicht?"

„Ja!", sagte Aaron, und sein Schnabel öffnete sich zu einem Lächeln.

„Wem also hast du die Nachricht auf dem Schiff nicht überbracht?"

„Es waren etwas weniger als fünfzig Nordleute, die die Nachricht nicht bekommen haben."
Elgar nickte. „Und diese Nordleute, die die Nachricht nicht bekommen haben, sind sie Schmuggler?"
Aaron schüttelte den Kopf.
„Piraten?"
Der blaue Vogel verneinte erneut.
„Plünderer?"
„Nein!", sagte Aaron.
„Oh, Gott!", warf Quirina ein. „Kennen wir sie?"
„Ja!", bestätigte Aaron.
„Es sind Friedas Söldner!", rief Elgar aus.
Aaron nickte. „Da ihr es nun ohnehin wisst, ist es kein Geheimnis mehr, das ich verraten würde."
„Ich verstehe!", sagte Petrissa. „Das waren die Söldner, die Fio und Euch, Prinzessin, zusammen mit den Drachenjägern entführen wollten. Die, die von den Wölfen vertrieben wurden. Sie wollen wieder jemanden entführen?"
Aaron schüttelte den Kopf.
„Was wollten sie dann?", fuhr Elgar fort, und Aaron schaute ihn auffordernd mit großen Augen an. „Wollen sie jemanden überfallen?"
Der blaue Vogel verneinte erneut.
„War Frieda an Bord?"
Aaron schüttelte den Kopf.
„Also ist Frieda in Lindheim und hat die Nachricht gesandt, dass sie abgeholt werden soll?"
„Nun sind auch Absender und Inhalt kein Geheimnis mehr, das ich verraten könnte", stellte Aaron erleichtert fest.

„Du musst der Leibwache eine Nachricht überbringen, Aaron!", bat der Hauptmann. „So schnell wie möglich. Frieda und ihre Leute werden zur Festnahme wegen Verschwörung und versuchter Entführung der Prinzessin gesucht. Die Leibwache soll den Hafen sichern!"
„Und die Flotte den Lindsee!", ergänzte Ewein.
„Frieda und ihre Leute werden zur Festnahme wegen Verschwörung und versuchter Entführung der Prinzessin gesucht. Die Leibwache soll den Hafen sichern!", wiederholte Aaron mit Elgars Stimme und gleich darauf den Befehl des Kapitäns in dessen Stimme.
„Das ist wirklich beeindruckend!", sagte Petrissa. „Und die Nachricht hast du mit Friedas Stimme überbracht? Da haben die Nordleute an Bord wahrscheinlich strammgestanden, was?"
Aaron lachte. „Ja, das haben sie, doch es gab auch was zum Lachen!"
„Was denn?", fragte Fio.
„Na, ja, das ist kein eigentlicher Teil der Nachricht, aber ich habe es dennoch überbracht. Bereit? Ihr werdet euch Kringeln vor Lachen!"
Die Menschen und der Drache standen gespannt an der Reling und warteten mit lächelnden Mundwinkeln auf das, was der Postpapagei nachahmen würde.
Aaron räusperte sich. „Au, au, verdammtes Federvieh. Er hat mir in den Daumen gebissen!" Lächelnd ob seiner naturgetreuen Imitation schaute sich Aaron um, doch niemand lächelte mit.
Quirina gewann als erste die Stimme zurück. „Das ist Aigolf. Aigolf ist frei!"

Elftes Kapitel

Bucht der Wasserdrachen, Küste

„Was habt ihr da?“, fragte Ceti. Zwei Wasserdrachen kamen gerade vom Meer zum Strand.
„Wir haben Beute gemacht!“, sagte der größere der beiden. Er war von hellblauer Farbe. Seine Unterwasserflügel wirkten wie die eines großen Rochens.
Der zweite, ein kleineres Exemplar mit fast schwarzer Drachenhaut und seitlichen Flossen, die wie die eines Hechts wirkten, hob ein Knäuel an Seilen hoch. „Oder viel mehr Beute für uns gerettet!“, sagte er lächelnd und warf es zu einem großen Haufen anderer, um den ein gutes Dutzend weiterer Wasserdrachen neugierig herumstand.
Ceti kannte die beiden vom Sehen. Sie lebten auf der anderen Seite der Bucht. „Das sind doch nicht etwa Fischernetze?“, fragte er erschrocken.
„Natürlich!“, antwortete der große mit Stolz in der Stimme. „Du bist Ceti, nicht? Ich bin Aleos und das ist mein Freund Kritio“, stellte er sich und den kleineren Wasserdrachen vor. „Selbst bei uns hört man von dir. Du bist mit dem Fischerkönig über den Pakt verbunden, oder? Dann sag ihm, dass wir Wasserdrachen uns keine Angriffe gefallen lassen.“
„Also war es einer von euch, der mit dem Walfänger aneinandergeraten ist? Wisst ihr mehr? Hier sind nur

Gerüchte zu hören“, sagte Ceti, und die umstehenden Drachen lauschten gespannt.
Aleos und Kritio schauten sich verwundert an.
„Ich dachte, es sei einer von euch gewesen“, sagte Kritio. „Deshalb sind wir doch hier. Um euch beizustehen!“
Ceti schüttelte den Kopf. „Nein, wir wissen nicht, wer es war. Von meinem Clan war es jedenfalls niemand.“
Kritio kratzte sich verblüfft an einer Seitenflosse.
„Aber, wenn es keiner von euch und keiner von uns war, wer soll es dann gewesen sein? Nirgendwo sonst leben Wasserdrachen.“
Ceti fuhr sich nachdenklich über den Drachenkopf und schaute aufs Meer.
„Es gibt nur eine Lösung: Er ist ein Held, der unerkannt bleiben will!“, schob Kritio nach.
„Ja, ein Held, der uns gezeigt hat, dass wir Drachen uns von den gierigen Menschen nicht mehr alles gefallen lassen dürfen. Auch wir leben hier! Auch wir jagen hier!“, sagte Aleos mit Ärger in der Stimme. Er ging zu dem Haufen an Seilen und zerschnittenen Netzen, hob welche in die Luft und rief: „Lasst uns alle seinem Beispiel folgen und unsere Fesseln zerschneiden!“
Die Drachen aus Cetis Clan hoben ebenfalls Netze in die Luft und jubelten mit den beiden fremden Wasserdrachen.
Den jungen Drachen drängte es aus dem Kreis derer, die Aleos und Kritio umringten. „Ihr könnt das doch nicht einfach machen! Denkt doch an den Pakt zwischen uns und den Menschen“, rief Ceti, doch nie-

mand hörte ihn. Dann rannten sie wie auf Kommando den Wellen entgegen und tauchten ins Meer.
Ceti hielt sich die Hand vor Entsetzen vor sein Drachenmaul. Ich muss irgendetwas tun, dachte er sich. Nur was?
Ein doppelstimmiger Pfiff ertönte hinter ihm und als er sich umdrehte, sah er die beiden alten Drachen in einem nahen Tümpel, der von Schlamm und Algen ganz dunkel war.
„Guten Morgen!", sagte Ceti, als er zu ihnen gelangt war. „Was machen Rheuma und Rückenschmerzen?"
„Ich versuche es mit Schlamm", sagte Silar.
Pardusch zeigte in Richtung der tauchenden Drachen. „Da entwickelt sich ganz schön was!"
Ceti folgte seinem Fingerzeig und sah in der Ferne die Bojen wackeln, die den Standort der Fischernetze anzeigten. Einige trieben bereits davon.
„Ich weiß nicht, was ich tun soll. Ich kann sie nicht aufhalten."
„Du schwimmst wie kein anderer Drache, nicht?", fragte Pardusch.
Ceti schaute ihn verwundert an.
„Und du fliegst wie kein anderer, stimmts? Und wenn ein Wurmdrache unter deinen Ahnen wäre, würdest du dich wohl auch in den Boden graben wie kein anderer", ergänzte Silar augenzwinkernd.
Ceti nickte verlegen, doch konnte er sich ein Lächeln nicht verkneifen.
„Dann ist es jetzt an der Zeit", fuhr Pardusch fort, „zu reden wie kein anderer Drache. Überzeuge sie, dass sie den falschen Weg gehen!"

„Ich bin kein Redner!“, klagte er.
„Aber reden kannst du, oder? Dann rede mit den richtigen Leuten! Sprich mit deinen Leuten!“
„Das habe ich. Die Wasserdrachen haben alle Vernunft abgelegt!“
„Hm!“, sagte Silar. „Sind das deine einzigen Leute? Wie war das: Du bist Wasserdrache, Flugdrache und, wie ein gewisser brandblasenübersäter Hai bestimmt bestätigen wird, auch Feuerdrache. Wer sind deine Leute?“
Ceti lächelte. „Ich gehe zu Sirrusch!“, rief er triumphierend.
Pardusch nickte. „Geh zu Sirrusch dem Roten! Geh zu den Bergdrachen – sie kommen in Scharen, um dem Brautkampf beizuwohnen. Geh zu den Wurmdrachen!“
„Ach, die Wurmdrachen!“, sagte der junge Drache. „Die lassen sich doch nie blicken und halten sich immer aus allem raus.“
„Du hast jemanden unter ihnen, mit der du dich bestens verstehst, nicht? Sie hat Einfluss. Man hört auf die Tochter des Familienoberhaupts!“, erinnerte Silar.
„Lida?“
Die beiden Alten nickten.
„Doch als erstes musst du zu deinem Fischerkönig! Die Kunde von den zerstörten Netzen wird schon an seinen Hof gedrungen sein und mit ihr wütende Fischer. Er braucht dich jetzt mehr denn je und du musst auch die Menschen an den Pakt erinnern.“
„Ich habt recht. Danke!“, sagte Ceti. „Woher wisst ihr so viel vom Tal der Drachen?“

Beide lachten, dann ergriff Pardusch das Wort: „Ich bin alt!“ Er zwinkerte ihm zu und winkte in Richtung der Residenz des Fischerkönigs. „Flieg, junger Ceti. Flieg!“

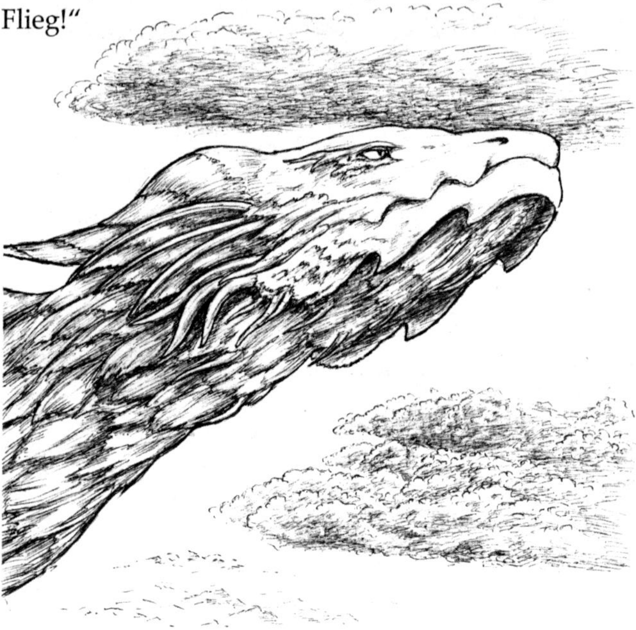

Marheim, Residenzstadt des Fischerkönigs

Mit hastigen Flügelschlägen überwand Ceti die Strecke bis Marheim in Windeseile. Er nahm die Landschaft unter sich kaum wahr. Palmen säumten den Bereich, der sich an die langgezogenen Sandstrände anschloss, die durch vereinzelte Felsformationen unterbrochen waren. In einigen der Felsen waren Wasserdrachenhöhlen tief in den Stein gegraben. Er bewohnte mit seinen Eltern und seinem jüng-

eren Bruder die der Residenzstadt am nächste liegende. Wie in allen Wasserdrachenhöhlen waren die Gänge so tief in sie hineingetrieben, dass sie über Quergänge mit dem Meer verbunden waren, ohne geflutet zu werden. Bestimmt sind mein Vater und mein Bruder gerade auf der Jagd, dachte er. Eine Woche war es her, dass sie gemeinsam gegessen hatten. Es war also wieder Zeit. Ceti sorgte sich. Was, wenn sie auf wütende Fischer stoßen?, fragte sich der junge Drache. Sie haben zum Glück keine Drachenwaffen, doch eine Walharpune kann sicher dennoch Schaden anrichten, wenn sie die falsche Stelle trifft.
Er beschleunigte und eilte sich, die Residenzstadt zu erreichen, die bereits am Horizont erkennbar war.
Er landete vor dem Stadttor, doch die Wachhäuschen waren leer und die schweren Flügeltüren geschlossen.
„Hallo?“, rief er, doch es kam keine Antwort.
Dann vernahm er eine flüsternde Stimme. „Das ist Ceti!“, sagte sie, und eine andere antwortete: „Er ist ein Drache wie jeder andere!“
„Er geht hier ein und aus, ist immer freundlich. Er gehört nicht zu den anderen.“
„Woher willst du wissen, dass er nicht auch beteiligt ist?“, fauchte die zweite Stimme aggressiv zurück.
„Er ist mit dem König verbunden!“, sagte die erste Stimme, nun etwas lauter.
Ein Schweigen entstand.
„Hallo?“, rief Ceti erneut. Dann öffneten sich die Eingangstüren und er schritt hindurch. Die zwei Wachposten waren mit langen Speeren auf der Brüstung zu sehen, der linke hielt seinen in Cetis Richtung.

„Tut mir leid!", sagte der andere Wachposten. „Du weißt sicher, was los ist. Geh einfach weiter. Unser König erwartet dich sicher!"
Der Drache nickte und ihm war mulmig zumute, als er weiterging.
„Wie jeder andere!", hörte er die zweite Wache wieder flüstern und die erste bedeutete ihr mit einem „Pst!" zu schweigen.
Ceti ging durch das große Fischerdorf. Es war gerade Markt und Händler boten ihre Fänge feil. Viele der überdachten Tische waren nahezu leer.
„Da ist einer von ihnen!", hörte er es hinter sich flüstern, als er die ersten Stände passiert hatte. Der junge Drache schaute betreten zu Boden.
„Sie wollen uns aushungern!", flüsterte eine andere Stimme nicht mehr ganz so leise.
Ceti beschleunigte seine Schritte.
„Na, Drache! Zufrieden?", rief ein drahtiger Händler, der eine weiße Schürze trug und neben einem Räucherofen saß. Er stand auf und zeigte mit dem Finger auf ihn. „Du bist bestimmt satt, was? Schmeckt dir der Fisch, den wir nicht fangen konnten?"
„Netzzerstörer!", keifte eine Frau, die an einem leeren Stand nichts erwerben konnte. Bald stimmten weitere mit ein, ihn zu beschimpfen, bis er nicht mehr heraushören konnte, was sie sagten. Ceti hob ab. Er wollte so schnell wie möglich zum Fischerkönig gelangen.
„Achtung!", schrie der Räucherer. „Er hebt ab und wird uns gleich mit Feuer antworten!" Die Fischer und Dorfbewohner stoben auseinander, Tische fielen, und der Drache war nicht weniger erschrocken als sie.

Nach einigen Flügelschlägen gelangte er über die Mauer der Residenz seines Freundes, der im Gespräch mit einem Mann war, den Ceti als seinen Statthalter erkannte. Der junge Drache landete neben dem Zitronenbaum.
„Was habt ihr getan, Ceti?", klagte der Fischerkönig mit trauriger Stimme.
„Es waren fremde Drachen!", entgegnete er und war betroffen von der Trauer in Simionis Stimme. „Ich konnte sie nicht aufhalten!"
Der Statthalter, ein kleiner Mann mit einem grauen Haarkranz um den runden Kopf, rückte seine schwarze Robe zurecht. „Am Ende waren es wahrscheinlich nicht einmal Drachen von hier, die die Netze zerschnitten, nicht?"
„Doch!", gab Ceti zu. „Sie wurden aufgewiegelt. Wir waren immer Freunde. Wir müssen Ruhe bewahren."
„Liefert uns den Drachen aus, der all das ausgelöst hat und wir werden ruhig sein", forderte der Statthalter.
„Wie sollen wir das bewerkstelligen?", fragte Ceti. „Niemand weiß, wer es war."
Der Statthalter nahm eine Papierrolle aus seiner Robe und hielt sie ihm vor. „Wir haben eine sehr genaue Beschreibung von den Opfern erhalten."
Ceti blickte über die Zeichnung, die einen Drachen zeigte, der einen viel zu langen Leib hatte.
„Das ist kein Drache!", sagte er.
„Natürlich!", bestand der Statthalter. „Seht euch den Kopf doch an!"
„Ja", sagte er. „Der Kopf schon, doch der Leib ist nicht der eines Drachen."

„Unsinn!“, rief der Statthalter.
„Ihr habt mein Wort!“, sagte der Drache beschwichtigend.
„Vom Wort eines Drachen wird das Dorf nicht satt. Der Fang eines kompletten Tages ist weg. Die Märkte sind leer!“
„Ein Tag ohne Fisch!“, sagte Ceti. „Das tut mir leid, aber ihr werdet doch nicht gleich verhungern!“
„Ja, spiel es nur herunter. Wir sind Fischer. Wir leben davon. Von was sonst sollen wir unsere Kinder ernähren? Von Zitronen?“
„Ich bitte Opa Sirrusch um Hilfe. Wir werden die Drachen beruhigen und euch natürlich beistehen“, versuchte er ihn zu beschwichtigen.
Als der Statthalter zu einer wütenden Antwort ansetzte, hob der König die Hand und er schwieg. Simioni schaute auf seine Bäume im Garten und blickte von Zitrone zu Zitrone. Fast schien es Ceti, als zähle er sie. Hinter der Mauer schwoll Lärm an. „Der Drache ist eingefallen!“, hörte er Menschen schimpfen. „Er hat die Residenz angegriffen!“ Über der Mauer sah Ceti lange Stöcke und einige Walfangspeere ragen. Ein Rütteln kam vom verschlossenen Tor zum Garten und die ersten Leibwächter des Königs eilten zur Mauer.
Der Fischerkönig blickte zu seinem Drachenfreund. „Flieg zu deinem Opa! Ich beruhige sie, aber wir brauchen alle Hilfe, die wir bekommen können.“ Dann umarmte er Ceti, der die Umarmung erwiderte und sofort abhob.
Wie kommen wir da nur wieder raus?, dachte er, als die Residenzstadt unter ihm viel zu langsam kleiner

wurde. Ich muss so schnell wie möglich zu den Feuerdrachen. Steil stieß er in die Höhe und seiner Himmelsschlange entgegen. Sie würde ihn rasch zur Höhle seines Opas bringen.

Königsstadt Lindheim, ein verlassenes Haus

Es klapperte tief unten in einem verborgenen Raum, der im Kellergeschoss eines verlassenen baufälligen Hauses versteckt lag. Nur wenig Licht fiel auf die Falltür, die hinunterführte. Es drang spärlich durch die Spalte zwischen den Brettern der zugenagelten Fenster hindurch. Die Hintertür stand offen, doch auch der Schein der Nachmittagssonne drang nicht so weit hinein, dass das freigelegte kleine Räumchen erreicht wurde. Umgeworfene Möbel lagen im Erdgeschoss herum. Ein Tisch mit einem abgebrochenen Bein hatte zur Tarnung über der Falltür zum Gewölbekeller gelegen, aus dem die Geräusche drangen. Nun befand er sich beiseitegeschoben daneben. Ein rechteckiger staubarmer Bereich verriet, an welcher Stelle er viele Monate gelegen hatte.
„Ich glaube, wir haben alle!“, sagte Sewolt und hustete. „Dieser elende Dreck, der durch die Luft flirrt! Ich ersticke noch.“
„Ein besseres Versteck hätten wir kaum finden können“, erinnerte ihn Enndlin, „Ein altes Haus, nie betreten, nie genutzt und so staubig, dass keiner hineinwill. Ich gehe hoch und nehme alles entgegen.“
Enndlin trat die Stufen der Leiter nach oben in die

Stube und zog das Halstuch herunter, das sie zum Schutz über dem Mund getragen hatte.
Sewolt reichte ihr drei Speere mit den Stielen zuerst entgegen, die sie auf den Boden neben sich legte. Weitere Waffen folgten, bis gut zwei Dutzend Langwaffen, zahlreiche Schwerter und gut einhundert Pfeile vor ihr aufgeschichtet waren.
„So, das waren alle!“, bestätigte Sewolt und trat ebenso aus dem Keller heraus, der früher wohl zur Lagerung von Lebensmitteln gedient haben mochte. Seit drei Jahren war er eines der vielen Verstecke von Drachenwaffen gewesen. Seit sie ihre Revolte geplant hatten, wurde ihre Sammlung von überall her aufgestockt und gleichmäßig auf die Geheimlager verteilt. Wäre eines entdeckt worden, hätten ihnen die anderen dennoch einen erfolgreichen Umsturz ermöglicht. Enndlin war froh, dass es nicht dazu kam. Was sie für eine Güte von Leontin erfahren hatte, obwohl sie für die Entführung seiner Tochter verantwortlich war, hatte ihre Gesinnung geändert. Und Fio und Lida getroffen zu haben, brachte sie von ihrem Hass gegen Drachen ab. Was hatte mich damals nur getrieben, so viel Wut in mir aufzustauen?, fragte sie sich und musste unwillkürlich an ihren Großvater denken. Das Dorfoberhaupt hatte alles verloren und doch nie gehasst. Heute wärst du bestimmt stolz auf mich, Opa, dachte sie.
„Und jetzt?“, fragte Sewolt. „Da steht ein Handkarren, doch das alles kriegen wir da nie drauf!“
Enndlin überlegte. „Wir brauchen nur die Klingen und Spitzen. Der Rest ist normales Holz. Hier!“, rief

sie und warf ihrem Partner eines der beiden Kampfbeile zu, die sie vom Boden aufgenommen hatte. Sie waren mit Drachenschneiden versehen. Beide nahmen sich zuerst die Langwaffen vor. Sie legten sie auf den Boden und schlugen kurz unterhalb des besonders geschmiedeten Eisens zu. Wo die schwarze Beilklinge auf das harte Holz traf, wurde es getrennt, als wäre es ein innen ausgehöhltes Weichholz.
Nach dem fünften Hieb und der fünften unbrauchbar gemachten Langwaffe, betrachtete sich Enndlin die Klinge. „Was hätten wir damit angerichtet! Der einzige Stahl, der Drachenhaut durchdringen kann. Kennst du die Geschichte? Mein Opa hat sie mir erzählt, als ich klein war."
„Nein!", gab Sewolt zu. „Ich weiß nur, dass sie für die große Schlacht vor tausend Jahren geschmiedet und danach gebannt wurden. In den Schatzkammern der Königreiche sollen sie zu tausenden in besonders gesicherten Bereichen lagern, weil sie sich nicht vernichten lassen."
„Genau das! Großkönig Adalbert hatte sie schmieden lassen. Vor eintausend Jahren, richtig!" Sie hielt ein Schwert nach oben und suchte das einfallende Licht. „Kein Rost! Nicht ein Fleckchen! Nach so vielen Jahrhunderten!"
„Hat dein Opa dir erzählt, wie sie geschmiedet wurden? Würde mich wirklich interessieren. Wenn keine Glut sie schmelzen kann, muss das Metall ja irgendwie doch in Form gebracht worden sein."
Enndlin nickte und erschauderte. „Mein Opa hatte mir erzählt, dass Adalbert Feuerdrachen gefangen

und sie gezwungen hatte, ein so heißes Drachenfeuer in eine riesige Esse zu speien, dass die Waffen geschmiedet werden konnten – härter als jeder Stahl hätte werden können. Nicht wenige der Drachen waren dabei vor Erschöpfung gestorben. Ich bin immer noch überrascht davon, dass der Drachenkönig Pamusch keine Rache an ihm genommen hat. Na ja", schloss sie und begann das erste Schwert am Heft zu kappen, „dann gäbe es uns vermutlich nicht mehr."
Klirrend fielen Parier, Heft und Knauf zu Boden und Enndlin zwinkerte Sewolt zu.
„Ja, wer weiß, in welches Unglück wir uns gestürzt hätten, wenn unser Drachenjägerbund Erfolg gehabt hätte", mutmaßte Sewolt erleichtert.
Nach wenigen Minuten hatten sie ihre Arbeit beendet und überall um sie herum lagen zerschlagene Holzreste. Die Klingen und Spitzen waren ohne Lücken übereinander im Handkarren gestapelt.
Sewolt packte die beiden hölzernen Griffe und schob den Karren schnaufend in Richtung der Haustür. Dabei musste er im Slalom an den herumliegenden Möbeln, achtlos auf den Boden geworfenen Haushaltsgegenständen und einem großen Laubhaufen vorbeifahren, den der Wind über ein zerbrochenes Fenster, dessen Holzbarrikade zum Teil zerstört war, hereingeweht haben musste. Enndlin schloss die Falltür und hob den Tisch auf die alte Stelle. Wer weiß, ob wir das Versteck nicht noch einmal brauchen, dachte sie und korrigierte die Lage des Tischs nach, bis die Kanten mit den Abdrücken exakt übereinstimmten. Mit einem Tuch, das staubig an einem Wandhaken

gehangen hatte, verwirbelte sie den üppigen Staub des Bodens, so dass auch ihre Fußspuren nicht mehr sichtbar waren.
„Warte!“, rief sie, als Sewolt schon im Türrahmen stand und legte das Tuch über die Drachenwaffen. „Nicht, dass noch jemand auf die Idee kommt, wir würden mit Alteisen handeln!“
Sewolt lachte. „Obwohl es ja kaum älter sein könnte als das!“
„Das ist das vorletzte Versteck. Dann gilt es nur noch das eine an den Klippen auszuheben und ich bin meiner Begnadigung nahe“, sagte Enndlin, während sie auf die Straße hinausgelangten.
„König Leontin wird uns ein Schiff geben, um hin zu kommen. Ich denke nicht, dass er Angst hat, dass du fliehen wirst“, mutmaßte Sewolt, der mit den hölzernen Rädern über das Kopfsteinpflaster klapperte.
„Du bist von Leontin zu meinem persönlichen Aufpasser bestimmt. Wenn ich fliehe, bist du ebenso in Gefahr“, erinnerte die ehemalige Anführerin der Drachenjäger.
„Eben!“, sagte Sewolt und zwinkerte ihr zu.
„Meinst du, wir sollten eine Eskorte anfordern?“, fuhr Enndlin fort. „Immerhin transportieren wir gebannte Drachenwaffen, auf deren Besitz die Höchststrafe steht, und die Gegend ist nicht gerade sicher.“
„Ach“, antwortete Sewolt, „es weiß doch niemand, was unter diesem Tuch versteckt ist, und wie wohlhabende Händler sehen wir doch wirklich nicht aus. Und, nebenbei bemerkt, auch nicht wie Menschen, die man überfallen möchte.“

Zwölftes Kapitel

Offenes Meer in Richtung Süden, auf der Königsfalke

Die Sonne berührte fast den Horizont, als das kleine Schiff Kapitän Eweins volle Fahrt aufgenommen hatte. Das geringe Gewicht hatte es sehr schnell beschleunigen lassen. Fio und Quirina standen am Bug und die Zugluft ließ die Haare der Prinzessin ebenso nach hinten wehen, wie die Hornplatten des Drachen auf Kopf und Rücken vibrieren.

„Fliegen wir?", fragte Quirina und schaute ihn lächelnd an.

Fionrir lächelte zurück.

„Ich habe mich schon gefragt, wann ihr endlich mal ausfliegt!", ertönte Elgars Stimme hinter ihnen. Beide drehten sich um und sahen den Hauptmann mit geschultertem Drachensattel auf sie zukommen.

„Nutzt die letzte halbe Stunde, bevor es dunkel wird!" Elgar legte Fionrir den Sattel auf und zurrte ihn fest. Er fühlte sich leicht und gar nicht so fremd an, wie die Sättel seiner Eltern und Geschwister, die er anprobiert hatte. Der extra für Quirina angefertigte passte sich gut seinen Konturen an, sodass er kaum merkte, ihn aufzuhaben. Fio grinste. Bei seinem letzten Besuch hatte der König besorgt auf seinen Rücken geschaut und seinen Leibarzt gerufen, der ihn gründlich untersucht hatte.

„Wer weiß, ob dein junger Rücken schon einen Menschen tragen kann?“, hatte er gesagt, und natürlich nichts Gegenteiliges durch seinen Untergebenen finden können, denn er hatte sich schließlich auch nicht gebrechlich gefühlt. Nun ahnte Fio, dass die Assistenten des Leibarztes gewiss keine Arzthelfer gewesen waren, sondern wohl Sattelmacher. Sie hatten ganze Arbeit geleistet. Ein wohliges Seufzen entfuhr dem jungen Drachen. Quirina hielt sich an der Querstange des Sattels fest, dessen Oberteil wie ein kleiner Sessel geformt war, führte ihren rechten Fuß in den Steigbügel und zog sich hinauf. Fio wunderte sich, wie wenig er das zusätzliche Gewicht spürte. Noch vor wenigen Wochen, als er die letzten Flugversuche mit seiner Freundin unternommen hatte, hatte er sich ganz schön anstrengen müssen, um sich mit ihr zu bewegen. Der Drache schaute an seinen Armen herunter und lächelte. Ich glaube, ich bin wieder gewachsen, sagte er sich und dachte an seinen Bruder und seinen Vater, deren Bergdrachengene sie zu kräftigen Exemplaren ihrer Art hatten werden lassen. Fionrirs Muskeln beschlossen vor wenigen Wochen, ihr Erbe nun ebenfalls anzutreten.

Als er mit Quirina auf dem Rücken über die Reling kletterte, stießen die drei Bogenschützinnen zu ihnen. „Ich beneide euch beide“, sagte Petrissa, „und freue mich für euch, dass ihr die Luft erobern könnt.“

„Danke!“, antwortete die Prinzessin, und Fio stieß sich vom Schiff ab. Er entfaltete seine Flügel und schlug sie kräftig auf und ab. Das war der spannendste Teil des Absprungs. Er hatte lange überlegt, mit welcher

Flugtechnik er es schaffte, nicht ins Wasser zu geraten und seine Überlegungen waren zutreffend gewesen. Mit den Hinterläufen streifte er nur kurz das ruhig liegende Meer und zerteilte das Wasser zu zwei kleinen auseinanderstrebenden Wellen, bevor er rasch an Höhe gewann und mit der jauchzenden Prinzessin bald so hoch oben flog, dass das Schiff und ihre winkenden Freunde wie Spielzeug und Puppen aussahen. Die Sonne, deren unterer Rand nun schon das Meer berührte, strahlte Fio rot entgegen. Als er sprach, spürte er die warme, salzige Luft auf der Zunge. „Geht es dir gut?", fragte er Quirina.

„Oh, ja!", antwortete sie schwelgend. Sie hatte sich mit den Knien gegen die Querstange gepresst, sodass sie mit den Händen loslassen konnte. Mit weit ausgetreckten Armen begrüßte sie den Gegenwind. „Es ist, als würde ich selbst fliegen."

Eine Möwe kam an ihnen vorbei.

„Guten Abend!", rief ihr Quirina zu, und sie erwiderte den Gruß wörtlich. Dann stürzte sie überrascht beinahe ab.

„Ich kann mit Menschen sprechen. Mit Menschen!", rief sie überrascht, während sie sich wieder fing und weiter entfernte. Ihr Sprechen ging langsam wieder in das Schreien einer Möwe über.

„Schau mal dort!", rief die Prinzessin und zeigte auf einen großen Felsen, der von Wellen immer wieder überspült, aus dem Meer herausragte. Darauf schien ein großer Drache zu ruhen. Sein Kopf lag an den dunklen Stein gelehnt und es hatte den Anschein, als würde er auf dem sonnengewärmten Brocken dösen.

„Das muss ein Riesenwasserdrache sein!“, rief Fio zurück. Es war ein gewaltiger Drachenkopf, wie ihn der junge Drache noch nie gesehen hatte. Selbst sein Cousin Davud, der der größte Drache war, den er kannte, hatte nicht einen solchen Schädel. Er steuerte zum Felsen hin. „Halt dich fest!“, rief er seiner Freundin zu, die die Querstange des Drachensattels wieder fest mit ihren Händen umklammert hielt. Fionrir gelangte rasch über den steinernen Grund, der wohl vier Drachenlang im Durchmesser haben mochte. Aus der Ferne hatte er kleiner gewirkt, was allerdings auch bedeutete, dass der Kopf des Drachen viel größer war, als er geglaubt hatte. Mit langsamen und fast geräuschlosen Flügelschlägen setzte der junge Drache auf dem Felsen auf. Der Kopf des schlafenden Drachen blieb unbewegt liegen. Er hatte fast die Größe von Fios Körper.
„Ich habe noch nie einen so riesigen Drachen gesehen!“, hauchte die Prinzessin und stieg aus dem Sattel, um sich den Riesen näher anzuschauen.
„Ich auch nicht“, flüsterte Fio und trat ebenfalls näher. Das auf dem Felsen haftende Meersalz knirschte leise unter ihnen.
Der vermeintliche Drache riss überrascht seine Augen auf. Vor seinem linken Auge stand ein kleiner Verwandter, vor dem rechten ein junger Mensch, die sein Gehirn zu einem einzigen Wesen zusammensetzte und in seinem Kopf das Bild eines Ungeheuers schuf. Er schrak hoch und hob seinen Kopf mit einem Ruck in die Höhe. Sein Hals ragte binnen Sekunden mehrere Drachenlang aus dem Wasser und ließ sein

Haupt aus bedrohlicher Höhe auf die beiden herabblicken. In reichlicher Entfernung ragte das riesige schlangenartige Ende des Tieres aus dem Wasser und peitschte eine kleine Flutwelle auf, die wenig später platschend den Felsen überspülte.
Quirina klammerte sich an Fios Hals und der junge Drache setze einige Schritte zurück.
„Das ist kein Drache!“, rief er erschrocken.
„Was ist es dann?“, kreischte die Prinzessin, und der Kopf des riesigen Tieres senkte sich langsam herab.
„Ah, ein kleiner Drache und ein Menschenmädchen. Habt ihr mich erschreckt“, sagte es mit einer tiefen Stimme, die so sanft klang, dass die beiden augenblicklich ihre Furcht verloren. Dann zögerte es. „Moment! Ihr könnt sprechen?“
„Du bist eine Seeschlange, nicht?“, sagte die Prinzessin nickend. „Ich habe von euch gelesen.“
Die Seeschlange lächelte. „Mein Name ist Schiurir“, stellte sie sich vor. „Und mit wem habe ich das Vergnügen?“
Quirina stellte sie beide vor und erzählte ihr, wo sie herkamen und dass sie ins Tal der Drachen wollten.
„Ja, das Tal der Drachen“, erzählte Schiurir. „Da seid bloß vorsichtig. Die Menschen machen dort wohl auf alles Jagd. Ich wurde beinahe von einem großen Schiff mit Netzen gefangen.“
„Fischer versuchen, eine Seeschlange zu fangen?“, fragte Fionrir verwundert.
„Ja, versuchen!“, sagte Schiurir augenzwinkernd. „Fionrir, heißt du? Kommst du auch aus dem Norden?“

Der junge Drache erklärte der Seeschlange, dass er selbst im Himmelskamm lebe, sein Vater aber ein Drache sei, der aus den Bergen im Norden stamme.
Die Seeschlange nickte. „Ich kenne die Berge, aus denen sie stammen. Sie liegen südlich unseres Eismeeres. Oft sah ich sie schon um den Gipfel fliegen."
„Was machst du so weit weg von zu Hause?", fragte Quirina. „In meinem Buch stand, euch gäbe es nur in den Meeren des Nordens."
„Hunger!", beantwortete Schiurir knapp. „Jetzt habe ich aber eine Frage. Liegt es an dir, Fionrir, dass ich euch verstehen kann und ihr mich reden hört?"
Der Drache nickte und erzählte von seiner Gabe.
„Das ist toll", sagte die Seeschlange und lächelte. Dabei entblößte sie spitze Zähne, die so lang waren wie die Pranken eines Drachen. Nun hatte Fio einen Eindruck, wie sich seine Wolfsfreunde gefühlt haben mochten, als er sie bei ihrer ersten Begegnung freundlich angelächelt hatte. „Noch ein Unterschied zwischen unseren Familien. Deine Gabe ist etwas Besonderes, Fionrir, Sohn der Bergdrachen."
Fio lächelte. „Ich freue mich, mit dir sprechen zu können."
Schiurir lächelte zurück „Die Sonne ist bald untergegangen. Dann trauen sich die Schwärme aus der Tiefe nach oben. Ich habe mich inzwischen auf Nachtjagd umgestellt. Bald geht es los."
„Vielleicht sehen wir uns wieder!", rief die junge Lindheimerin, als sich die Seeschlange ins Meer zurückgleiten ließ.

„Bestimmt!“, sagte die Seeschlange. Dann war ihr großer Kopf im Meer verschwunden und eine gewaltige Luftblase das letzte, was sie von ihrer Anwesenheit noch wahrnahmen.
„Das war so schön, Fio!“, sagte Quirina und umarmte ihren Drachenfreund. „Vor einem Jahr wusste ich nicht einmal, dass es Drachen gibt, und heute spreche ich sogar mit Seeschlangen. Wusstest du, dass sie die größten Jäger in den Nordmeeren sind? Alle Völker des Nordens verehren sie. Für manche sind sie sogar Götter.“
In der Ferne war zu sehen, wie Schiurir mit offenem Maul aus dem Meer stieß. So weit weg wirkte die Seeschlange nicht mal ansatzweise so riesig wie aus der Nähe. Einer riesigen Welle gleich bewegte sich der langgezogene Körper über die Oberfläche. Der letzte Rest der Abendsonne beleuchtete ihre Silhouette und verlieh ihr etwas Mystisches.
„Das glaube ich gerne, wenn ich dieses Bild vor Augen habe!“, antwortete der Drache. „Lass uns zurückfliegen, bevor die Sonne ganz vom Meer verschluckt wird.“
„Oder von Schiurir!“, sagte Quirina, und beide lachten.
Bald wurde das winzige Schiff am Horizont größer, der vogelförmige Bug nahm wieder Gestalt an und die beiden erkannten Elgar, der ihnen zuwinkte. Der junge Drache ging in den Gleitflug über und landete fast geräuschlos auf den Dielen des Luftschiffes.
Elgar schob sein Fernrohr zusammen. „Was war das für ein Drache, den ihr getroffen habt?“, fragte er

neugierig. „In der Ferne erkannte ich euch kaum, doch er war zu deutlich zu sehen. Was für ein Riese!“
„Das war kein Drache!“, sagte die Prinzessin. „Es war eine Seeschlange. Sie kommen aus dem Norden und fressen Fische und kleine Wale. Sie können bis zu fünfzehn Meter lang werden und bis zu zehn Tonnen schwer.“
„Na, dann war das wohl ein ausgewachsenes Exemplar“, erwiderte Elgar und blickte zu dem Felsen, der wie ein Körnchen am Horizont erschien und im letzten Licht der Sonne kaum mehr auszumachen war.
„Hunger trieb sie in den Süden!“, ergänzte Fio das Buchwissen seiner Freundin.
„Ja, viele treibt es deswegen in den Süden“, fügte der Hauptmann mit nachdenklichem Gesicht hinzu. „Nicht nur Seeschlangen!“
Ortrud und Oda kamen aus der Kajüte unter dem Unterdeck und trugen Laternen herbei, die sie an verschiedenen Stellen der Masten aufhängten und entzündeten.
Petrissa trug einen großen Tisch heraus, den sie in die Mitte des Decks stellte, gefolgt von Kapitän Ewein und dem Smutje, die die ersten Stühle herbeitrugen.
„Wir genießen unsere erste Mahlzeit auf See an Deck“, kündigte Ewein feierlich an.
„Ich habe uns etwas ganz Besonderes zubereitet!“, ergänzte der Smutje nicht weniger feierlich und ging wieder unter Deck. Aus seiner Kombüse drangen süße Gerüche durch die offene Tür.

Der Tisch wurde in das unstete Licht der zahlreichen Öllampen getaucht, von denen feine Rauchschwaden in den sternenbehangenen Himmel zogen. Dem Geruch aus der Kombüse mischte sich der von verbrennendem Olivenöl bei.
Alle hatten am Tisch Platz genommen und Fio sich auf den Boden des einen Kopfendes gesetzt, als der Smutje zusammen mit seinem Kapitän an Deck kam. In ihren Händen trugen sie zwei große Platten, von denen es verheißungsvoll dampfte. Petrissa schenkte frisches Wasser in die Krüge der Wartenden und lächelte, als sie sah, was ihnen aufgetischt wurde.
„Obstkompott?", rief Quirina entzückt, und der Smutje nickte. „Das habe ich so lange nicht mehr gegessen!"
Sie stellten die beiden Platten ab. Fio reckte seinen Kopf und sah Ananas, Mangos, Papayas und einige andere Früchte von der Insel, die er jedoch nicht auf den ersten Blick erkennen konnte. Sie lagen in einem dicken Sirup, der weiß schimmerte und einen Hauch rötlich erschien.
„Ich habe sie in Kokosmilch und Blutorangensaft gekocht!", beantwortete der Smutje seine ungestellte Frage.
„Das ist so toll!", rief Quirina, die vor der Abfahrt noch befürchtet hatte, sich während der Überfahrt von Trockenfisch und Schiffszwieback ernähren zu müssen. „Ich liebe Obst!"
Der Smutje tat jedem zwei Kellen auf und als sich alle gesetzt und die ersten Löffel gegessen hatten, entflohen Seufzer aus manchen Mündern.

Bis der Mond hoch am Himmel stand, aßen und unterhielten sie sich. Erst tief in der Nacht gähnten die ersten und zogen sich in ihre Hängematten unter Deck zurück.
Oda war neben Fio und Quirina die letzte, die von der Mannschaft am Tisch verblieben war. „Ich habe die erste Wache“, sagte sie. „Geht also beruhigt schlafen.“ Sie tätschelte den Langbogen, den sie sich von Petrissa geliehen hatte.
„Wir bleiben noch etwas. Vielleicht schlafen wir auch an Deck unter deinem Schutz!“, sagte die Prinzessin lächelnd.
Oda erklärte stolz, dass ihr das eine Ehre sei. „Allerdings muss ich jetzt die Lampen löschen, sonst sehe ich zu spät, falls sich ein Schiff nähert.“
„Dann suchen wir uns rasch ein Plätzchen“, schlug Fio vor und blickte sich um.
„Am Vogelkopf!“, rief seine Freundin und eilte bereits unter Deck, um ihr Kopfkissen und ihre Decke zu holen. Sie hatte darauf bestanden, wie alle anderen in einer Hängematte zu schlafen, nur das Kopfkissen hatte sie behalten wollen. Es erinnerte sie ein wenig an zu Hause und minderte das Heimweh, das schnell in Nächten fern des Schlosses in sie schlich. Kapitän Ewein hatte es nach einigem Argumentieren über Standesunterschiede und Gepflogenheiten aufgegeben, ihr seine Kapitänskajüte mit dem einzigen Bett an Bord anzubieten.
Als Quirina zurückgekehrt war, löschte Oda die letzten Lampen und kletterte den Großmast empor. Die Prinzessin bettete sich zu Fionrir, der bereits mit

hinter dem Kopf verschränkten Armen auf dem Boden lag und in den Sternenhimmel blickte. Das Schiff tauchte in Dunkelheit.

„Gute Nacht!“, rief Oda aus ihrer Hängematte, die sie ganz oben im Mast als Ausguck befestigt hatte.

Die beiden Freunde erwiderten den Gruß. Ihre Augen gewöhnten sich langsam an das Dunkel und je mehr Zeit verging, desto heller schienen die Sterne zu strahlen und umso mehr von ihnen am Himmel zu erscheinen. Selbst Fios im Dunkeln nicht gerade guten Augen nahmen mehr Sterne wahr, als er je am Himmel gesehen hatte. Die Nacht war wolkenlos. Ein warmer, salziger Wind wehte ihnen sanft in die Gesichter.

Schläfrig schaute er in den Mond. „Ich habe auch ein Rätsel für dich“, sagte er und wandte den Kopf zu seiner Freundin herüber.

Sie lächelte. „Das bedeutet, du bist mit meinem noch nicht weitergekommen?“

Fio streckte ihr die Zunge heraus. „Was ist rund und wenn es aufgeht, wird einem warm?“

Quirina schaute zum Mond. „Das ist doch einfach. Die Sonne natürlich!“

„Das wäre zu einfach! Nein!“, sagte der Drache und blickte wieder zu den Sternen.

„Das sind alles Sonnen da oben“, sagte sie und war bald eingeschlafen. Ihr Atem ging gleichmäßig und ab und an schmatzte sie.

Auch Fios Atem wurde immer gleichmäßiger und bald war er der Prinzessin in den Schlaf gefolgt.

Als er die Augen wieder aufschlug, saß er in warmem Wasser und blickte in eine Wüstenlandschaft. Fio erschrak. „Sachte, sachte!", hörte er eine Stimme, als er sich umdrehte. „Schön, dass du wieder da bist", sagte eine andere, und der junge Drache sah sich zwei inzwischen alten Bekannten gegenüber. Er fand sich zu seiner Verwunderung am gleichen Tümpel wieder, vor dem er sich schon in seinem ersten Traum befunden hatte. Panisch schaute er zur Sonne und erwartete, dass der Drache mit den grünen Augen auf ihn zuflöge.
„Er kommt nicht!", sagte Langbart.
„Wenn er erst mal wirklich da ist, dann bleibt er auch", ergänzte Kurzbart.
Fio wunderte sich immer mehr. Seine Träume wurden immer intensiver. Vom stillen Beobachter seiner Traumgespinste, über jemanden, der Dinge sah, die ihm unbekannt waren oder an anderen Stellen tatsächlich geschahen oder vielleicht geschehen werden, wurde er nun offenbar zu einem Träumenden, der das, was er ersann, wirklich erlebte, ganz so, als sei es kein Traum, sondern die wirkliche Welt.
„Wer ist er?", fragte der junge Drache die beiden.
„Wer weiß das schon?", sagte Kurzbart. „Ein Drache jedenfalls!"
„Offensichtlich!", ergänzte Langbart. „Doch das ist nicht die richtige Frage!"
Fio dachte nach. „Dann sollte ich fragen, wer er sein wird?"
Beide Drachen grinsten. Und schwiegen.
„Nun, dann. Wer wird er sein?"
„Wer weiß das schon?", sagte Langbart, und beide Drachen kicherten.

Kurzbart wurde ernst. „Er kann vieles werden! Alles für die Drachen. Alles für die Welt."
„Oder nichts für keinen!", setze Kurzbart hinzu.
Fio schwirrte der Kopf. Was bedeutet das?, dachte er.
„Wir sind in deinen Gedanken!", erinnerte Kurzbart. „Hier macht es keinen Unterschied, ob du denkst oder sprichst."
Fio schürzte überrascht die Lippen.
„Doch, ja, was es zu bedeuten hat, ist eine gute Frage", sinnierte Kurzbart weiter. „Was du zu bedeuten hast, ist die bessere Frage."
„Was willst du für die Welt bedeuten?", fragte Langbart und beugte sich vor.
„Ja, Fionrir, Urahn von Pamusch, Drache mit den zwei Gaben, was willst du für die Welt bedeuten?"
Auch Kurzbart beugte sich nun vor und blickte ihm streng in die Augen.
Dann schnickten beide Wasser mit ihren Fingern auf ihn und begannen albern zu kichern. Tröpfchenweise klatschte das Wasser auf das Gesicht des jungen Drachen.
„Hey, was soll das?", sagte er, doch die beiden wurden immer wilder. „Aufhören!", rief er und versuchte seinen Kopf mit den Armen abzuschirmen. Die beiden Drachen gerieten jetzt regelrecht in Ekstase und der junge Drache wurde über und über mit Wasser beschüttet. „Hört auf!", kreischte er.

Jemand rüttelte an seiner Schulter. Fio öffnete die Augen. Quirina war über ihm.
„Wach auf! Wir müssen unter Deck. Es regnet."
Fio brauchte einige Momente, bis er wusste, wo er war. Der Boden unter ihm schaukelte leicht. Seine

Nüstern sogen Meeresluft ein. Ein Blick nach oben zeigte ihm einen wolkenverhangenen schwarzen Himmel, aus dem Fäden von Regen auf ihn niedergingen.

„Los, rein mit euch!", rief Oda von oben, die einen großen Überwurf über Kopf und Körper zog, der sie vor dem Regen schützen würde.

Fio schüttelte sich und eilte mit Quirina unter Deck. Was will ich für die Welt bedeuten?, fragte er sich, als er einen Schlafplatz gefunden hatte. Rasch war er ohne eine Antwort darauf eingeschlafen.

Dreizehntes Kapitel

Königsstadt Lindheim, enge Gasse

Die beiden ehemaligen Drachenjäger kamen trotz ihrer schweren Fracht schnell voran. In wenigen Minuten würden sie das Schloss erreicht haben. In dessen Kammern, die tief in das angrenzende Massiv gegrabenen waren, würden die Drachenwaffen sicher verwahrt sein. Die untergehende Sonne warf bereits tiefe Schatten. Eine schmale Gasse, aus der es nach abgestandener Luft roch, ging rechts von dem breiten gepflasterten Weg ab, der sie gewunden durch die Kernstadt geführt hatte.

„Hier können wir durch, um zum Schloss abzukürzen", gab Enndlin den Weg vor, und Sewolt folgte ihr mit dem schweren Handwagen.

Kaum waren sie wenige Meter tief in sie hineingelangt, fuhr ein geschlossener Pferdewagen hinter ihnen quer vor den Zugang und vor ihnen traten vier Maskierte auf den Weg.

Als hätte ich es nicht geahnt, dachte Enndlin und blickte zu Sewolt herüber, der gleichgültig die Schultern hob.

Einer der vier trat hervor. Sein halbes Gesicht war von einem grün gefärbten Tuch umwickelt. Nur die Augen waren zu sehen.

„Na, wen haben wir denn hier?", fragte er. „Zwei reiche Händler haben sich in die Sacks verirrt!"

„Die Sacks?“, fragte Sewolt.
„Bitte?“
„Na, was sind die Sacks? Davon habe ich noch nie gehört.“
„Das sind die Sacks! Hier sind die Sacks! Ihr seid in den Sacks! So heißt unser Revier!“, rief der Anführer grimmig.
„Das ist das Tuchmacherviertel!“, warf Enndlin ein.
Ein zweiter der Räuber, der ein rotes Tuch vor dem Mund trug, flüsterte seinem Anführer zu: „Ich habe gleich gesagt, dass sich Sacks blöd anhört.“
„Hört mal!“, verteidigte sich der Anführer flüsternd. „Hier werden auch Säcke hergestellt. Wir haben alle für Sacks abgestimmt. Tuchmacherviertel ist einfach ein zu langer Name für ein Räuberrevier.“
Die zwei übrigen Räuber nickten.
„Na gut!“, flüsterte er, trat wieder vor und richtete sein Tuch, das während des Redens verrutscht war. „Also gut, wo war ich stehengeblieben?“
„Du wolltest die Sacks-Frage klären“, sagte Enndlin.
„Ist geklärt!“, stellte er klar. „Was ihr hier macht jedoch nicht. Welchen Handel versucht ihr hier zu betreiben, ohne dass wir unseren Anteil bekommen?“
Sewolt stellte den Wagen ab, der mit einem lauten Schlag auf den Boden knallte.
„Pst!“, machte der Räuber mit dem roten Tuch.
Ein Stockwerk über ihnen begann ein Säugling zu schreien. Ein Fenster wurde geöffnet und eine Frau mit nach oben getürmten schwarzen Haaren erschien.
„Jetzt ist unser Willi wach!“, rief sie herunter und zeigte mit den Fingern auf den rot betuchten Räuber.

„Wie oft soll ich dir noch sagen, dass du zur Schlafenszeit niemanden überfallen sollst, Winfred?"
Der Räuber raufte sich die Haare. „Frau, du darfst mich doch nicht beim Namen nennen!"
„Hach!", rief sie resigniert und schlug das Fenster kraftvoll zu. Das herzzerreißende Schreien drang weiter gedämpft zu ihnen herunter.
Enndlin blickte sich um. Die Gasse ist gut für einen Überfall gewählt, dachte sie. Eng genug, um auch mit Wenigen etwas ausrichten zu können. Unsere Schwerter sind zu lang, um hier kraftvoll geschwungen zu werden. Sie blickte auf die Kurzschwerter, die an den Hüften der Räuber hingen und konnte nicht umhin, Anerkennung für die vier zu empfinden.
„Also!", rief der Anführer. „Wir warten auf eine Antwort!"
„Wir sind keine Händler!", antwortete Enndlin mit betont weiblicher Stimme. „Wir transportieren nur etwas, das dringend erwartet wird!"
„Das trifft sich gut. Wir nehmen gerne etwas, das jemand anderes dringend erwartet." Er zog sein Kurzschwert und seine drei Kumpane taten es ihm gleich.
Sewolt griff nach seinem Schwert, doch Enndlin legte ihm eine Hand beruhigend auf den Schwertarm. Wenn sie die Ladung stehlen, erhalte ich keinen Freibrief und wenn die Räuber auf der Strecke bleiben, verstoße ich gegen die Auflagen, unter deren Voraussetzung ich freigekommen bin. Sie erinnerte sich nur zu gut an Leontins Worte. „Du hast viel Leid über uns gebracht, Enndlin!", hatte er gesagt. „Doch ich erkenne das Gute in dir und weil dem Leid kein Schaden

gefolgt war und ich dir deine Läuterung glaube, will ich dir eine Chance geben, deine Schuld abzuarbeiten. Bringst du mir alle Drachenwaffen, die ihr in meinem Reich gehortet habt, so erhältst du denselben Freibrief, den auch Sewolt bekam. Doch hüte dich davor, gegen meine Gesetze zu verstoßen. Der Freibrief entlastet dich von deiner vergangenen Schuld, neue Schuld wird dich härter treffen als jeden anderen." Enndlin hatte gelächelt, als sie des Königs Urteil vernommen hatte und fast wäre ihr eine Träne aus den Augen geronnen. Ich habe seine Tochter entführt und ihn stürzen wollen, spukte während der ganzen im Geheimen abgehaltene Gerichtsverhandlung wie ein Mantra durch ihren Kopf. Ich war zu lebenslanger Kerkerhaft verurteilt. In jedem anderen Königreich wäre ich nicht einmal lebend davongekommen. Auf Verschwörung stand bereits die Höchststrafe, doch sie hatte noch zudem die Entführung einer Hoheit und den Besitz von gebannten Drachenwaffen auf dem Kerbholz. Dennoch milderte er das Urteil und begnadigte sie. Wie kann ein Mensch so viel Großmut haben?, dachte sie. Er war ganz anders, als es ihrer Vorstellung vom einstmals verhassten Hochadel entsprochen hatte.

Ich muss das friedlich lösen, entschied sie.

„Winfred!", rief Enndlin. „Wie alt ist dein Kind, das ich noch immer nach dir rufen höre?"

„Ich bin der Anführer!", rief der grün Maskierte mit betont dunkler Stimme. Enndlin ignorierte ihn. Dann griff sie unter das Tuch des Handkarrens, griff eine

der Speerspitzen und warf sie auf den Boden vor Winfreds Füße.
„Du weißt, was das ist, Winfred?"
Der Mann, den die ehemalige Drachenjägerin trotz der Maskerade nicht älter als fünfundzwanzig Sommer schätzte, hob die schwarze Metallspitze prüfend vor die Augen.
„Es ist sehr schwer!", stellte er fest und gab sie an ihren Anführer weiter.
„Eine Speerspitze! Bringt ihr es von einem Waffenhändler?", fragte dieser. „Haben wir hier eine Waffenlieferung abgefangen?"
Enndlin schüttelte den Kopf. Die vier prüften konzentriert, was ihnen zugeworfen worden war. Sewolt blickte Enndlin an und hob auffordernd die Brauen, doch sie schüttelte kaum merklich den Kopf.
Das sind keine Räuber, dachte sie. Vielleicht starten sie ihre Räuberlaufbahn gerade, doch erfahrene Gesetzeslose hätten sich nie so ablenken lassen. Nicht einer der Vier hatte noch ein Auge auf Sewolt und sie. Enndlin blickte sich um. Keine der erdgeschossigen Wände in diesem Gang wies Fenster oder Türen auf. Nur in den ersten Stockwerken der eng stehenden Häuser waren Fenster und Balkone zu finden, die teilweise mit Balken miteinander verbunden waren, um von einem Haus ins andere zu gelangen. Von einigen hing das Grün von Pflanzen herunter, die aus Töpfen herauswuchsen. Das ist nicht wie die schlimmen Hafengegenden, die sie erkundet hatte, seit ihr Großvater verstorben war. Sie erkannte seit frühester Kindheit die üblen Gegenden der Städte. Sie und ihre Familie

waren Vertriebene gewesen und hatten in solchen Vierteln wie diesem gelebt. Hier lebten keine schlechten Menschen. Ihr Blick wanderte die Außenwände entlang. Offenbar hatte man sie stärker vor Kälte schützen wollen, indem allerlei Papiere, Zeitungen und Buchseiten an sie geleimt wurden. Sie entdeckte sogar einen alten Steckbrief des Betrügers Aigolf an einer der Mauern. Selbst ihn hatte Leontin nicht im Verlies verrotten lassen, obwohl er seiner Tochter eine Klinge an den Hals gesetzt hatte. Sie wandte ihren Blick wieder den vier angehenden Räubern zu, die sich inzwischen flüsternd über die zugeworfene Speerspitze austauschten.
Winfred blickte auf. „Das muss ein ganz neues Metall sein. Bestimmt ein Vermögen wert!“
„Nein, ein ganz altes Metall“, berichtigte sie ihn mit Geduld in der Stimme. „Sein Besitz kostet viel mehr als Gold! Leontin ist der Empfänger. Wollt ihr euren König tatsächlich darum bringen?“
Die Vier schauten sich gegenseitig an und zögerten mit einer Antwort. Enndlin schmunzelte. Ich wusste doch, dass ihr Leontin nichts anderes als treu sein könnt. Wieder schrie das Kleine und sein Vater blickte mit traurigen Augen in Richtung des geschlossenen Fensters.
Er macht das aus Sorge um seine Familie. Sie leiden Hunger, stellte Enndlin fest.
Als Winfreds Blick zurück vom Fenster kam und die Wand streifte, verharrte er an einer Stelle der Wand. Er stupste seine drei Begleiter an und wies auf die Stelle an der Wand, an der ein weiterer Steckbrief zu

finden war. Winfred deutete auf Enndlin und Sewolt. „Ihr seid Drachenjäger!“, rief er entsetzt.
Oh, nein!, dachte Enndlin. Auch von uns hängen noch alte Steckbriefe hier. Wenn die Zeitung, die das Postamt wöchentlich herausgibt, hier zum Isolieren genutzt wird, dann hat niemand davon gelesen, dass wir längst verurteilt und eingekerkert sind. Selbst wenn, dann mussten sie denken, wir seien ausgebrochen. Die Begnadigung Sewolts war freilich noch geheim und würde erst mit ihrer bekannt werden, sobald die letzten Drachenwaffen geborgen waren. Sie hatten nun ein ernsthaftes Problem.
„Auf euch ist ein Kopfgeld ausgesetzt!“, fuhr der Anführer fast schon euphorisch fort, und Enndlin konnte spüren, dass er erleichtert war, nun kein Räuber sein zu müssen, um seine Familie zu ernähren. Wahrscheinlich sah er sie bereits mit täglichem Essen versorgt und in einem Haus wohnend, in dem es im Winter nicht fror und das in feuchten Sommern keinen Schimmel an den Wänden trug.
„Dann sind das Drachenwaffen!“, stellte der Anführer fest und warf sie verächtlich zu Boden. „Wir Lindheimer sind Freunde der Drachen. Derko vom Himmelskamm lebt hier“, rief er erbost. „Sein Bruder ist ein Freund unserer Prinzessin!“
Wie schnell sich das Blatt doch wendet. Eben haderten sie noch damit, eine Lieferung an den König zu stehlen, nun verteidigen sie das Recht, die Drachen und die Königsfamilie zugleich, dachte Enndlin.
Die vier erhoben ihre Kurzschwerter und schritten entschlossen auf die beiden ehemaligen Drachenjäger

zu. Enndlin zog ihre Hand von Sewolts Arm zurück und warf die Decke über dem Handkarren beiseite. Beide ergriffen die Drachenbeile, mit denen sie vor kurzer Zeit noch Drachenwaffen unschädlich gemacht hatten, nun würden sie damit Menschen bekämpfen müssen, die sie noch immer für Drachenfeinde hielten. Was für eine Ironie, dachte Enndlin und schulterte den schweren Beilkopf, um zuschlagen zu können, sobald der Angriff erfolgen würde, ohne dass ihre Armmuskeln vom Gewicht zu früh erlahmten. Die vier waren ihnen bereits bedrohlich nahe. Sie spürte, dass Sewolt kurz davor war, einen Überraschungsangriff zu starten. Keiner der vier würde nach dem kurzen Kampf nach Hause zurückkehren, befürchtete Enndlin. Über ihr schrie der kleine Willi.

„Wir sind keine Drachenjäger mehr!“, rief sie, während sie zurückwich. „Wir wurden begnadigt und schützen Fionrir mit dem, was wir tun.“

Winfred zeigte auf Aigolfs Steckbrief. „Wer mit dem da gemeinsame Sache macht, aus dem kommt kein Funken Wahrheit. Ihr werdet ihm in den Kerker folgen.“

Sie wollen uns nur ausliefern?, dachte Enndlin. Das ist die einzige Chance, dieser Situation, ohne Leben auszuhauchen, zu entkommen. Sie warf das Drachenbeil zu Boden. „Wir ergeben uns. Liefert uns aus!“, rief sie ihnen entgegen. Sewolt schaute sie verdutzt an. Dann folgte er ihrem Beispiel.

„Das werden wir!“, grollte der Anführer. „Aber vorher bekommt ihr eine ordentliche Abreibung für das, was ihr Quirina und Fionrir angetan habt!“

Mist, dachte Enndlin, und Sewolt zuckte bereits, um wieder an seine Waffe zu gelangen. Das Beil würde die Kurzschwerter der Vier zerschlagen, als bestünden sie aus nicht mehr als dem Papier, das auch die Wände des engen Ganges umgab.
Da fluchte hinter ihnen eine junge Stimme und die beiden Bedrängten drehten sich um. „Wer stellt denn diesen Wagen hier so blöde ab?", hörten sie. Dann wackelte dessen Plane und der Kopf eines Kindes, das nicht viel älter als zwölf Jahre schien, tauchte über dem Dach der geschlossenen Kutsche auf. Ein großer blauer Papagei saß auf seiner Schulter und beschwerte sich krächzend und nicht minder lautstark. Der Junge kletterte an der anderen Seite herunter und blieb überrascht stehen.
„Was für ein Zufall!", rief er erfreut. „Hier sind ja alle schon zusammen! Enndlin, Sewolt, ich habe eine Nachricht für euch!"
„Philipp!", rief der Anführer überrascht. „Du machst gemeinsame Sache mit Drachenjägern? Wie kannst du nur?" Resigniert ließ er sein Kurzschwert sinken.
„Drachenjäger?", rief Philipp lachend und rückte die fleckige Haube zurecht, die er trug. Unter ihr lugten blonde Haarsträhnen hervor. „Die beiden haben doch längst Freibriefe. Sewolt hat geholfen, den Drachenjägerbund aufzulösen und Enndlin sichert die einzigen Drachenwaffen, die es noch gibt. Das sind doch keine Drachenjäger!"
Nun war es an Enndlin, überrascht zu sein. „Woher weißt du das? Das ist doch geheim!"
„Geheim!", wiederholte der Papagei.

„Geheim ist es nur, bis die ersten, die davon wissen, in Harolds Gaststätte waren. Nach den ersten seiner würzigen Biere gibt es keine Geheimnisse mehr“, klärte er auf und zupfte an seiner weißen Schürze, die davon erzählte, was es die letzten drei Tage im *Zerbrochenen Krug* zu Essen gegeben hatte.
Sewolt schlug sich auf die Schenkel. „Du bist Harolds Küchenjunge! Und ich dachte, du stündest wegen deines Trinkgeldes immer in der Nähe der Gäste. Du hast gute Ohren!“
„Die für meine Eltern und Geschwister mehr einbringen, als ein paar zugeworfene Groschen nach Harolds Erbseneintopf“, ergänzte der Junge augenzwinkernd.
„Glaubt ihr uns nun?“, fragte Enndlin und blickte wieder zum Anführer der angehenden Räuber. Alle vier hatten inzwischen ihre Schals heruntergezogen.
„Ich bin Friedel!“, sagte der Anführer, dessen Oberlippe ein struppiges Bärtchen zierte. „Winfred kennt ihr ja bereits namentlich und das sind Hanns und Gero!“ Friedel steckte seine Watte wieder zurück, was ihm die anderen nachtaten und näherkamen. „Tut mir leid!“, fuhr er fort. „Wir sind erst seit heute Räuber. Eigentlich wollen wir gar keine sein, aber die Stadt wächst und wächst und viele bleiben dabei auf der Strecke.“
„Der König belohnt euch sicherlich, wenn ihr uns helft, die Drachenwaffen sicher in Verwahrung zu bringen“, schlug Enndlin vor.
Wieder weinte der Säugling und Winfred schaute besorgt nach oben.

„Ja!“, sagte Winfred. „Das würde uns alle ein paar Wochen nähren, aber danach? Auch Leontin kann nicht verhindern, dass es immer weniger Arbeit gibt. Wir waren einst Fischer. Seit große Flotten noch größere Städte versorgen, bleibt für uns nicht mehr genug Fang, um davon zu leben.“
Enndlin nickte verständig. Sie kannte das nur zu gut. Viele Fischer und Bauern hatte es in ihr geheimes Drachenjägerheer gedrängt, wo die Aussicht darauf, die reichen Könige und die noch reicheren Drachen zu stürzen, Hoffnung machte.
Philipp trat in ihre Mitte und ließ den Papagei von seiner Schulter auf seinen Arm laufen. „Ihr wisst, wessen Papagei das ist?“
Die ehemaligen Drachenjäger schüttelten den Kopf und Friedel sagte: „Wer weiß das nicht? Das ist Aaron, Fios Freund und erster Postpapagei!“
Der Küchenjunge ließ den Vogel auf Enndlins Arm wechseln, wo er sofort zu sprechen begann.
„Aaron will einen Keks!“
Die Menschen schwiegen und der blaue Papagei blickte fordernd von einem zum anderen.
„Irgendwie ist es eindrucksvoller, wenn Fionrir in der Nähe ist, oder?“, stellte Friedel fest.
Philipp stupste Aaron an und er sprach mit zwei verschiedenen Stimmen. „Fangt sie ab, bevor sie das offene Meer erreichen und nehmt sie gefangen!“, sprach er mit der einen und mit der anderen: „Wir holen euch bei Sonnenuntergang am vierten Kai ab!“
„Das sind Friedas und Torbens Stimmen!“, stellte Enndlin erschrocken fest. „Damit können nur die

Prinzessin und Fionrir gemeint sein. Wir müssen den König warnen und die Wache alarmieren. Schnell!"

„Der geheime Eingreiftrupp der Drachenfreunde steht euch zur Verfügung!", erklärte Friedel feierlich und zog seine grüne Maske wieder um Kinn und Mund. „Wir lieben Drachen!", rief er aus, und die anderen drei sowie Philipp wiederholten die Losung im Chor. Dann rannten sie alle gemeinsam eilig in Richtung des Schlosses. Der Handwagen rumpelte laut, doch Willi schien nun tief und friedlich zu schlafen.

Vierzehntes Kapitel

Reich der Wurmdrachen, Lidas Höhle

„Kommt Opa bald?", fragte Lida aufgeregt. Seit Stunden lief die junge Wurmdrachin die engen Gänge nervös höhleneinwärts und höhlenauswärts.
„Kind!", rief ihre Mutter Amata aus einer geräumigen Höhle nahe dem Eingang, als sie von ihrer Tochter zum wiederholten Mal passiert wurde. „Würdest du bitte endlich aufhören zu fragen!", flehte sie. „Und noch viel wichtiger: Hör auf, in den Gängen umherzuschleichen. Mach dich lieber nützlich! Hilf mir oder deinem Vater!"
Lida setzte ihren Weg höhlenauswärts fort. Ihr Vater hatte diesen Bereich der Wurmdrachenhöhle bereits so stark vergrößert, dass nicht nur der große Sirrusch hineinpasste.
„Hach!", hörte Lida ihren Vater mit sich hadern. „Warum muss denn bloß auch Davud mitkommen?"
Es war nicht so, dass Lidas Vater Feras den entfernten Cousin seiner Tochter nicht mochte. Ganz im Gegenteil. Trotz seiner riesenhaften Erscheinung war er bei allen sehr beliebt, nicht zuletzt wegen seiner Hilfsbereitschaft und der liebevollen Art, mit der er sich um seinen Opa kümmerte. Doch der Leibwächterdrache des alten Oberhaupts der Feuerdrachen war der wohl größte geflügelte Drache, den ihre Welt kannte. Er

passte schlichtweg nicht in ihre Höhle hinein. Feras grub mit seinen Pranken unaufhörlich an der Sandsteinwand. „Ich werde den Gang vergrößern, aber kein Sandkorn mehr als nötig. Ich habe jetzt schon ganz stumpfe Krallen."
Lida erhob sich auf die Hinterläufe und küsste ihren Vater auf die Wange, bevor sie ihm beim Erweitern half.
„Ich mache es gerne für dich!", sagte Feras nach kurzer Zeit und lächelte seine Tochter an. Er hatte die schlanke Gestalt, die alle Wurmdrachen hatten und die ein Grund war, weshalb ihre Art seit jeher unter sich lebte. Nicht einmal Zwergdrachen waren schlank genug, um die engen Wurmdrachenhöhlengänge passieren zu können.
„Schau, Papa!", sagte die junge Drachin. Wie von Geisterhand hob sich ein Haufen Sandstein in die Luft, doch rieselte er Körnchen für Körnchen, einem Sandregen gleich, wieder zu Boden. „Oh!", sagte sie enttäuscht und schob den Sandsteinhaufen, den sie auf diese Art entfernen wollte, per Hand zum Ausgang. Dort warf sie ihn in gewöhnlicher Weise auf den großen Schuttberg, den ihr Vater bereits geschichtet hatte.
„Sei nicht traurig!", rief er. „So viele Körner, auf die du dich konzentrieren musst, das ist bestimmt sehr schwer."
„Nicht schlimm, Papa", rief sie zurück. An ihrem siebten Geburtstag hatte sie wie jeder Drache eine besondere Gabe entwickelt. Während Fio alle Lebewesen miteinander sprechen lassen konnte, was Lida

unglaublich toll fand, konnte sie Dinge heben, ohne sie zu berühren. Doch offenbar musste sie noch üben, was ihr den Abend jedoch nicht zu trüben vermochte. Ich freue mich so sehr auf das Essen, dachte die Wurmdrachin und erinnerte sich lächelnd an ihre Geburtstagsfeier zurück, die sie wenige Monate zuvor gemeinsam mit ihrem Lieblingscousin Fionrir und fast allen Verwandten in Derkos Höhle gefeiert hatte. Es war eine Überraschungsfeier für sie beide gewesen und dass so viele Drachen in dessen riesiger Höhle vereint gewesen waren, stellte nicht die einzige Überraschung dar. Als Lida das Geschenk Derkos geöffnet hatte, stand dort ein Menschenjunge. „Lass ihn dir schmecken!", hatte ihr Vater gesagt und einen verwirrten Blick seiner Tochter geerntet. Nur bekleidet mit einem Lendenschurz war der schwarzhaarige Junge zitternd aus der Kiste herausgetreten.
„Du musst keine Angst haben, brauchst nicht zittern!", hatte Lida ihm gesagt. „Ich werde dich ganz gewiss nicht fressen!"
Der Junge hatte sich umgeblickt, alle die Drachen gesehen, die Höhlenwände abschätzig mit den Augen beurteilt und dann Lida in die Augen geschaut. „Ich habe keine Angst", hatte er ohne zu zögern gesagt. „Ich trage einen Lendenschurz in einer kalten Höhle und wir beide gehören in die heiße Wüste."
Die Drachen hatten überrascht ihre Mäuler geöffnet. Als der dunkelhäutige Junge dann auf Lida zugegangen war und sich, als wäre es das Selbstverständlichste der Welt, auf ihren Rücken geschwungen hatte, gab es kein Halten mehr für die Drachen. Sie beglück-

wünschten Lida zu ihrem bestandenen Test, von dem sie an diesem Abend das erste Mal überhaupt erfahren hatte. Ein alter Pakt aus den Zeiten nach der großen Schlacht zwischen Drachen und Menschen steckte dahinter. Die Sprösslinge der Drachenclanoberhäupter und die Thronfolger der Menschen sollte er im Kindesalter testen, ob sie einander wohlgesonnen waren. Lida und Tamir, als der sich der Junge alsbald vorgestellt hatte, hatten ihn offenbar auf Anhieb bestanden und ihre Verwandten waren begeistert von dem selbstbewussten, furchtlosen jungen Wüstenprinzen.

Lidas golden schimmernde Drachenhaut glänzte im Licht des Mondes und der Sterne. Der Sandboden strahlte die letzte gespeicherte Hitze des Tages wärmend auf sie ab, doch bald würde die bittere Kälte der Nacht Einzug halten. Zum Glück haben wir es in den Höhlen immer warm, dachte sie und blickte über die Weite der Wüste, die für das ungeschulte Auge nur ein paar Kakteen beherbergte. Ein Reptil schlängelte sich über den Sandboden und Skorpione lugten hinter Steinen hervor. Das wirkliche Leben spielte sich unter der Erde ab, wo zahlreiche Wurmdrachenclans lebten. Ihr miteinander verbundenes Höhlensystem erstreckte sich nicht nur über die gesamte Wüste, sondern bis weit in die Reiche der anderen Drachenclans hinein. Am Horizont war die Siedlung der Wüstenmenschen zu erkennen, die bei Tag in ein geheimnisvolles Rot getaucht war. Die einfachen Steinhäuser waren jedoch nicht ihre Wohnstätten, vielmehr waren es nur die Zugänge zu vielen kleinen und großen Höhlen, die das Wüstenvolk im Laufe der Jahrhunderte immer wieder vergrößert und vermehrt hatten. An manchen Stellen gab es sogar Kreuzungen mit den Gängen der Wurmdrachen, was sie Lidas Familie näher sein ließ als die anderen Drachenarten, mit denen Lidas Familie verwandt war. Tamir lebte eine viertel Tagesreise durch den heißen Sand von Lida entfernt.

Über einen dieser Gänge wird Tamir bald mit seinen Eltern ankommen, freute sich Lida in Gedanken. Es war das erste Mal, dass seine Eltern, die zu zweit über das Wüstenvolk herrschten, sie gemeinsam mit Tamir besuchten. Doch im Augenblick hielt sie nach ihrem Opa und Davud Ausschau, deren Teilnahme am gemeinsamen Abendessen sie fast noch mehr freute. Seit Fio sie an ihrem vorletzten Geburtstag besucht hatte, waren keine anderen als Wurmdrachen mehr zu Besuch im Inneren gewesen. Damals war jedoch vor allem ihr Cousin noch kleiner. Heute würdest du gewiss stecken bleiben, schmunzelte Lida in sich hinein.

Die junge Wurmdrachin rannte zurück durch den Gang, den ihr Vater inzwischen so ausgebaut hatte, dass Davud fast schon hineinkriechen und zumindest in die ebenfalls stark vergrößerte Wohnhöhle gelangen konnte, in der ihre Mutter mit den letzten Vorbereitungen beschäftigt war.

„Kann ich dir noch etwas helfen?“, fragte Lida ganz außer Atem.

Ihre Mutter Amata lachte. „So aufgeregt, wie du bist, lässt du ja doch alles fallen und außerdem…“ Sie zeigte mit ausladender Geste auf den großen Tisch.

„Ui!“, sagte Lida, und war schon hinausgerannt.
„Fertig! Das müsste reichen!“, rief Feras ihr hinterher, doch sie hatte den verbreiterten Gang schon verlassen, bevor er das letzte der Wörter ausgesprochen hatte.
Lida stand am Eingang und suchte den Himmel ab. „Da waren doch Flügelschläge!“, murmelte sie und horchte gespannt. Dann entfloh ein aufgeregter Schrei ihrem Drachenmaul. Sie zeigte hüpfend nach oben. „Da sind sie! Mama, Papa! Opa wird eingeflogen!“
Amata und Feras traten an die Seite ihrer Tochter, als ein riesiger Flugdrache, der einen deutlich schmaleren, aber dennoch imposanten Feuerdrachen mit seinen Arm- und Beinpaaren umklammert hatte, sich mit kräftigen Flügelschlägen dem Boden näherte und seinen Fluggast kurz darauf sanft absetzte. Mit einem Vibrieren des Bodens kam auch Davud auf dem sandsteinernen Boden vor dem Höhleneingang auf.
Sirrusch wischte sich den Staub von der rot glänzenden Schuppenhaut und umarmte dann lächelnd die kleine Wurmdrachenfamilie. „Wie geht es euch, meine Lieben?“, fragte er.
„Ich freue mich so, dass ihr da seid!“, jubelte Lida.
Davud winkte zum Gruß und lächelte die drei herzlich an. „Viel Spaß!“ sagte er und wandte sich an Sirrusch. „Wann soll ich dich abholen?“
„Nein, nein!“, rief Lida dazwischen. „Du isst mit uns. Schau mal!“
„Ihr habt den Eingang für mich vergrößert?“, stellte Davud mit gebrochener Stimme fest und war vor Rührung nicht in der Lage, mehr als ein leises Danke zu hauchen.

„Lida? Wo bist du?“, echote Tamirs Stimme aus der Wurmdrachenhöhle.
„Kommt!“, rief Lida, nahm ihren Opa und ihren Cousin an den Pranken und zerrte sie hinein. Davud musste ihr auf allen vieren folgen und schmirgelte mit seiner rauen Drachenhaut die Höhlenwände glatt.

„Ich nehme gerne noch einen großen knusprigen“, antwortete Tamir, als Lidas Mutter eine weitere der reich gefüllten Platten herumreichte, mit denen sie ihre Gäste offenbar zu mästen trachtete.
Die Menschen und Drachen saßen gemeinsam in der fackelbeleuchteten Höhle auf großen und kleinen aus Stein gehauenen Hockern. Obgleich sie schon seit einiger Zeit aßen, war der Tisch vor ihnen noch immer reich beladen. Zwei Handvoll verschiedener Wurzelgemüse in allen erdenklichen Varianten, von unzähligen Gewürzen verfeinerte, gebratene Skorpione und gesottene Schlangen befanden sich unter den erlesenen Speisen, die Amata zubereitet hatte. Beim Anblick der Skorpione schüttelte es Lida, doch sowohl unter den Wurmdrachen als auch unter den Wüstenmenschen galten gerade die großen unter ihnen als Delikatessen. Vielleicht wegen des Nervenkitzels, weil man nie wusste, ob tatsächlich alles Gift durch die Hitze der Zubereitung zerstört wurde, vermutete Lida. Nicht selten wanderten Menschen oder Drachen stundenlang phantasierend durch die Wüste und mussten in ausgedehnten Suchaktionen vor dem Verdursten gerettet werden, weil sie nicht richtig zubereitete Exemplare gekostet hatten. Die meisten

berichteten, sie hätten sich für Fische und die Wüste für das Meer gehalten. Ich esse das jedenfalls nicht, sagte sie sich und schaufelte eine große Ladung kandierter Möhren auf ihren Teller, die sie mit etwas Kakteenkonfitüre nachsüßte. Zufrieden aß sie und beobachtete dabei ihre Gäste. Davud tat ihr etwas leid, denn er musste trotz erweiterter Höhle an dem für ihn zu niedrigen Tisch so kleingemacht sitzen, dass seine Knie links und rechts an seine Ohren heranreichten. Nicht weniger zufrieden als Lida stopfte er sich gerade ein Dutzend Schlangen in den Mund, die er zuvor in ein Kichererbsenmus getunkt hatte.

Tamirs Mutter und ihre Mama verstanden sich offenbar prächtig. Auch wenn Lida aufgrund des allgemeinen Geplappers nicht verstehen konnte, was sie sprachen, hatte sie den Eindruck, es ginge ausschließlich um ihre beiden befreundeten Kinder. Immer wieder lachten sie und schielten verschwörerisch zu einem von ihnen herüber.

An der anderen Seite des Tisches waren ihr Opa, ihr Papa und Tamirs Vater in politische Gespräche vertieft. Lida hörte das Wort Pakt und wurde hellhörig. Ging es etwa um das nächste Drachenkind, das einen Menschen vermeintlich geschenkt bekam und getestet wurde? Sie hielt mit dem Kauen inne und konzentrierte sich auf das Gespräch.

„Tatsächlich ist der Pakt noch ein sehr junger Versuch, den Frieden zwischen Menschen und Drachen zu erhalten“, hörte sie Sirrusch sagen.

„Jung?“, fragte der Wüstenkönig verwundert. „Er existiert schon beinahe tausend Jahre und ist noch

immer ein wohl gehütetes Geheimnis der Königshäuser und der Drachenfamilien."
„Genau das sage ich ja!", fuhr Sirrusch fort, während Tamirs Vater die Stirn runzelte.
„Nach Drachenmaßstäben", erläuterte Feras. „Sirrusch zählt bereits über fünfhundert Sonnenumläufe."
„Oh!", bemerkte er ehrfürchtig.
„Was sich gerade an der Küste zusammenbraut, wird einen neuen Pakt mit sich bringen", fuhr Sirrusch fort.
„Was ist denn falsch an dem Pakt? Schau dir Lida und meinen Tamir an. Wenn sie eines Tages die Zepter übernehmen, werden sie niemals Krieg gegeneinander führen."
„Fionrir und Quirina gewiss auch nicht!", warf Sirrusch ein. „Doch die Zeiten ändern sich. Menschen und Drachen haben lange genug nebeneinander gelebt. Die Zeit des Miteinanders wird unaufhaltsam kommen. Wir sehen sie dort im Norden am Strand beginnen. Sie müssen nur noch gezeigt bekommen, dass es miteinander statt gegeneinander einfacher ist."
„Ach, sie werden sich schon zusammenraufen", sagte ihr Vater. „Das haben sie schon immer getan. Auch in der Bucht der Wasserdrachen wird bald wieder Ruhe sein!"
Lida horchte auf. Was passiert denn in der Bucht der Wasserdrachen?, fragte sie sich. Ich muss unbedingt zu Ceti und ihn fragen. Als ihr Blick über die anderen Gäste wanderte, merkte sie, dass Tamir sie lächelnd geradezu anstarrte. Du hast also auch gelauscht und denselben Plan, ja? Tamir lächelte nun noch breiter. Fast war es Lida, als könnten beide fühlen, was der

andere jeweils dachte. Seelenverwandte, dachte die junge Wurmdrachin, genau das sind wir. Irgendwas heckst du doch aus? Sie riss ihre Augen kurz auf und forderte ihn damit auf, mehr von dem preiszugeben, was er anstellen wollte. Seine Augen zeigten kurz zur Decke und Lida verstand.
„Liebe Eltern!“, unterbrach Tamir die Gespräche aller am Tisch. „Euer Sohn muss euch etwas sagen. Es wird euch erschüttern, doch euer Thronfolger und geliebter Spross ist kein einfacher Wüstenmensch!“
Seine Eltern schauten ihn verwirrt an und auch die Drachen wirkten irritiert. Ich könnte mich kringeln vor Lachen, dachte Lida, wenn ich all die Gesichter sehe. Doch sie musste ernst bleiben.
„Euer Sohn gesteht hiermit, dass er heimlich Magie studiert hat.“
„Was ist denn das jetzt für ein Unsinn?“, fragte seine Mutter und erschrak, als ihr Sohn plötzlich auf seinem Sitzkissen einen halben Meter emporschwebte. Dabei saß er im Schneidersitz und bewegte seine Hände langsam auf und ab. „Chrasachrabada!“, rief er und drehte die Augen so nach oben, dass man nur das Weiße sah. Seine Eltern sprangen erschrocken auf und Tamir begann unvermittelt Tränen zu lachen. Lida setzte ihn vorsichtig wieder ab.
„Kind!“, wurde sie von ihrer Mutter tadelnd ermahnt. Tamir sprudelte los, um zu erklären, was seine Eltern gerade erlebt hatten. „Mama, Papa, das ist so großartig. Lida macht das. Wir waren sogar schon gemeinsam auf einem Teppich fliegen, so wie die Zauberer in den alten Geschichten, nur in echt. Das ist so genial!“

Er strahlte seine Freundin an und Lida erwiderte sein herzliches Lächeln. Dann wurde sie von seinen Eltern regelrecht ausgefragt. Die Begeisterung ihres Sohnes schien sie sofort angesteckt zu haben.
Noch viele Stunden saßen sie zusammen, scherzten und lachten. Die Eltern tauschten Geschichten ihrer Kinder aus, Davud erzählte, wie er Fio am Tag nach seinem Geburtstag abholen sollte, dieser aber stets mit seinen Wolfsfreunden vor ihm weggelaufen war, Lidas Opa erzählte aus der Zeit, als er jung war, und Tamir amüsierte die Gesellschaft mit Berichten über all die Streiche, die er und Lida ihren Verwandten am Rand der Wüste gespielt hatten. Natürlich kam die Sprache immer wieder auf den Brautkampf, den die Wurmdrachen nicht besuchen würden. Das fand Lida schade, denn auch wenn die Wurmdrachen eine solche Tradition nicht kannten, hätten sie doch wenigstens zuschauen können. Ach, ich werde meine Familie schon noch überreden, war sie sich sicher.
Als die Tafel geleert war, verabschiedeten sie sich herzlich. Davud quälte sich wieder aus dem Höhlengang und flog mit ihrem Opa ins Reich der Feuerdrachen, das am Rand der Wüste gelegen war. Tamir und seine Eltern wurden von den Wurmdrachen begleitet, bis sie an den Gang gelangten, der ihren eigenen unterirdischen Gang kreuzte.
„Das war ein sehr schöner Abend. Vielen Dank!", sagte Tamirs Vater und verneigte sich.
„Ihr wart großartige Gäste!", erwiderte Lidas Mutter.
„Um auf Sirrusch zurückzukommen", begann der Wüstenkönig, doch Faras wiegelte ab.

„Die Wurmdrachen und das Wüstenvolk haben sich seit jeher aus allem herausgehalten, das außerhalb der Wüste liegt. Damit werden wir gewiss nicht brechen, nur weil ein paar Fischer und Wasserdrachen keinen Frieden halten können. Es ist nicht unsere Schuld, dass sie sich kein Beispiel an uns nehmen!"
Der Wüstenkönig lachte und umarmte das Oberhaupt der Wurmdrachen herzlich. „Wohl wahr! Wir freuen uns schon auf den Gegenbesuch", sagte er lächelnd, und sie tauchten in die Dunkelheit ihres Höhlenganges. Als Tamir seinen Eltern folgte, zwinkerte er Lida kaum merklich zu. Lida grinste. Wir halten uns gewiss nicht heraus, dachte sie und folgte ihren Eltern, um die neue, große Besuchshöhle aufzuräumen.

Fünfzehntes Kapitel

Königsstadt Lindheim, Hafen

„Seid, leise!", flüsterte Frieda. Geduckt kauerte sie hinter einem großen Fass, aus dem es nach Fisch roch. Die Sonne war bereits untergegangen und die Dunkelheit half ihr und ihren zwei Begleitern, unerkannt im Hafenviertel zur vereinbarten Abholstelle zu schleichen.
„Jetzt!", flüsterte sie und eilte so lautlos und schnell es ging hinter eine Ansammlung leerer Kisten, die unweit des Fasses an einem Lagerhaus aufgestapelt war. Friedjolm folgte ihr.
Wie machen die beiden das bloß?, fragte sich Aigolf, raffte seine Beinkleider und schlich ihnen hinterher. Die Ermahnungen leise zu sein, sprach die Söldnerführerin zwar in der Mehrzahl, doch er wusste genau, dass sie eigentlich ihm galten. Woher soll ich wissen, wie man leise ist? Ich verkaufe Dinge. Ich habe nur gelernt laut zu sein, meckerte er in Gedanken, bis er ebenfalls zu den Kisten gelangt war.
„Na, geht doch", sprach die kleine Nordfrau so leise, dass es selbst neben ihr fast nicht zu vernehmen war.
Kaum, dass nur noch ein kleiner Streifen der untergegangenen Sonne im Westen zu sehen gewesen war, hatte sie zum Aufbruch gedrängt. Gestärkt hatten sie Harolds Gaststätte zum zweiten Mal verlassen und waren auf die noch belebte Gasse getreten, die zu den

Anlegestellen des Hafens führte. Zunächst hatten sie sich unauffällig unter den letzten Fischern bewegt, die von ihren Fängen heimgekehrt waren, sowie den Matrosen und Hafenarbeitern, die die letzten Ladungen von Bord und in die Lagerhallen gebracht hatten. Dann hatte Frieda ihn und ihren Bruder abrupt angehalten und beide in eine leerstehende Lagerhalle gezogen.

„Der gehört nicht hierher!“, hatte sie gesagt und auf einen jungen Mann gezeigt, der mit einem Stapel Papiere in der Hand an einem Hauseingang gestanden hatte. „Er trägt unauffällige Kleidung und tut so, als würde er die Ladung zählen, aber er schaut nach Menschen. Schaut, eine Kiste wird in die Halle gebracht und er hakt nichts ab. Außerdem würde sich ein Lagermeister auffälliger kleiden. Der hier will nicht gesehen werden, dafür aber alle sehen können. Wir sind aufgeflogen!“, schimpfte sie.

Friedjolm hatte auf einen zweiten gezeigt, der lediglich ein Hemd und eine Hose aus hellem Leinen am Körper und offenbar stets dieselbe Kiste von Lagerhaus zu Lagerhaus trug. „Die Kiste ist leer!“, hatte Friedjolm festgestellt. „Die Arme sind kaum unter Spannung. Der spioniert die Lagerhäuser aus.“

Aigolf war verwundert gewesen, wie aufmerksam die beiden Nordleute waren. Ich werde euch nicht unterschätzen, hatte er sich geschworen, als Frieda ihn geduckt in den rückwärtigen Bereich des Lagerhauses gezogen hatte, um durch die Hintertür zu entkommen. Die vielen Meter zum vierten Kai hatten sie im Rücken der Häuser zurückgelegt, bis es so dunkel

geworden war, dass sie drohten, über allerlei in den Hinterhöfen Abgelegtes zu stolpern und ein lautloses Vorankommen nicht mehr möglich war.
Nun waren sie am Ziel angelangt. „Hier fängt der vierte Landungssteg an!", erklärte Frieda leise und zeigte voraus. „Und jetzt wird es nass für uns."
Vorsichtig schlichen sich die zwei Söldner und der Wanderkrämer an einem vermeintlichen Lagerarbeiter vorbei, der untätig auf einer großen Rolle mit einem aufgewickelten Tau saß.
Noch einer, der nach uns sucht, war sich Aigolf sicher. Wie das sein konnte, war ihm ein Rätsel. Ich habe keine Alarmglocke gehört, die allen meine Flucht in die Köpfe gedröhnt hätte.
Nacheinander glitten sie leise in das lauwarme Wasser des Lindsees, das die Sommersonne schon seit Wochen aufgeheizt hatte. Behutsam folgte er den Geschwistern im Wasser, bis er nicht mehr stehen konnte. „Wartet!", flüsterte er und erntete einen bösen Blick von Frieda. „Ab hier geht es nicht weiter! Ich kann nicht schwimmen!". Frieda verdrehte die Augen. Dann erblickte sie unweit von ihnen eine losgelöste Boje. Die rot gefärbte Schweinsblase trieb auf dem Wasser auf sie zu. Mit ausgestrecktem Arm griff sie nach ihr und reichte sie weiter. „Hier!", flüsterte sie. „Festhalten!"
Als Aigolf die nächsten Schritte tat und den Bodenkontakt verlor, musste er den luftgefüllten Sack regelrecht an seine Brust ziehen, um nicht unterzugehen. Hätte ich diese mechanische Hand nicht, sondern noch immer meine alte starre Holzhand oder

gar nur den Stumpf an meinem Arm, wäre meine Flucht vereitelt. Diese Idioten, dachte er, haben meine Flucht mit ihrer Güte erst ermöglicht. Er kicherte in sich hinein, während Friedjolm ihn schwimmend hinter sich herzog.

Über ihnen knarzte das Holz des Landungsstegs. Offenbar suchte man hier intensiver und offener nach ihnen. Unweit des Steges sah er ein altes Ruderboot kieloben im Wasser auf sie zutreiben. Es war von langen braunen Algen bedeckt und es klebten einige Seesterne und Muscheln an ihm. Bald schlug es sanft an eine der dicken Holzsäulen, die den Landungssteg trugen. Frieda winkte Friedjolm zu, der Aigolf mit sich zum Boot zog. Die Geschwister tauchten unter und auch ihn zogen sie hinab.

Oh, nein, was macht ihr?, dachte der Wanderkrämer panisch und schluckte Salzwasser. Als die Luft in der Boje ihn wieder nach oben hob, schob sich eine große Hand auf seinen Mund. Aigolfs Husten und Spucken wurde fast geräuschlos.

„Hallo, mein Sohn!", flüsterte Frieda, und eine dunkle Stimme flüsterte den Gruß zurück. „Sargan?", flüsterte sie.

„Ja, Frieda, auch ich", kam die leise Antwort einer jungen Männerstimme.

„Sehr gut! Dann nichts wie weg mit uns!"

Es war so finster, dass sich die Augen nicht einmal an die Dunkelheit zu gewöhnen vermochten. Aigolf versuchte vergeblich zu erkennen, wo die beiden Stimmen herkamen. Er hielt sich am Rand des umgedrehten Bootes fest und spürte, wie die Strömung zunahm.

Offenbar schwimmen sie unser Rettungsboot hinaus in den Lindsee, mutmaßte er. Diese pfiffigen und wahrhaft mit allen Wassern gewaschenen Nordleute. Fast war er etwas stolz, dass er sie ausgewählt hatte, seine Pläne zu verwirklichen.
„Wir sind weit genug draußen!" sagte Frieda nach einer gefühlten Ewigkeit. „Klammere dich hier fest, Wanderkrämer!", befahl sie. „Die Boje lass davonschwimmen!"
Aigolf tat, wie ihm geheißen war und griff mit beiden Händen den Wulst des Bootsrandes, an den Frieda seine Hände geführt hatte.
"Fertig machen!", hörte er sie resolut sagen und vernahm Schwimmbewegungen, die von ihm zu beiden Seiten wegführten.
Auf ein weiteres Kommando drang das Licht des vollmondbeschienenen, wolkenlosen und sternenbehangenen Himmels zu ihm. Nach der Zeit absoluter Dunkelheit fühlten sich Aigolfs Augen fast geblendet. An Bug und Heck erkannte er je zwei Menschen, die das schmale Boot auf der einen Seite aus dem Wasser hoben. Er war das Gegengewicht, das ermöglichte, es um seine Achse zu drehen. Platschend landete es wieder mit der Kielseite im Wasser und das Gewicht des Bootes zog Aigolf halb nach oben. Zu beiden Seiten kletterten die Nordleute ins Innere. Dann packte ihn ein wahrer Hüne von einem Mann an den Schultern und hob ihn hinein, als habe er keinerlei Gewicht.
„Das ist mein Sohn Torben!", stellte ihn Frieda vor.
„Und hier haben wir Sargan!"

Beide nickten Aigolf zu und griffen sich Paddel, die am Bootsrand befestigt waren. Sie schoben sie in Ösen und tauchten sie ins Wasser. Torben drängte ihn an den Rand einer der drei Bänke des Boots, die von einer Seite zur anderen reichten. „Da rüber!“, befahl er, und der Wanderkrämer hob sich über einen Mast der mittig mit Seilen an die Bänke gebunden war.
„Du musst leider für deine Rettung arbeiten!“, sagte Frieda mit einem hämischen Lächeln. „Auch mit einer Hand muss das Rudern gehen!“
Aigolf schaute sich um. Bis auf Torben hatten alle anderen bereits je einen Griff der Paddel in den Händen. Der große Nordmann war damit beschäftigt, die Seile am Mast zu lösen, an dessen Stamm ein Segeltuch gerefft war.
Vom Landungssteg, der weniger weit entfernt war, als er gehofft hatte, drang ein Glockengeläut zu ihnen und das Rufen von Menschen war zu hören.
„Sie entdecken uns spät!“, stellte Frieda zufrieden fest. „Also los! Zieht und zieht und zieht“, begann sie das Rudern zu koordinieren und fungierte selbst als Steuerfrau.
Aigolf folgte ihren Kommandos. Mit der gesunden Hand umklammerte er den Griff, mit der anderen konnte er lediglich leicht ziehen, denn seine Handattrappe war nur mit Bändern und Schnüren an seinem Armstumpf befestigt. Dennoch gewannen sie schnell an Fahrt. Hinter ihnen war der Kai inzwischen hell von Fackeln und Lampen erleuchtet. Was viel schlimmer war: Auch die *Krone Lindheims,* das gefürchtete Flaggschiff Leontins, setzte Segel.

Der Wanderkrämer blickte sich um und dem Kanal entgegen. „Denen können wir nicht entkommen. Der Zugang zum Meer ist viel zu lang. Sie werden uns einfach mit dem Bug zerteilen und zum Grund schicken, bevor wir das Meer erreicht haben", jammerte er.
Frieda blickte ihn böse an. „Wenn du dich noch einmal umdrehst und aufhörst zu rudern, wirst du zu den Fischen geschickt, noch bevor uns der Bug der *Krone Lindheims* zerteilt", drohte sie mit krächzender Stimme. Aigolf wandte sich eingeschüchtert zurück und ruderte, was das Zeug hielt. Gerade dich darf ich nicht unterschätzen, mahnte er sich in Gedanken, während er ihre Verfolger immer näherkommen sah.
Als Torben den schweren Mast unter einem beeindruckenden Spiel seiner Muskeln verankert hatte, setzte er Segel und ihr Boot nahm schneller Fahrt auf. Aigolf traute sich nicht, sich umzudrehen, aber er spürte die Bedrohung. „Wir werden ihnen nicht entkommen!", sprach er seine Sorge aus. „Selbst, wenn wir es bis zum Meer schaffen, holen sie uns ein."
Torben lachte. „Wir haben vorgesorgt!", sagte er und ging in die Knie, als sie den Eingang des Kanals passierten. „Ducken!", rief er und alle vier Nordleute zogen fast zeitgleich die Köpfe ein. In letzter Sekunde wich auch Aigolf einem gespannten Seil aus, das sich kaum eineinhalb Meter über der Wasseroberfläche befand. Als es mit dem Mast in Kontakt kam, verlor es unmittelbar seine Spannung und Torben wickelte es grinsend ein. Links und rechts im Gestein, in das der Kanal mühevoll hereingetrieben war, hörte er ein Zischen und helle Funken durchbrachen zu beiden

Seiten das Dunkel der Nacht. Das Seil war offenbar mit Feuersteinen verbunden, die nun in den Felsen etwas entzündet haben, mutmaßte er. Schemenhaft erkannte er in den Felsspalten versteckte Fässer.

„Festhalten!", rief Frieda, und der Wanderkrämer umklammerte seine Sitzbank so, dass die Knöchel seiner Hand weiß wurden. Er schloss fest die Augen und fürchtete das, was kommen würde.

Sechzehntes Kapitel

Königsstadt Lindheim, Hafen

Die Sterne zeigten sich bereits am Himmel und der Mond war aufgegangen, als die drei Kriegsschiffe, die die Marine des Lindheimer Königreichs bestimmten, bereit zum Auslaufen waren. Kapitänin Gorman führte Enndlin und Sewolt an Deck herum, während Matrosen damit beschäftigt waren, die letzte Ladung zu verstauen.

„Unsere Flotte ist klein, das stimmt", sagte sie im Plauderton. „Aber unsere Schiffe sind die besten, die je von Schiffsbauern entwickelt wurden. Schaut!" Sie zeigte den Rumpf des Flaggschiffes entlang, das die beiden bereits sehr großen Begleitschiffe um zwei volle Decks überragte. „Drei Kanonendecks führt die *Krone Lindheims*. Damit ist sie das Schiff mit der besten Bewaffnung aller umliegenden Königreiche. Zwar gibt es Könige, die sich eine größere Flotte leisten, aber keines von deren Schiffen kann es mit der *Krone Lindheims* aufnehmen. Wenn wir alle Kanonen auf einer Seite gleichzeitig abfeuern würden, würde es unser Schiff umwerfen, so viel Feuerkraft steckt darin. Die Besatzung liegt bei Zweihundertzwei. Dazu kommen sieben Offiziere und eine Handvoll Spezialisten wie der Schiffszimmermann."

„Beeindruckend", gab Enndlin zu.

„Wie schnell ist es? Mit den ganzen Kanonen ist es sicherlich sehr schwer!“, hakte Sewolt nach.
„Schaut!“, sagte die Kapitänin und zeigte auf die Segel. „Wir haben vier statt drei Masten und besonders bauchige Segel. Das ermöglicht der *Krone Lindheims* schneller über das Wasser zu gleiten als alle anderen Schiffe dieser Größe. Selbst viele der leichteren vermögen ihr nicht das Wasser zu reichen.“ Die Kapitänin lachte über ihren eigenen Scherz und die ehemaligen Drachenjäger lächelten höflich.
„Die leichten Drachenschiffe der Nordleute holen wir selbst dann ein, wenn ihre geliebten hölzernen Seeschlangen am Bug plötzlich lebendig würden und mitruderten“, sagte sie augenzwinkernd, und Enndlin erinnerte sich an das Wappen der Nordleute.
„Und weil es das Flaggschiff ist“, setzte die Kapitänin ihre Führung fort, „hat die *Krone Lindheims* sogar ein zweistöckiges Achterdeck“ Sie zeigte zum Heck des riesigen Schiffs, wo sich ein weiteres Stockwerk über der geräumigen Kapitänskajüte befand, an der sich auch das Offizierscasino und der Kartenraum anschlossen, wie sie erklärte. Samtene rote Vorhänge waren vor den beiden Fenstern des Obergeschosses zu sehen, die zum Deck hinzeigten. Zwischen ihnen prangte das Wappen der Lindheimer, der weiße Baum auf blauem Grund.
Vom Hafen her war eine Fanfare zu hören und die Matrosen an Deck stürmten an die Reling. Die königliche Kutsche, an deren Seiten hell erleuchtete Lampen flackerten, fuhr den breiten Steg entlang und rumpelte unmittelbar über eine breite Rampe in die

geöffnete Ladungsluke, die in ein Zwischendeck des Schiffshecks führte. Die beiden Pferde wieherten, als sich die stabile Heckklappe nach oben schloss und sodann verriegelt wurde.
„Die Herrscher sind an Bord!", sagte Gorman feierlich. „Natürlich haben wir einen eigenen Bereich des Hecks für die Kutsche und die Pferde seiner Majestät, von dem aus die Herrschaften unmittelbar in die königlichen Gemächer gelangen." Die Kapitänin zeigte auf die Majestätskajüte unter dem höchsten Achterdeck mit dem Wappen, zu der je eine Treppe links und rechts hochführte. Auf dem Achterdeck stand ein Offizier und hielt mit einem Fernrohr Ausschau, während ein anderer neben ihm notierte, was er sah.
Ein Dutzend Soldatinnen und Soldaten der Leibwache, angeführt von einem mutigen Soldaten, den Enndlin inzwischen sehr gut kannte, eilten vom Kai an Deck und stellten sich links und rechts der Treppen auf. Liam grüßte Enndlin mit einem kurzen Nicken. Wenig später stiegen König Leontin und Königin Anna die rechte der beiden gewundenen Treppen hinunter. Begleitet waren sie von Hauptfrau Senta und einem weiteren Leibwächter. Der Pfiff aus einer Schiffspfeife ertönte und die Matrosen und Soldaten standen im Spalier stramm.
„Eure Majestäten!", grüßte die Kapitänin und verneigte sich tief. Ihre Matrosen und Offiziere standen in je zwei Reihen backbord und steuerbord und taten es ihrer Kapitänin gleich. „Willkommen an Bord eurer *Krone Lindheims*!"

Leontin winkte ab. „Nicht so viele Förmlichkeiten", sagte er und grüßte freundlich nach allen Seiten.
Ein guter König, dachte Enndlin. Ich muss ihm unbedingt berichten, was ich bei den Drachenfreunden an Armut erlebt habe. Wenn er erst davon weiß, was in den unteren Schichten seines Volkes los ist, wird er helfen. Enndlins Anerkennung für den König wuchs immer mehr.
„Enndlin!", sagte er. „Ich stehe immer tiefer in deiner Schuld. Die Begnadigung ist dir sicher", sagte er, und sie verneigte sich. „Wer weiß, ob einer meiner Offiziere die Stimmen der Nordleute, die Aaron wiedergegeben hat, erkannt hätte." Dann wandte er sich an die Kapitänin. „Ich bin erstaunt, dass ihr es geschafft habt, unsere Flotte in solcher Schnelle und Heimlichkeit bereit zu machen. Ihr seid eine würdige Vertreterin Kapitän Eweins!"
„Vielen Dank, eure Majestät!", antwortete Gorman stolz.
„Schon eine Spur?"
„Wir haben, gleich nachdem wir eure Brieftaube erhalten hatten, Matrosen in zivil zum Kai gesandt und halten die Anlegestellen seitdem unter Beobachtung. Wenn sie abgeholt werden, sind wir zur Stelle."
Der König nickte und schaute nachdenklich zu den Sternen. „Nicht auszumalen, wenn wir kein Luftschiff gewählt hätten."
Königin Anna atmete besorgt tief ein und Leontin legte seine Hand auf ihre Schulter. Ihr schwarzer Umhang wehte in der aufkommenden leichten Brise.

„Wir haben es aber getan. Sorge dich nicht! Sie haben die Nordleute umflogen. Bestimmt fliegt Quirina mit ihrem Fio gerade jauchzend durch die salzige Meeresluft." Er lächelte, doch Enndlin spürte, dass auch in ihm viel Sorge steckte, vielleicht mehr, als er sich selbst eingestand.

„Kapitänin Gorman. Kapitänin!", rief der Offizier vom Achterdeck herunter, während der andere eine Alarmglocke läutete. „Schnell! Ich habe etwas entdeckt."

Zeitgleich mit seinem Ruf stürmten vier Matrosen in unauffälliger Straßenkleidung an Deck. „Frau Kapitän!", rief einer von ihnen. „Sie haben Wind von uns bekommen und sind irgendwo anders aufgenommen worden. Wir haben sie nur noch auf dem Lindsee kleiner werden sehen."

„Ja", rief der Offizier nach unten. „Ich habe sie im Blick. Sie sind wie aus dem Nichts aufgetaucht, drei Seemeilen voraus, in einem Ruderboot."

„Leinen los! Ruder an die Riemen und Vollsegel setzen!", kommandierte Gorman. Von einer Sekunde auf die andere stoben die eben noch in Reih und Glied aufgestellten Matrosen auseinander und folgten den Befehlen, als seien sie ein geöltes Zahnradwerk aus Menschen. So schnell, dass Enndlin kaum dem Geschehen folgen konnte, waren alle Segel gehisst. Zwei Dutzend Matrosen stießen das Schiff mit langen Stangen ab, sodass die Ruderer dem Schiff Antrieb geben konnten, bis der Wind inmitten des Lindsees die Segel voll erfassen würde.

„Wir haben sie, noch bevor sie die Mündung ins Meer erreicht haben werden!“, versicherte die Kapitänin selbstbewusst. „Kein Schiff kann es mit der *Krone Lindheims* aufnehmen.“

„Kapitänin!“, rief der Offizier wieder vom Achterdeck. „Es ist kein Ruderboot!. Sie haben gerade einen Mast montiert und setzen Segel!“

„Danke!“, erwiderte Gorman und blickte selbstsicher zur Mündung des Kanals.

Während sich die Matrosen in die Riemen legten und das große Schiff immer schneller werden ließen, blähten die ersten Böen die Segel und ließen die *Krone Lindheims* rasch Fahrt aufnehmen. Die Majestäten befanden sich mit ihren Leibwächtern am Bug. Enndlin und Sewolt stießen zu ihnen.

„Erreichen wir sie mit irgendetwas, um ihr Boot zu versenken?“, fragte Enndlin.

„Die Kanonen würden es zerstören“, sagte Senta, „und für die Langbögen sind sie noch zu weit weg.“

„Auch dafür hat die *Krone Lindheims* ein Mittel“, sagte die Kapitänin geheimnisvoll und gab einem der Matrosen ein Zeichen. Daraufhin zog er ein großes Tuch weg und enthüllte eine riesige Armbrust, die fest am Bug montiert war. Aus einem Eisenrohr, das zu beiden Seiten Einschnitte hatte, ragte ein vierschneidiger Pfeil. Ein Draht, der durch die Einschnitte gespannt war, steckte in einer Kerbe am Ende des Geschosses. An dessen Kopf waren vier Stäbe mit Scharnieren angebracht. Enndlin trat näher. Sie fächern auf, sobald der Pfeil das Holz eines Schiffs durchstößt, mutmaßte sie. Ein schlaues System.

„In wenigen Minuten sind wir in Reichweite", kündigte Gorman an. Das große Schiff kam dem kleinen Boot immer näher, „dann wird ein gezielter Schuss jede Flucht verhindern und wir ziehen es heran."
An dem Pfeil, der gewiss eineinhalb Meter an Länge hatte und unterarmdick war, erkannte Enndlin ein Seil, das in einer Winde mündete. Links und rechts der Armbrust befanden sich zwei kleinkalibrige Schiffskanonen, die, falls nötig, die letzte Überzeugungsarbeit leisten würden. Inzwischen hatte die *Krone Lindheims* die Hälfte des Lindsees hinter sich gelassen. Der Kanal, der ins Meer mündete, war bereits mit bloßem Auge im Mondschein zu erkennen. Das mit einem kleinen Segel versehene Boot der Nordleute stand kurz davor, in den Kanal einzufahren. Enndlin ließ sich von Senta deren Fernrohr reichen.
„Sie sitzen seelenruhig an Bord. Da ist Aigolf und ich erkenne Torben, Friedjolm und Frieda sowie Sargan. Drei ihrer Anführer auf einen Schlag. Weshalb sind sie nicht panisch?", fragte Enndlin.
Der König schaute verwundert zu ihr herüber und die Kapitänin erklärte, dass sie sich offenbar bereits in ihr Schicksal gefügt hätten.
„In Reichweite!", rief der Matrose an der Armbrust und legte einen Finger an den Abzugshebel.
„Auf euren Befehl, mein König!", sagte Gorman und verneigte sich. „Dieser Beutefang gebührt euch!"
„Nun", sagte Leontin, „also dann: Feu…!"
Der König kam nicht dazu, den Befehl auszusprechen. Eine riesige Feuerfontäne füllte den Nachthimmel, begleitet von einem Explosionsgeräusch, das alle am

Bug zwang, sich vor Schmerz die Ohren zu halten. An der Stelle, die das Boot der Söldner gerade passiert hatte, stürzten links und rechts des Kanals Felsen und Steine ins Wasser des Lindsees. Zwei Flutwellen trugen auf der einen Seite das kleine Boot weiter in Richtung des offenen Meeres und auf der anderen Seite dazu bei, dass selbst das riesige Flaggschiff leicht ins Schaukeln geriet.

„Alle Segel einholen!", schrie Gorman. Ihre Stimme überschlug sich. „In die Riemen und gegenhalten! Den Buganker versenken! Rasch!" Die Matrosen stürmten los. Sie wandte sich an das Königspaar. „Majestäten, es tut mir leid, aber setzt euch bitte auf den Boden und haltet euch mit beiden Händen an der Reling fest. Das empfehle ich allen!"

Sie rannte zum Steuermann. „Hart backbord!", rief sie und hing sich gemeinsam mit ihm an das Steuerrad, das gefährlich knirschte, als es dem Wasserwiderstand voll entgegenhalten musste. „Ruderer, gebt alles!", rief sie durch ein nach oben geweitetes Messingrohr nach unten in das Ruderdeck. Die *Krone Lindheims* kam der Stelle immer näher, an der sich anstelle des Zugangs zum Meer nun Geröllhaufen befanden. Das Schiff ruckte, als der Anker die ersten Widerstände fand. „Haltet durch!", rief die Kapitänin, die noch immer mit aller Kraft half, das Steuerrad zu halten. Kurz vor Erreichen der scharfen Steinbrocken kam das Schiff zum Stillstand. Sanft kollidierte es mit einem Felsbrocken, ohne Schaden zu nehmen. Die hin und her geschüttelten Gäste erhoben sich langsam und schüttelten sich vor Erleichterung.

„Was war das?“, fragte der König, der als erstes die Stimme wiedergewonnen hatte.
„Sie haben den Zugang zum Kanal gesprengt“, stellte Enndlin fest, „aber ich sehe eine Lücke in der Mitte. Da scheinen nur wenige Steine geschichtet zu sein.“
„Erste Batterie laden!“, rief Gorman vom Achterdeck her. „Armbrust-Kanonier! Abschuss!“, befahl sie. Ein lautes metallisches Schnarren ließ den langen Pfeil in Richtung des fliehenden Bootes surren, doch er verlor wenige Meter davor an Höhe und stürzte in Wasser.
„Feuerbereit!“, rief eine Stimme von ersten Batteriedeck, doch da verschwanden die Flüchtenden bereits hinter einer rettenden Felswand. Die Kapitänin ließ die Schultern hängen.
Eilig spurtete sie zum Bug. „Ist jemand verletzt?“, rief sie. Die Umstehenden verneinten und nacheinander wurden ihr Meldungen aus den verschiedenen Bereichen des Schiffs zugerufen. „Nein? Das ist gut!“, kommentierte sie die Zurufe und wischte sich Schweißtropfen von der Stirn.
Enndlin zeigte auf die Stelle zwischen den Geröllhaufen, doch die Kapitänin schüttelte den Kopf. „Das können wir nicht riskieren.“
Enndlin schaute sie fragend an.
„Zu schwer!“, mutmaßte die Kapitänin. „Wir haben zu viel Tiefgang. Das ist der Zoll, den unsere Flottenschiffe für die Größe zahlen!“ Sie hob entschuldigend die Schultern.
„So ein leichtes Drachenschiff müsste man zur Verfügung haben!“, sagte Enndlin und erntete einen genervten Blick der Kapitänin.

Der König kratzte sich nachdenklich am Bart. „Dann bleibt uns wohl keine Wahl, als zu warten, bis alles an Geröll beseitigt ist.“ Er wandte sich an die Kapitänin. „Grämt euch nicht. Ihr könnt nichts für das Gewicht des Schiffs, das ich bauen ließ. Sendet Nachricht zum Hafen. Jedes Boot und jedes Schiff, das seetüchtig ist, soll zur Anschlagsstelle fahren. Wir brauchen jede Arbeiterin und jeden Arbeiter, den wir bekommen können. Wir müssen den Zugang so schnell wie möglich freilegen. Die Krone zahlt für die Extraschichten und noch einen Bonus, wenn wir vor Sonnenaufgang ablegen können.“

Die Kapitänin salutierte und beauftragte einen Matrosen an der Blendlampe, den königlichen Auftrag umzusetzen. Dann instruierte sie ihre Besatzung, die bald darauf mit Booten zu den Geröllhaufen übersetzten und die ersten Steine in Menschenketten wieder an Land brachten.

Keine halbe Stunde später wimmelte der Lindsee geradeso von Bürgerinnen und Bürgern Lindheims. Jede und jeder mit zwei gesunden Händen, der halbwegs seefest war, befand sich in die Ertüchtigung des Kanals vertieft. Enndlin sah Harold und Philipp unter ihnen, auch die vier umgeschulten Räuber, die sich seit ihrer gemeinsamen Überbringung der schlechten Nachrichten an den König nun ganz offiziell als Eingreiftruppe der Drachenfreunde bezeichneten.

Diese Nacht wird viel Lohn in deine Taschen spülen, Winfred!, dachte Enndlin zufrieden. Euer Sprössling wird viele satte Nächte durchschlafen. Sie blickte über

das Schiffsdeck. Bis auf das Königspaar, Liam und Senta sowie Kapitänin Gorman, einigen Offizieren und wenigen Matrosen, waren alle mit den Freilegungsarbeiten beschäftigt. Die Verbliebenen standen in Unterhaltungen vertieft an der Reling. Sewolt hatte sich am Bug an einen Stapel Leinen und Taue gelehnt und döste. Also beschloss Enndlin, sich neue Gesprächspartner zu suchen. Die Kapitänin plante die Weiterfahrt mit ihrem Navigationsoffizier, beraten von einem alten Matrosen, der die Route zur Drachenbucht offenbar von vielen Schiffsfahrten auf einer Handelskogge im Schlaf kannte.
Enndlin schritt weiter das Deck entlang. Senta und Liam tauschten sich über Privates aus, was Enndlin keinesfalls belauschen wollte. Die zwei waren das perfekte Paar in ihren Augen. Der Altersunterschied von gut zehn Jahren wurde durch Sentas schlanke und durchtrainierte Soldatinnenfigur mehr als ausgeglichen. Sie waren beide Soldaten mit Leib und Seele. Ihre Hingabe zum Dienst für den König konnte mit der Hingabe füreinander offenbar mithalten. Gute Voraussetzungen für eine junge Liebe, obgleich sie den Eindruck hatte, dass sie zumindest vonseiten des jungen Truppführers schon deutlich länger währte.
Enndlins Weg führte weiter in Richtung des Hecks. Das Königspaar tauschte seine Sorgen aus. Königin Annas Klagen, sie könnten es nicht rechtzeitig schaffen, in See zu stoßen, konnte der König kaum abmildern. Enndlin teilte die Sorgen der Königin. Wenn kein Wunder geschieht, werden die Nordleute Fionrir und Quirina gefangen nehmen.

Enndlin schritt nachdenklich die Treppe zum Achterdeck hoch und blickte zum Mond, der weiß und voll am Himmel stand.

„Ein Wunder brauchen wir!“, sagte sie zu ihm, dann hörte sie das Schlagen riesiger Flügel aus dem Norden. „Das war wohl euer Jormungand, der mein Gebet erhört hat!“, sagte sie lächelnd. Drei Drachen flogen auf die *Krone Lindheims* zu.

Siebzehntes Kapitel

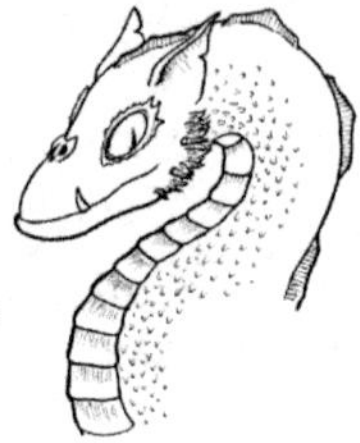

Offenes Meer in Richtung Süden, auf einem Drachenschiff

Frieda stand am Bug ihres Drachenschiffes und fuhr zärtlich über den Kopf der hölzernen Seeschlange, mit deren Rumpf es die Wellen brach. Um die drei Drachenschiffe herum lag die sternenklare Nacht. Ein sentimentaler Moment?, wunderte sich Aigolf und trat an ihre Seite.

„Gratuliere!", sagte er. „Ich hätte nie gedacht, dass wir der *Krone Lindheims* entkommen würden. Das wird schwer auf Eweins Seele lasten!"

Die Nordfrau drehte sich um. „Das war nicht Ewein, der das Kommando hatte. Es muss seine Stellvertreterin gewesen sein!"

Er war verwundert. „Wie könnt ihr das wissen?"

„Weil er mit Quirina und dem Drachen hier war. Auf einem elenden Luftschiff!", keifte sie. „Meine wackeren Nordleute waren so darauf konzentriert, die Befehle, die der Postpapagei überbracht hatte, zu befolgen, dass nicht einer so clever war, sich umzuschauen, wer noch an der Insel der Früchte angelegt hat."

Drei Nordleute, die unweit damit beschäftigt waren, das Deck zu schrubben, duckten sich unwillkürlich weg. Auch Aigolf erschrak. Ihre Stimme schüchterte ein und ihre Energie schien geeignet zu sein, ein Meer verdampfen zu lassen, wenn sie vor Wut kochte.

Grummelnd drehte sie sich wieder dem Meer zu. Fast schien es ihm, als habe sie Gedankenkontakt zu der hölzernen Seeschlange aufgenommen. Der Wanderkrämer schüttelte den Kopf und stellte sich schweigend an ihre Seite. Sobald sie das Wort an mich richtet, habe ich sie, sagte er sich in Gedanken. Voraus war nichts als das Meer zu sehen. Steuerbord war gerade die Sonne aufgegangen und tauchte die eintönige Umgebung in ein geheimnisvolles Rot. Kaum, dass sie den Kanal passiert hatten, waren sie von den drei Drachenschiffen aufgenommen worden.
Frieda hatte sich unmittelbar nach Betreten umgeschaut. „Wo sind die Prinzessin und der Drache?", hatte sie freudig gefragt. Als der auf dem Schädel kahlrasierte, langbärtige Nordmann, der offenbar das Kommando hatte, geantwortet hatte, sie hätten den Kanal nicht verlassen, war die stämmige kleine Frau zunächst nur stutzig geworden. Dennoch hatte sie befohlen, unverzüglich in See zu stechen und in voller Fahrt Kurs auf die Drachenbucht zu nehmen. Nach einer Weile hatte sich Aigolf einen Platz an Deck gesucht, an dem er die Augen schließen konnte. Kurz vor Sonnenaufgang hatte ihn dann ein Brüllen und Keifen geweckt, das nicht von dieser Welt zu sein schien. Er blickte die Nordfrau heimlich aus dem Augenwinkel an. Sie ist so klein und wirkt eigentlich eher mütterlich, dachte er, als er ihre rundlichen Gesichtszüge musterte. Sie war einige Jahre älter als er, doch wirkte sie deutlich agiler als er selbst. Mit was kriege ich dich?, sinnierte er und tastete nach den letzten Flaschen seines Elixiers, die er in seiner in-

zwischen wieder getrockneten Umhängetasche mit sich führte.
Der arme Kerl, dachte er, als er sich erinnerte, wie Frieda den Befehlshabenden, der sich ausgerechnet als ihr Gatte und Torbens Vater entpuppt hatte, mit ihrem Gebrüll immer kleiner werden ließ. Auch die umstehenden Nordleute, allesamt wahre Riesen, schienen innerlich geschrumpft zu sein, bis Frieda als die Größte unter ihnen erschienen war. Arnulf, so hieß ihr Mann, hatte ihr voller kindlicher Bewunderung erzählt, dass ein Luftschiff an der Insel der Früchte beladen worden und am Abend zu Wasser Richtung Süden aufgebrochen war. Als er den Kapitän beschrieben und noch dazu berichtet hatte, wie verwundert sie gewesen seien, dass eine Bogenschützin in den Farben Lindheims hoch im Mast Ausschau nach ihnen gehalten hatte, war die Hölle an Deck losgebrochen.
Ich muss von ihr lernen, dachte er. Mit ihrer Art, Menschen zu lenken, könnte mir niemand mehr widerstehen. Ich würde ein Imperium aufbauen, das auf Myriaden von Kisten meines Elixiers fußt.
Mit einem Ruck wandte sich Frieda ihm zu, sodass er erschrocken quietschte.
„Was ist? Falls du mich zeichnen möchtest, fehlen dir Stift und Papier. Warum starrst du mich an?"
Aigolf hatte eine andere Art der Ansprache erwartet. Ich muss das Gespräch wieder in meine Bahnen lenken, dachte er. „Ich hatte den Eindruck, dir ginge es nicht gut und mich gefragt, ob ich dir helfen kann!"

„Mir geht es prächtig!", keifte die Nordfrau. „Ich wäre beinahe am Kai verdeckten Spähern des Königs in die Fänge geraten, mein unfähiger Gatte lässt unsere Beute entkommen und nun darf ich mich auf ein Gespräch mit Aigolf dem Wanderkrämer freuen, dem Mann, der bekannt dafür ist, Menschen ohne Arme Handschuhe zu verkaufen!"

Er hatte bereits eine Flasche seines Elixiers gezogen und gerade sagen wollen, dass es ihren Unmut lindern könne und überhaupt ihre Seeleute aufmerksamer machen würde. Sein zweiter Satz wäre gewesen, dass Arnulf mit diesem Mittel nie wieder ein Detail entgehen würde.

„Steck dein Fläschlein wieder zurück. Wir sind keine Freunde und ich brauche deine Einflüsterungen ebenso wenig wie dein Wässerchen gegen alles. Wir sind Söldner und das nicht aus Liebe zum Beruf. Wir kämpfen ebenso für deine wie für die Angelegenheiten anderer, für Dinge, für die wir nicht stehen. Wenn du kein Elixier hast, das die Fische wieder in Massen zu unseren Inseln zurückbringt, bleib weg damit."

„Solange es Geld bringt, stört mich nicht, was ich mache", antwortete Aigolf enttäuscht von sich selbst und steckte das Elixier zurück in seine Tasche. Es war das erste Mal in seinem Leben als Betrüger, das bereits Jahrzehnte an Erfahrung zählte, dass er im Verkauf gescheitert war.

„Die meisten von uns haben Familien, die einfach nur versorgt sein wollen. Alle, die auf uns warten, sehnen sich mehr nach der Rückkehr von Fischerbooten als von waffenstarren Drachenschiffen. Nicht einer von

uns würde nicht sofort sein Leben gegen das alte tauschen, wenn sich nur die Gelegenheit ergäbe."
„Als wärt ihr die einzigen, die zu einem anderen Leben gezwungen sind", warf er nun ein. Er fühlte sich von den Worten der Nordfrau in seiner Ehre verletzt und das ließ ihn vergessen, wie vorsichtig er sein musste. „Meine Familie wurde in den Schmutz geboren. Mein alter Vater durfte keinen Beruf ausüben, weil er nicht dem richtigen Volk angehörte. Er musste betteln, damit wir überlebten. Das wird mir nicht passieren. Solange ich reden kann, haue ich diese Leute übers Ohr und nehme, was uns hätte gehören sollen." Frieda schaute ihm schweigend in die Augen. Der Wanderkrämer beruhigte sich wieder.
„Wir beide sind nicht die, die wir hätten sein können", fuhr Frieda in ruhigem Ton fort. Das Keifen, das ihre Stimme sonst beherrschte, war nahezu nicht mehr zu hören. Aigolf fühlte sich plötzlich geradezu geborgen in ihrer Nähe. Das muss ich mir unbedingt von ihr abschauen, schwor er sich erneut. Was könnte ich mit ihrer Manipulationskraft nicht alles erreichen.
„Du hast uns gut bezahlt", sagte sie und wies auf mehrere in Leinen gewickelte Bündel, die hinter ihr gestapelt waren. „Wir verkaufen sie an die Fischer. Sie werden uns gut dafür entlohnen, denn sie treiben dieselben Nöte an wie uns. Die Konkurrenz der Wasserdrachen macht ihnen ebenso sehr zu schaffen wie uns die großen Fischerflotten, die unsere Fischgründe für die Metropolen des Nordens leeren. Die Konflikte spitzen sich zu, hört man die Matrosen im Hafen erzählen. Ob wir Rache an Quirina und Fionrir

nehmen oder nicht, ist mir gleichgültig. Sobald wir das Gold von den Fischern in den Händen halten, kannst du die Prinzessin und ihren Drachen haben und mit ihnen machen, was du willst. Ich habe meinen alten Vater seit zwei Vollmonden nicht gesehen. Wir müssen den Sand unserer Inseln wieder unter den nackten Füßen spüren, sonst verhärten unsere Herzen."

Aigolf nickte. Ein Herz will ich mir nicht leisten, dachte er, verschwieg das jedoch lieber. Sein Verstand sagte ihm, dass er seine grimmige Geschäftspartnerin verlieren würde, wenn er das zugab.

Achtzehntes Kapitel

Bucht der Wasserdrachen, Küste

Ceti streckte sich und gähnte geräuschvoll. Erst vor wenigen Minuten hatte er die reißenden Winde seiner hoch im Himmel auf ewig reisenden Luftschlange verlassen und war im noch nasskalten Strand der Bucht gelandet. „Ein neuer Tag!“, sagte er, als wolle er den Morgen überzeugen, all das, was gestern noch so bedrohlich war, mit der Nacht vergangen sein zu lassen. Bis tief in der Nacht hatte er in der Höhle seiner Oma Soraya und seines Opas Sirrusch gesessen und den beiden großen Feuerdrachen in allen Einzelheiten erzählt, was sich zugetragen hatte. Sirrusch hatte nicht überrascht gewirkt und ihm Hoffnung gemacht. Das schätzte Ceti am meisten an seinem Opa. Er vermittelte ihm stets das Gefühl, viel mehr zu wissen, als er preisgeben mag, und fand stets die richtigen Worte, um die Angst zurückzudrängen und die Vernunft wieder zu Tage zu fördern.

„Nur so bist du frei, die Wahrheit zu erkennen!“, hatte er wie so oft gesagt, und Ceti begann das Geschehene von selbst im Geiste in völlig neuen Gewändern zu erkennen. Irgendwann war er von den Gesprächen erschöpft eingeschlafen.

Die Sonne hatte den Horizont schon fast zur Gänze überschritten, der Himmel war wolkenlos, und die Möwen kreischten. Es versprach ein wunderbarer Tag

zu werden. Der Strand schien menschenleer und frei von Drachen, und wenn es nach Ceti ginge, dürfte er das auch gerne den ganzen Tag bleiben.
Hinter ihm ertönte ein ohrenbeleidigendes schräges Tröten. Der junge Drache hielt sich die Ohren zu.
„Da habe ich mich wohl zu früh gefreut“, beschwerte er sich beim Morgen, der offenbar den Unsinn des gestrigen Tages nicht hatte enden lassen.
Er drehte sich um und erkannte einige Wasserdrachen, aber auch Berg- und Feuerdrachen zusammen am Rand des Strandes unter Palmen stehen. Wieder trötete es und Ceti verzog das Gesicht.
„Guten Morgen!“, grüßte er, als er bei ihnen angelangt war. „Was macht ihr da? Ihr verschreckt die Möwen. Sie trauen sich nicht zu kreischen, weil eure Geräusche hässlicher sind“, versuchte er einen Scherz, doch keiner reagierte.
Ein Bergdrache, den er noch nie zuvor gesehen hatte, ließ die Tröte erneut ertönen. Ein streunender Hund, der am Strand nach Fressen gesucht hatte, lief jaulend davon. Auch Ceti hatte die Pranken wieder zum Schutz an die Ohren gehalten.
„Hör endlich auf damit!“, rief er. „Das tut ja in den Ohren weh.“
„Soll es auch!“, bestätigte der Bergdrache, der wohl in seinem Alter war und deren typische blau-grüne Färbung hatte. „Habe ich von meinem Opa mitgenommen!“, sagte er stolz.
Erst jetzt entdeckte Ceti die alten Drachenrüstungen, die auf dem Boden lagen.

„Dein Opa hat den ganzen Plunder aufgehoben?", fragte er verwundert.
„Ja, von seinem Opa und das ist gut so. Offenbar brauchen wir es ja wieder", antwortete der Bergdrache und erhielt Zustimmung von einigen der anderen.
„Hi, Ceti!", rief ein junges Feuerdrachenmädchen.
„Hallo, Smarada!", grüßte Ceti zurück.
„Schau mal, wir haben sogar einen Blendspiegel von damals." Sie hielt ihm eine nahezu blinde Metallscheibe entgegen.
Der junge Drache konnte nur den Kopf schütteln. „Wollt ihr ein Theaterstück aufführen? Was wollt ihr damit? Haltet ihr euch für Parmuschs Elitedrachen?"
„Hey, Ceti!", grüßte Aleos, der neben seinem Freund stand. „Na, du kannst Fragen stellen!"
„Ja!", ergänzte Kritio. „Du bist doch auch ein Wasserdrache, oder so!"
„Wir sind alle hier, um euch damit zu helfen!", schaltete sich der Bergdrache wieder ein.
„Ja!", sagte ein anderer, der sich mit dem Namen Bochumir vorstellte. „Wir haben weite Wege auf uns genommen, um euch beizustehen! Meine Höhle liegt tief im Westen!", sagte er, einige der Umstehenden nickten und schauten aus, als erwarteten sie Applaus.
„Helfen? Beistehen? Wir befinden uns doch nicht im Krieg!", sagte Ceti, war sich beim Anblick der vielen alten Rüstungen jedoch nicht mehr so sicher, ob es nicht gerade genau auf das hinauslief.
Der Bergdrache ignorierte seinen Einwand. „Schau mal! Mit den alten Drachentröten vertreiben wir die Pferde eurer Gegner!" Er hielt das verbeulte Instru-

ment in die Luft, als sei es ein wertvolles Artefakt, mit dem Frieden einträte, kaum dass hineingeblasen würde.
„Was für Pferde?“, blaffte ihn Ceti an. „Schau rüber! Das sind Fischer! Welche Pferde willst du durchgehen lassen? Seepferdchen?“ Der junge Drache zeigte in Richtung der Fischer und als er seinem Fingerzeit mit seinen Augen folgte, entdeckte er verwundert, dass die Fischer offenbar einen Zaun um den Strand bauten. Was haben sie vor?, dachte Ceti. Dann erblickte er ein Schild, auf dem *Für Drachen verboten!* stand. Der junge Drache öffnete verwundert sein Maul, doch schloss es wieder, ohne kommentieren zu können, was für einen Unsinn nun auch die Menschen ausheckten.
Der Bergdrache kratzte sich am Kopf. „Nun, äh, Seepferdchen! Ja, puh, weiß nicht!“, stammelte er. Dann blickte er auf dem Boden umher und fuhr fort, als habe Ceti überhaupt nichts gesagt „Und wenn die Pferde erst durchgegangen sind, blenden wir ihre Katapultschützen. Sehr gut, Smarada. Genau so!“
Smarada hielt den Spiegel, der nicht einen Strahl der Sonne reflektierte, schräg in die Luft. Ceti schüttelte verzweifelt den Kopf und wandte sich zum Gehen. Unvermittelt rannten zwei Riesendrachen auf die Gruppe zu. Fischer warfen Speere nach ihnen, die einfach mit ihren Spitzen von ihnen abprallten. Außer Atem kamen sie bei ihnen an.
„Passt bloß auf!“, sagte der größere der beiden Riesendrachen, der fast das Doppelte von Ceti maß. „Sie hätten uns beinahe gefangen.“

„Euch? Zwei Riesendrachen?“
Beide nickten.
„Die so groß sind wie ein Menschenhaus!“, fuhr Ceti fort.
Sie schauten sich hilfesuchend um. „Nun, die Fischer haben Speere!", sagte der kleinere der Riesendrachen, den er jedoch auch als menschenhausgroß beschrieben hätte.
Ceti atmete verzweifelt aus. "Die helfen nur bei Fischen und Walen! Sie können keine Drachenhaut durchdringen. Das sind keine Drachenwaffen. Verflucht! Das sind keine Drachenjäger, sondern Fischer", brüllte er sie verzweifelt an.
„Oh!“, sagte der größere. „So sehen Fischer aus? Das ist uns jetzt ein wenig peinlich!“
Ihm schwante Übles. „Was ist dir peinlich?“, sagte er bewusst gedehnt und langsam.
„Nun“, setzte er an und geriet ins Stocken. „Dann habe ich hier wohl auch keinen Fischer gefangen, was?“ Mit diesen Worten holte er einen offensichtlichen Bergarbeiter hinter dem Rücken hervor. „Hatte mich schon gewundert, dass er in den Bergen war, wo es ja gar keine Fische gibt!“
„Bist du verrückt geworden?“, schrie ihn Ceti an. „Setz ihn sofort ab!“
Kaum dass der Mensch, der einen eisernen Helm auf dem Kopf und Bergarbeiterwerkzeug an einem ledernen Gürtel trug, auf dem Boden abgesetzt war, rannte er wie von Sinnen zu den Fischern herüber, unter denen Ceti Menschen erkannte, die gewiss ebenfalls

keine Fischer waren. Sie schauten nicht gerade fröhlich, als der Bergarbeiter schreiend auf sie zurannte.

„Und dann“, hörte er den jungen Bergdrachen wieder schwadronieren, „müssen wir wie Pamusch damals Tunnel graben. Weiß jemand, wo die Wurmdrachen hier wohnen?“
„Ihr seid alle verrückt!“, schrie Ceti hysterisch und erhob sich unmittelbar in die Luft. Ich muss zu Simioni,

sagte er sich. Irgendwie müssen wir diesen Irrsinn doch stoppen.

Doch der Irrsinn hatte andere Pläne. Von Osten näherte sich eine große Gruppe Bergdrachen und von Westen ein Trupp bewaffneter Reiter.

Offenes Meer, auf der Königsfalke

„Frühstück!“, hörte Fio den Smutje dumpf aus der Ferne rufen. Der junge Drache blickte sich um. Um ihn herum waren alle Hängematten leer. Acht von ihnen waren an den beiden Seiten des Schiffes angebracht, je zwei übereinander. Als Quirina und er am späten Abend die Treppe unter Deck heruntergekommen waren, hatten Elgar und Thomasyn bereits leise geschnarcht in ihren übereinanderliegenden Schlafstätten. Ihnen gegenüber waren die schaukelnden Lager von Ortrud und ihrer Schwester Oda, deren Hängematte jedoch leer war. Von den folgenden vier war nur eine der unteren von Petrissa belegt. Der Smutje, hatte Fio bereits am Abend erfahren, schlief lieber auf einer dicken Decke am Boden seiner Kombüse. Er wollte seine Küche nie alleine lassen.

Quirina hatte sich sofort zum oberen Schlafplatz über Petrissa begeben, auf den eine an Boden und Decke befestigte Leiter führte, wie Fio sie noch nie gesehen hatte. Sie bestand abwechselnd links und rechts aus je drei versetzt angebrachten kurzen Holzstäben, die in das mittige Rundholz gesteckt waren, an dem man sich festhalten musste, um emporsteigen zu können.

Ganz schön schlau, dachte er sich. So sparen sie sich Platz unter Deck. Er war froh, dass Drachenhöhlen solche Sparmaßnahmen nicht nötig hatten. Dort gab es so viel Raum, dass nicht einmal Leitern nötig waren. In mehrstöckigen Höhlen wie der seines Bruders Derko konnten es sich Drachen leisten, ausladende Treppen in den Stein zu hauen.
Fio fragte sich, ob seine Eltern wohl ihre Reisevorbereitungen schon abgeschlossen haben mochten. Morgen ist Taninas großer Tag, dachte er. Wie der Brautkampf wohl ausgehen wird und was geschieht, wenn sie den Kampf verliert? Er holte das große Drachenei aus seiner Umhängetasche heraus und hielt es sich vor das Gesicht. „Was wird dann mit dir?“, flüsterte er. Sein Neffe bewegte sich so plötzlich im Inneren, dass Fio erschrak und es beinahe fallen gelassen hätte. „Quirina, Quirina!“, rief er, und die Prinzessin polterte wenige Sekunden später die Treppe herunter.
„Was gibts, Schlafmütze?“, sagte sie lachend. „Endlich wach? Der Smutje hat schon Frühstück gemacht.“
Fio winkte ab. Er hatte erst vor einigen Tagen gegessen. Vor dem großen gemeinschaftlichen Essen nach dem Brautkampf, mit dem sie hoffentlich Taninas Sieg feiern würden, brauchte er keine weitere Nahrung. Die ungewohnten Leckereien des Vortages lagen ihm deshalb auch ungewohnt schwer im Magen.
„Schau mal!“, sagte er und hielt ihr das Drachenei entgegen.
Quirina nahm es an sich und wieder regte sich der kleine Drache. „Ui, das ist ja so schön!“, sagte sie und strahlte Fio an. Dann drückte sie das Ei an sich und

hielt es mit beiden Armen umklammert. „Wenn man es so nah hält, spürt man sogar sein Herz schlagen“, stellte sie mit großen Augen fest.
„Ich bin schon gespannt, nach wem er kommen wird! Wahrscheinlich wird er sehr viel von einem Bergdrachen haben“, mutmaßte der werdende Drachenonkel. „Sein Opa ist ja ein Bergdrache, die Familie seines Papas auch. Also sind ihm Flügel gewiss.“
„Und Feuer?“, fragte die Prinzessin, während sie das Drachenei streichelte.
„Vielleicht! Meine Mama hat es in sich und auch mein Opa ist ein Feuerdrache. Das wäre schön. Dann könnte ich ihm das Feuerspeien beibringen!“ Fio freute sich schon sehr auf seinen Neffen. Er würde wie ein kleiner Bruder für ihn sein, dem er zeigen konnte, wie man das heißeste Drachenfeuer zustande brachte, und, sofern er tatsächlich Flügel hatte, auch, wie man die besten Kunststücke in der Luft vollbrachte. Er war gespannt, welche Abenteuer sie gemeinsam mit Fiona und Fionn erleben würden, die ebenfalls wie kleine Geschwister für ihn waren – nur eben mit Fell statt Schuppen.
„Dududu!“, hörte er Quirina sagen und sah, wie sie das Ei mit einem Finger zu kitzeln schien.
Fio runzelte die Stirn und schüttelte den Kopf. Er würde mit seinem kleinen Neffen auf jeden Fall ausfliegen und ihm all die Orte zeigen, die er selbst so schön fand, ganz gleich, ob der Kleine nun Flügel haben mochte oder nicht. Er würde ihm das Drachenspiel Drakon beibringen. Dann würde er seine Cou-

sine Lida besuchen und sie von seinem Neffen darin besiegen lassen.
„Gutschigutschi!“, sagte die Prinzessin und schaukelte das Drachenei.
Fio öffnete den Mund, um ihr Verhalten zu kommentieren, doch die Prinzessin schmiegte das Ei wieder an sich. Auf jeden Fall werde ich mit ihm viel in den Dörfern spazieren gehen und er soll Lindheim und all seine Bürger kennenlernen, dachte er sich. Es hilft bestimmt dabei, ein guter Drache zu werden, wenn man sich mit den Menschen, mit denen man benachbart lebt, auskennt und man ihnen nicht fremd ist.
„Gagagaga!“, sagte Quirina und drehte seinen Neffen hin und her.
Und auch solche Verrücktheiten versteht man dann vielleicht, sagte er sich und grinste.
„Was ist?“, fragte die Prinzessin.
„Es ist ein Ei, kein Baby!“, sagte Fio lachend. „Es kann nicht auf deine Grimassen reagieren!“
„Ich weiß, dass es im Inneren lächelt“, sagte sie und streckte ihm ihre Zunge heraus.
„Frühstück!“, rief der Smutje von oben.
„Juche!“, rief Quirina und rannte dem Ruf mitsamt des Dracheneis entgegen.
„Hach!“, seufzte Fio. Er eilte zum Bug, an dessen Wände geschmiegt er geschlafen hatte, hängte sich seine leere Umhängetasche um und folgte Quirina hoch an Deck.
Der Tisch war bereits gedeckt und die anderen saßen in Gespräche vertieft vor ihren Schüsseln. Morgengrüße wurden ausgetauscht.

„Schaut zum Himmel“, sagte der Kapitän, während seine Haare von einer leichten Brise verweht wurden. „Kaum mehr ein Wölkchen, das einen glauben macht, es hätte gestern Katzen und Hunde geregnet.“
Wieder einmal wunderte sich Fio über die komischen Eigenarten der Menschen. Sie sagten selten, was war. Sie mussten stets übertreiben. Drachen sagten nie: *Es regnet Krokodile und Schlangen!* Es sei denn natürlich, es würde tatsächlich Reptilien regnen. Das hielt er jedoch für ebenso unwahrscheinlich wie vom Himmel regnende Säugetiere.
„Guck mal!“, sagte Quirina und hob das Drachenei zum Himmel. „Die Sonne scheint und bald wird es ganz warm. Schlüpftemperatur!“ Sie zwinkerte ihm zu und reichte es Fio zurück, der dem Ei ebenfalls zuzwinkerte und es in seine Umhängetasche steckte.
„Ich dachte, es sieht das nicht!“, neckte ihn die Prinzessin und setzte sich lächelnd vor ihre Schüssel.
„Man weiß nie!“, antwortete Fio grinsend.
Kaum hatte Quirina den ersten Löffel im Mund, kam ein Ruf Petrissas. „Schiffe am Horizont!“
Alle folgten ihrem Fingerzeig. Elgar und der Kapitän zogen ihre Fernrohre und blickten auf drei sich schnell nähernde Schiffe.

Neunzehntes Kapitel

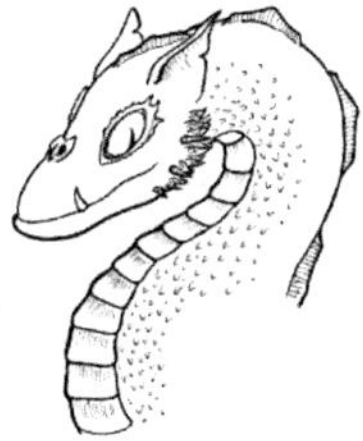

Offenes Meer in Richtung Süden, hoch in den Lüften

Enndlins Haare wehten in der Luft, die ihr so schnell entgegenströmte, dass sie sich nur mit gesenktem Kopf zu atmen traute. Wenige Meter neben ihr wirkte Sewolt nicht weniger von der ungewohnten Situation überfordert, doch er gab sich tapfer und versuchte seine grimmige Kriegermiene aufrecht zu halten. Es gelang ihm kaum.

Bloß der Dunkelhaarige links von ihr wirkte, als sei er im Drachensattel geboren. Als mache er das jeden Tag, winkte er Enndlin mit einer Hand zu und hielt sich mit der anderen locker an der Querstange des Sattels fest. Wahrscheinlich macht Wilko das tatsächlich jeden Tag, dachte Enndlin und nickte höflich zurück. Die Sattelstange würde sie um nichts in der Welt loslassen.

Als die drei großen Drachen in der Nacht an Deck der *Krone Lindheims* gelandet waren, kamen Ausrufe des Erstaunens aus allen Mündern. Den einen großen Geflügelten hatten die meisten schon gesehen, immerhin lebte Derko in einer Höhle hinter dem großen Wasserfall des Lindsees und war daher kein ungewohnter Anblick. Fios Eltern zu sehen, war den meisten jedoch neu. Kaum jemand hatte sie und die vielen weiteren Drachen erlebt, die heimlich zum Geburtstagsfest von Fios Cousine zu Derkos Höhle gereist waren. Das Mondlicht war von den roten Schuppen der geflügelten Feuerdrachin Midga reflektiert worden und hatte sie in ein geheimnisvolles Licht getaucht, seit sie gelandet waren. Obwohl Derko bereits ein beeindruckend großer Drache war, hatten sie dennoch gestaunt, als sein Vater Taras gelandet war, der seinen Sohn zwar nicht an Größe, doch an Breite übertraf. Auf Midgas Rücken war Wilko und auf Derkos dessen Gefährtin Mirka geritten. Gänzlich verstanden hatte Enndlin nicht, in welcher Beziehung sie zur Drachenfamilie Fios standen, doch offenbar lebten sie zusammen mit ihnen in der Höhle. Ungewöhnlich, hatte die ehemalige Drachenjägerin gedacht, war sie doch der Meinung gewesen, seinerzeit alles über Drachen in Erfahrung gebracht zu haben. Kaum hatten sie sich mit dem König ausgetauscht, waren sie zur verschütteten Stelle geflogen und hatten geholfen, die größten der Gesteinsbrocken beiseite zu schaffen.

Weit vor Morgengrauen waren sie mit Hilfe der Drachen fertig geworden und das Flaggschiff des Königs konnte wieder Segel setzen und den Kanal befahren. Unter dem Jubel der unzähligen Helferinnen und Helfer passierten sie die freigeräumte Stelle. Leontin hatte seinen Schatzmeister Ingvar noch vor der Abfahrt angewiesen, die Helfenden großzügig zu entlohnen. Ein König, der Wort hält, hatte Enndlin lächelnd bei dessen rascher Entscheidung sinniert, würde manch ein Königtum wieder zur Blüte führen.

Nun waren sie eine ihr viel zu lange erscheinende Zeit auf den Rücken der Drachen unterwegs und hatten

kein geringeres Ziel, als die letzten verborgenen Drachenwaffen zu bergen. Der Flugwind wickelte Enndlins Haare um ihr Gesicht. Sie konnte nichts dagegen tun. Um sie zu halten, hätte sie die Querstange loslassen müssen, an der ihre Hände mit durchscheinenden weißen Knöcheln wie angeklebt wirkten.
„Ist das die Stelle?“ rief die schlanke Feuerdrachin, auf deren Rücken sie saß.
„Ja!“, entgegnete Enndlin, und die drei Drachen steuerten den südlichsten Zipfel des Königreichs an. Ein kleiner von sattem Grün umgebener grauer Steinhügel war dort im Licht der aufgehenden Sonne zu sehen. Eine stattliche Linde wuchs auf ihm. Ihre Wurzeln hatten den Hügel von allen Seiten umfasst und schienen ihn an der Erde festzuklammern.
Die Drachen landeten und Wilko sprang von Derkos Rücken. Enndlin und Sewolt verließen die Drachenrücken deutlich langsamer und ihre Knie schlotterten, als sie wieder festen Boden unter sich hatten.
„Man könnte denken, das Wappen Lindheims habe hier sein Motiv gehabt“, sagte Wilko staunend. „Und hier ist das letzte Versteck?“
„Ja!“, sagte Enndlin und setzte ihre Ferse an einer markierten Stelle am Felsen an. Dann ging sie dreißig Schritte geradeaus in Richtung des Strandes und hielt dabei den am fernen Horizont erkennbaren Hafen der Insel der Früchte im Blick. Diese Art, Verstecke zu finden, die wiedergefunden werden sollen, gefiel ihr am besten. Von wie vielen vergrabenen Dingen hatte sie gehört, die unauffindbar wurden, weil der Baum, an dem man sich zu orientieren hatte, gefällt worden

war oder der Adlerhorst, der jahrzehntelang am selben Ort gewesen und deshalb als Richtungsweiser gewählt worden war, von den Adlern verlassen und verfallen war. Felsen, Inseln und Sterne waren die einzig verlässlichen Orientierungspunkte für Verstecke.
Enndlin zählte: „Achtungszwanzig, Neunundzwanzig, Dreißig!", und begann im Sand zu graben. Sewolt und Wilko unterstützten sie. Wenig später waren sie an dem hölzernen Deckel angelangt, unter dem sie die letzten Drachenwaffen, die nicht in königlicher Obhut waren, sicher verwahrt glaubten. „Nun seid ihr für immer außer Gefahr", sagte Enndlin feierlich und klappte den Deckel hoch. Sie blickte hinein und sodann mit großen Augen zu ihren Begleitern. „Die Kiste ist leer!"
Sewolt rutschte mit dem halben Oberkörper hinein und tastete den Boden entlang. „Nichts!", schimpfte er. „Nicht ein Krümel ist zu finden! Das war unser größtes Versteck! Wie kann das sein?" Er hob seinen massigen Oberkörper wieder aus dem Loch heraus.
Enndlin überlegte. Hier hatten wir die Waffen gelagert, die wir für den Kampf in der Stadt nicht brauchen, vornehmlich lange Wurfspeere und Harpunen mit Drachenklingen. Wo die Verstecke sind, war Führungswissen. Außer mir wussten nur Sewolt und Lienhard, wo sie lagen. Sewolt hat sie mit Sicherheit niemanden verraten, Lienhard war im Kerker. Zufällig entdecken konnte man sie auch nicht. Es war ihr ein Rätsel.
„Lasst uns weiterziehen!", schlug sie vor und legte den Deckel wieder darauf. Während Sewolt und

Wilko wieder Sand auf ihn schaufelten, fluchte Enndlin leise. Dann sah sie etwas hinter einem Büschel Seegras reflektieren. Sie beugte sich herunter und nahm ein rundes Stück Metall auf.
„Was hast du gefunden?“, fragte Taras und trat an sie heran.
„Eine Brosche!“, antwortete sie. „Sie dient dazu, einen Umhang zusammenzuhalten.“
Sie drehte sie nach vorne und hielt ihren Begleitern die Gravur entgegen. Auf ihr waren zwei drachenartige Wesen mit langen gewundenen Körpern eingraviert, die sich umeinandergeschlungen in die Augen sahen.

„Seeschlangen?“, rief Sewolt aus. „Also die Nordleute? Aber wie?“
„Wie auch immer!“, sagte Enndlin. „Wir müssen davon ausgehen, dass sie unser Arsenal in Besitz haben“, sagte sie und schleuderte das Geschmeide verärgert ins Meer.
„Dann verlieren wir keine Zeit!“, drängte Taras, und die drei stiegen wieder in die Drachensättel.
Hoffentlich gewöhne ich mich bald hieran, dachte Enndlin und kämpfte nun nicht mehr nur mit ihren Haaren. Der größere Kampf galt ihrem Magen.
Die Mittagssonne stand bald hoch und brannte auf den Köpfen der drei Reiter. Wilko trug eine weiße Haube auf dem Kopf, für die Enndlin ihn im Stillen belächelt hatte. Nun belehrte sie ihr schutzloser Kopf und das Hämmern, das vor wenigen Minuten darin eingesetzt hatte, eines Besseren. Noch immer schien Wilko völlig unbeeindruckt von der großen Höhe. Er blickte zu ihr herüber. Dann sprach er in Midgas Ohr, die nach kurzem Zögern nickte.
„Derko!“, rief die Feuerdrachin ihrem ältesten Sohn zu und zeigte auf einen kleinen wasserumspülten Felsen, der unter ihnen lag. Beide gingen in den Sinkflug über, während Taras mit Sewolt in Kreisen über ihnen schwebte. Wie benebelt durch ihren schmerzenden Kopf blickte sie ihm nach, derweil sie dem Felsen immer näherkamen und die ersten aufspritzenden Meerwassertropfen sie erreichten. Wie gerne ich mich wie Sewolt so schnell an das Fliegen gewöhnen würde, dachte sie. Nach drei Flugstunden, in denen er sich prächtig mit Taras unterhalten hatte,

war sein Frieden mit der unglaublichen Höhe, in der sie flogen, gemacht. Noch jetzt, wenige Meter vor der Landung, wurde Enndlin übel bei der Vorstellung, wie sie dort unten zerschellen würde, wenn sie sich nicht mehr halten könnte oder die Riemen des Drachensattels rissen. Die Hitze in ihrem Kopf tat ihr Übriges, um ihr den Flug zu vergällen, für den sich Drachenfreunde vermutlich börsenweise mit Gold überbieten würden, um mit ihr tauschen zu dürfen. Wenn ihr wüsstet, dachte Enndlin und schaffte es kaum, ihren Magen davon abzuhalten, sich zu entleeren. Kaum waren die beiden Drachen auf dem kleinen Felsen gelandet, wurden sie von den ersten Wellen empfangen. Das Wasser war angenehm kühl. Enndlin atmete erleichtert auf, als auch sie vom Meerwasser bespritzt wurde. Wilko sprang vom Rücken der Feuerdrachin und half ihr aus dem Sattel. „Komm!“, sagte er. „Wir tauschen!“

„Weshalb? Ist es nicht egal, von welchem Drachenrücken aus ich mich übergeben werde?“, klagte sie.

„Midga fliegt ruhiger als dieser Jungsporn hier!“, erklärte Wilko und zwinkerte Derko zu, der es mit einem Schnaufen quittierte, das vermutlich ein Lacher war. Enndlin ließ sich aus dem Sattel helfen und stützte sich auf Wilkos Arm, als sie in den Sattel auf Midgas Rücken stieg. Wie ein Vater seinem Kind zog er Enndlin seine Haube über. Die hochgewachsene Frau schaute Wilko, den sie im gleichen Alter wie sich selbst schätzte, dankbar in die Augen. Sie stutzte. Seine Augen!, wunderte sie sich. Sie wirken nicht wie die eines Mannes der vielleicht dreißig Lenze gesehen

haben mochte. Sie hatte das Gefühl, in die Augen eines Mannes zu schauen, der mit ihrem verstorbenen Großvater Felder bestellt haben könnte. Sie schüttelte ihren Kopf. Die Kopfschmerzen ließen bereits nach.
„Danke!“, sagte sie und erhielt ein gütiges Lächeln zur Antwort. Dann stieg Wilko auf und die Drachen erhoben sich in die Lüfte, um ihren Weg fortzusetzen.
„Alles in Ordnung?“, rief Sewolt besorgt über Wilkos Kopf hinweg, als sie wieder in der gewohnten Formation flogen.
„Ja!“, sagte Enndlin, und bedankte sich mit erhobener Hand. Sie erschrak vor sich selbst. Habe ich eben tatsächlich die Querstange losgelassen? Sie blickte zu Wilko, der sich nicht weniger locker als zuvor an der Sattelstange Derkos hielt. Er lächelte ihr zu, als er ihren Blick auf sich spürte.
Enndlins Unwohlsein war binnen Minuten verflogen, ebenso ihre Angst vor dem Tod. Sie begann die Weite zu genießen, die sie überblicken konnte. Obgleich die Sonne nicht minder auf sie niederbrannte, fühlte sie kein Unbehagen mehr. Im Gegenteil, sie spürte, wie Energien in ihr emporgefördert wurden, die sie lange nicht mehr gespürt hatte. Sie fühlte sich, als sei sie als Erwachsene neu geboren. Ihr Körper war von Gefühlen durchströmt, die sie in der Gegend herumspringen und zu Wettrennen herausfordern lassen würden, wenn sie an Land gewesen wären.
„Alles wieder gut?“, rief ihr Wilko zu, und Enndlin antwortete ihm strahlend: „Ich habe mich nie besser gefühlt! Danke für die Dusche und den Sonnenschutz!“

„Gern geschehen!“, antwortete er lächelnd, doch Enndlin sah in seinen Augen, dass er ebenso wie sie wusste, dass ihr Befinden weder dem Wasser noch der Kopfbedeckung geschuldet war. Sie würde schon hinter das Geheimnis kommen.

Offenes Meer in Richtung Süden, auf der Königsfalke

Die Königsfalke war noch immer geankert und lag still. Ganz im Gegensatz zu den Schiffen am Horizont, die für das bloße Auge nur fingergroß erschienen, doch in den Fernrohren des Kapitäns und des Hauptmanns der Leibwache bedrohlich schnell wuchsen.
„Drei Stück!“, stellte Ewein fest. „Voll unter Segel!“
„Wer sind sie?“, fragte Quirina, und ging zu Elgar.
„Noch zu weit weg, um etwas zu erkennen. Doch sie halten direkt auf uns zu“, stellte Elgar fest.
„Wir gehen kein Risiko ein! Anker lichten und alle Segel setzen!“ rief der Kapitän und machte sich selbst daran, die Ankerkette mit der Winde hochzuziehen. Derweil setzten Thomasyn und die Geschwister das Hauptsegel. Schnell bauschte es sich auf, doch das Schiff gewann nur langsam an Fahrt.
„Werden sie uns einholen?“, fragte die Prinzessin mit Unsicherheit in der Stimme.
„Wir sind leichter, aber unser Schiff ist für den Himmel gebaut und nicht für das Meer. Sollte Gefahr drohen, gehen wir in die Luft. Keine Sorge, Hoheit!“, antwortete Ewein.

„Sie kommen rasch näher!", rief Petrissa. „Es sind Drachenschiffe und sie hissen ihre Flaggen."
Elgar richtete sein Fernrohr aus und stellte es auf den Hauptmast eines der Schiffe scharf. „Sie ist gleich oben und ich kann sie erkennen. Es ist… Oh, nein. Ein Dreizack mit gewundener Seeschlange! Sie laden ihre Kanonen an Deck!"
„Die Nordleute!", flüsterte Thomasyn, und Ewein befahl: „Schnell, Petrissa, löse den Ballon! Das Schiff muss so schnell wie möglich nach."
Auch Elgar und Quirina rannten zu den Wanten, um der Bogenschützin zu helfen. Ewein rief ihnen vom Achterdeck zu, an welchen Seilen sie so schnell wie möglich ziehen sollten. Petrissa sprang und landete mit federnden Beinen an Deck. Rasch hastete sie zu dem großen Kohlenfass, mit dessen Inhalt das Feuer unter dem Ballon entzündet werden sollte.
Die Besatzung der drei Schiffe war bereits mit bloßem Auge zu erkennen. Auf jedem der großen Drachenschiffe wimmelte es nur so vor Kriegern.
„Fio!", rief der Kapitän. „Wir kommen nicht schnell genug voran. Sie kommen viel zu schnell näher. Du musst unter Deck und alles Schwere über Bord werfen. Rasch! Eil dich!"
Der junge Drache sprintete auf die Luke zu und sprang hinein. Was soll ich bloß nehmen?, fragte er sich, während ihn unter Deck die hektischen Schritte und die gebrüllten Befehle Eweins zur Eile drängten.
Das Wasserfass ist schwer, dachte Fio. Nein, bei der Hitze verdursten wir. Das Essen? Er schnappte sich alle Kisten, die er greifen konnte, und rannte mit ihnen

an Deck. Mit Schwung warf er sie ins Meer, um danach gleich wieder ins Innere des Luftschiffs zu verschwinden. Noch zweimal rannte er mit Proviant nach oben und übergab es der See. Inzwischen war der Ballon entfesselt. Petrissa kippte Kohle in die Feuerschale unter seiner Öffnung und zog zwei Feuersteine hervor.
„Sie kommen näher!", rief Petrissa. „Wir sind noch immer zu schwer." Verzweifelt schlug sie die zwei Steine aneinander und Funken stoben der feinen Holzwolle entgegen, die zwischen der Kohle platziert war. Inzwischen waren die Schiffe so nah, dass Krieger mit gereckten Waffen und Enterhaken an den Relings zu erkennen waren.
„Fio!", rief Elgar, der in der Takelage stand und half, das Segel gegen den Wind zu drehen. „Du musst noch mehr von Bord bekommen!"
Erneut eilte er unter Deck und schnappte sich das schwerste, das er finden konnte. Im hohen Bogen flogen die Rüstungsteile der fünf Kriegerinnen und Krieger ins Meer und gingen sofort unter.
„Wir nehmen Fahrt auf!", rief der Kapitän, und Jubel brach unter der Besatzung aus. „Jetzt rausch in die Luft mit uns!"
Quirina fiel Fio vor Freude um den Hals.
„Die Kohle muss über Nacht feucht geworden sein", rief Petrissa. „Ich bekomme das Feuer nicht in Gang!"
Elgars besorgte Stimme ergänzte:. „Ich befürchte, selbst wenn sie trocken wäre, käme das zu spät." Er zeigte mit ausgestrecktem Arm auf ihre Verfolger.

Alle rannten zum Heck und blickten der Kanone des mittigen der drei Drachenschiffe direkt in die Mündung, die dem Maul eines Drachen nachempfunden war. Ein Zischen folgte, dann ein lautes Donnern und eine Kanonenkugel rauschte über das Luftschiff hinweg. Sie schlug direkt vor der Königsfalke ins Wasser.
„Das war ein Warnschuss!“, rief Ewein. „Wir sind verloren, wenn wir nicht anhalten. Ich fürchte, Prinzessin, euer Vater wird um ein Lösegeld erpresst werden.“
Elgar hatte sein Fernrohr auf das Schiff gerichtet, das sie soeben beschossen hatte. „Wir müssen Schlimmeres befürchten!“, sagte er. „Hier ist jemand an Deck, der dort nicht sein sollte.“
Quirina rannte zum Hauptmann und blickte in das ihr gereichte Fernglas. „Aigolf!“, rief sie panisch. „Das ist Aigolf!“
„Dann geht es auch nicht um Lösegeld“, äußerte Elgar seine Befürchtung. „Er will Rache! Wir müssen doch irgendwie entkommen können!“, fluchte er, zog sein Schwert und blickte hektisch an Deck umher.
„Können wir!“, rief Fio aufgeregt, und alle Augen richteten sich auf ihn. Sofort rannte er unmittelbar unter den Ballon. Der junge Drache blies heißen Drachenatem hinein. So heiß, wie es möglich war, ohne dass tatsächlich Flammen aus seinem Maul entflohen und die Außenhaut des Ballons vielleicht entfachten. In Windeseile füllte er sich mit heißer Luft und gewann an Volumen.
„Schneller!“, rief Petrissa. „Wir verlieren an Fahrt. Der Ballon bremst uns. Wir müssen hoch in die Luft!“

Zwei der Drachenschiffe scherten zu beiden Seiten aus und würden das langsamer werdende Lindheimer Luftschiff in Sekunden eingeholt haben, wenn nicht ein Wunder geschah.
Fio pustete so schnell er konnte. Kleine Flammen entflohen seinem Maul, doch verfehlten die Ballonhülle zum Glück. Das Schiff hob sich aus dem Wasser. Die Kanone des hinteren Schiffs war inzwischen wieder geladen und in nur noch wenigen Drachenlang Entfernung neu auf sie ausgerichtet. Im Augenwinkel erkannte er Aigolf, der ihm schadenfroh mit einem Enterhaken zuwinkte.
„Die Drachenschiffe nehmen uns in die Zange!“, schrie Ortrud. „Wir heben nicht schnell genug ab.“
„Feuer!“ kommandierte einer der Nordleute von backbord, und wieder donnerte es. Eine Kanonenkugel durchschlug die Reling, schrammte das Oberdeck entlang und verfehlte das Steuerrad mit Kapitän Ewein dahinter nur knapp. Platschend tauchte sie auf der gegenüberliegenden Seite ins Meer.
„Wir sind verloren!“, rief Ewein. „Beide Schiffe feuern gleich von den Längsseiten.“
Fio schaute zu beiden Seiten und sah je Kanoniere mit brennenden Lunten in den Händen, die nur auf den Befehl zum Zünden zu warten schienen. Die beiden Kanonen, deren Mündungen die Form aufgerissener Drachenmäuler hatten, waren nun exakt auf den Schiffsrumpf der Königsfalke ausgerichtet.
Fio pustete weiter heißen Atem in den Ballon, der inzwischen voll entfaltet war, doch das Schiff gewann viel zu langsam an Höhe. Hätte ich doch auch das

Wasserfass von Bord geworfen, klagte er in Gedanken. Das war doch das Schwerste an Bord. Dann stockte Fio, schaute zu Quirina und den anderen und wusste, was zu tun war. Ein gezielter Drachenfeuerstoß ließ das Wasser der feuchten Kohle auf der Feuerschale binnen Sekunden verdampfen und durchglühte jedes einzelne Stück. Unvermittelt rannte der junge Drache zum Bug, griff mit den Hinterkrallen die Reling und stieß sich mit großen Schlägen seiner Flügel, ohne loszulassen, in die Lüfte ab. Gleichzeitig donnerten hinter ihm zwei Kanonen. Er blickte sich nicht um. Angst übermannte ihn, dass er vielleicht zu spät auf die Idee gekommen war, das wirklich Schwerste von Bord zu bringen. Sich selbst!
Dann vernahm er das Jubeln ihm wohlbekannter Stimmen, entließ das Schiff aus seinem Griff und drehte eine große Runde. Als er längs zum Luftschiff flog, das inzwischen mehrere Drachenlang über den drei Drachenschiffen schwebte, erblickte er unter sich die zwei längsseits gegangenen. Sie wiesen je einen gebrochenen Mast auf.
„Sie haben sich gegenseitig getroffen, als wir so plötzlich abhoben!", rief Ewein erleichtert.
Unter ihnen donnerte die Drachenkopfkanone des hinteren Schiffs ein letztes Mal, doch flog ihre Kugel weit unter ihnen vorbei.
„Ich wusste doch, dass mir die Feuerdrachenmäuler nichts tun würden!", rief Fio seinen Freunden zu, und mit Gelächter entfernten sie sich aus der Sichtweite Aigolfs und der Nordleute.

Zwanzigstes Kapitel

Offenes Meer in Richtung Süden, hoch in den Lüften

„Bald sind wir da!“, sagte Taras und weckte damit Sewolt, der in der Nachmittagssonne auf dessen Rücken eingeschlummert war.
„Sehr gut!“, rief der große Krieger und tätschelte Taras Hals. „Es wird Zeit, dass ich meine Füße wieder auf festen Boden stelle. Das untätige Sitzen macht mich ganz schläfrig.“
Auch Wilko gähnte herzhaft. Die schlaflose Nacht auf dem Lindsee zollte ihren Tribut. Nur Enndlin schien keinerlei Müdigkeit zu verspüren. Ganz im Gegenteil, sie unterhielt sich, seit sie mit Midga ritt, fast ununterbrochen mit der Drachin.
„Weißt du, Midga“, sagte sie. „Ich wünschte, ich wäre in einer Welt aufgewachsen, in der Drachen keine Seltenheit sind. Ich hätte eine ganz andere Vergangenheit haben können.“
Sie hatte der Mutter des Drachen, den sie sogar zweimal hatte entführen wollen, bereits ihre ganze Lebensgeschichte erzählt. Midga hatte Verständnis aufgebracht und Bedauern ausgesprochen, dass sie durch die Entscheidung eines Königs und die Gleichgültigkeit eines Drachens erst ihr Dorf und dann ihren Großvater verloren hatte. Enndlin bewunderte ihren Edelmut, dass sie sich so offen über Fionrir und ihre

gemeinsame Geschichte unterhalten konnten, ohne dass sie einen Groll gegen sie durchscheinen ließ. Doch Groll muss sie gegen mich gehegt haben, dachte Enndlin. Hätte ich ein Kind und es würde von einem Drachen so bedroht, wie ich ihren Sohn bedroht hatte, ich hätte ihn bis ans Ende seiner Tage verfolgt, ganz gleich wie groß er gewesen wäre.
„Ich vergebe dir, was du getan hast!“, hatte Midga irgendwann gesagt, und Enndlin wäre beinahe in Tränen ausgebrochen. Nun durfte sie beobachten, wie der ehemalige Drachenjäger Sewolt, der vor nicht allzu langer Zeit Fio eine Drachenklinge an den Hals gesetzt hatte, den Hals des Vaters eben dieses Drachen so liebevoll tätschelte wie den seiner Stute. Sewolt schien von außen ein unbezwingbarer Berg von einem Menschen zu sein, doch im Inneren war er der tierliebste und offenbar mittlerweile auch drachenliebste Mensch, den Enndlin kannte. Er scheute es nicht, sich auch gegen die eigenen Leute zu stellen, wenn es galt, die Schwächeren zu schützen oder seine ehrenhaften Prinzipien zu verteidigen. Sie schätzte das sehr an ihm, auch wenn sie sich sicher war, dass kaum jemand außer ihr selbst diese Seiten an ihm kannte. Das ist gut so!, dachte Enndlin. Je weniger die anderen wissen, was für ein Herz in Sewolt schlägt, desto unbezwingbarer erscheint er unseren Gegnern.
In der Ferne entdeckte Enndlin mehrere kleine Vögel, die rasch näher zu kommen schienen. Als sie genauer hinblickte, erkannte sie, dass es keine Vögel und die Wesen auch viel weiter weg waren, als angenommen.
„Schaut mal dort!“, rief sie.

Alle blickten in die Richtung, in die Enndlin zeigte.
„Das sind Bergdrachen aus meiner alten Heimat", stellte Taras fest.
„Freunde?", fragte Enndlin.
Taras schüttelte den Kopf. „Bekannte! So gut kenne ich sie nicht."
Wenige Minuten später flogen sechs Drachen auf gleicher Höhe. Man stellte sich einander vor und sie freuten sich, so überraschend einen Drachen aus den Bergen getroffen zu haben.
„Hey, wartet mal!", sagte eine von ihnen, die sich als Sarasa vorgestellt hatte. Sie war ein junger, weiblicher Drache, der sich bis auf das schmalere Gesicht kaum von Taras unterschied. Ihr Körper war nicht minder breit und muskelbepackt wie der seine. „Bist du *der* Taras?"
Fios Vater nickte.
„Hey, Jungs, Mädels!", rief sie ihren Begleiterinnen und Begleitern zu. „Wir fliegen mit einer Legende. Dann bist du Sirruschs Tochter, stimmts?"
Midga lachte. „Ja, das bin ich!"
„Verrückt!", sagte Sarasa schwärmerisch. „Wir fliegen alle zum Brautkampf um Fargas. Er ist unser Cousin. Die halbe Drachenwelt macht sich auf den Weg in die Wüste zum alten Brautkampfplatz deines Vaters, Midga!"
Die anderen Drachen jubelten und riefen „Brautkampf, Brautkampf, Brautkampf!"
Enndlin wunderte sich über die Begeisterung. Immerhin würden zwei Drachen verbissen miteinander ringen, bis einer aufgab, wenn sie die Erklärung Midgas

richtig verstanden hatte. Turniere zwischen Menschen fanden nach starren Regeln statt und immer in Schutzausrüstung. Hier trafen zwei Drachen aufeinander, die jeweils so stark wie zwanzig Menschen waren und griffen einander mit Feuer, Krallen und Zähnen an, denen sie ungeschützt ausgeliefert waren.

„Wenn deine Tochter nur halb so stark ist wie du, Taras, dann wird das der Kampf der Kämpfe unserer Generation sein. Denn Fargas Mutter ist mindestens halb so stark wie Sirrusch“, sagte Sarasa kichernd.

„Wir sind auch gespannt, wie es ausgeht!“, sagte Midga. „Immerhin haben Tanina und Fargas ja schon ein gemeinsames Ei.“

„Das ist, was den Kampf besonders würzt. Sowas gab es noch nie“, freute sich Sarasa, und ein junger Bergdrache stupste sie im Flug mit dem Gesäß an. „Hey!“, rief sie im spielerisch zu.

„Was immer passieren mag, wenn Tanina nicht siegt“, sagte Midga nachdenklich.

Das war noch etwas, das Enndlin irritierte. Tanina ist eine junge Mutter, dachte sie, während die beiden Drachinnen sich weiter austauschten. Wenn sie verliert, wächst Fios Neffe dann ohne Vater auf? Sie war ohne ihren Opa aufgewachsen und wollte sich gar nicht ausmalen, wie es gewesen wäre, ohne ihren Vater aufgewachsen zu sein.

„Ach!“, rief Sarasa und winkte ab. „Freuen wir uns erstmal auf einen tollen Kampf, nicht?“

„Brautkampf, Brautkampf, Brautkampf!“, riefen die anderen wieder.

„Wir sehen uns dann morgen, ja?“, sagte Sarasa „Wir treffen uns nämlich im Osten der Wasserdrachenbucht. Ein paar Unbeflügelte aus unserem Clan sind schon seit sieben Sonnen zu Fuß unterwegs. Also, bis bald am Brautkampfplatz. Hey, Derko. Du bist doch Derko, oder?“, rief sie.
Der junge Drache schien wie aus einer Trance zu erwachen, denn er hatte Sarasa, seit sie aufgetaucht war, mit verklärtem Blick angestarrt. „Bitte?“, rief er.
„Bis später!“, rief sie lachend, warf ihm einen Kussmund zu und drehte zusammen mit den kichernden Bergdrachinnen und Bergdrachen in Richtung Osten ab.
„Was war das denn?“, fragte Derko verwirrt.
„Du hast wohl eine heimliche Verehrerin“, rief Taras lachend.
Ein Drache löste sich aus der davonfliegenden Gruppe und steuerte erneut auf die drei berittenen Verwandten zu. Er schien etwas älter zu sein als Sarasa.
„Wir haben etwas vergessen zu erwähnen!“, sagte er mit ernster Stimme. „Ich habe von einem befreundeten Feuerdrachen, der am Rande der Drachenbucht lebt, gehört, dass die Fischer dort inzwischen nicht nur Fische jagen, sondern auch Drachen. In riesigen Netzen. Wollte euch nur warnen. Also passt auf euch auf. Wir sehen uns!“ Dann verschwand er ebenso schnell, wie er gekommen war, und schloss zu seinen Freunden auf.
„Merkwürdig!“, kommentierte Wilko das Gehörte, als sie weiterflogen. „Von so etwas wurde mir noch nie berichtet.“

Enndlin hing in ihren Gedanken fest. Was, wenn die Fischer nun die Drachenharpunen irgendwie entdeckt oder bekommen haben?, dachte sie. Zu was das führen konnte, wollte sie sich gar nicht ausmalen.
Bald würde die Küste der Drachenbucht in Sicht kommen und sie der Lösung ihrer Rätsel näherbringen.

Bucht der Wasserdrachen, südliche Küste

„Da drüben rotten sich wieder Menschen zusammen!", sagte ein junger Bergdrache, und Rauch stob aus seiner Nase. Dann suchte er weiter den Sandboden ab „Oh, da ist noch ein schöner!", sagte er und zeigte auf einen runden weißen Stein, der ebenfalls zum Schmuckgeschenk für das Brautpaar werden sollte.
„Habe ihn", sagte eine Feuerdrachin, deren Rot sich wie ein Rubin vom Sand des Strandes abhob, und steckte den Stein in eine große Tasche auf dem Boden. „Die Fischer verderben uns alles. So kurz vor dem Brautkampf des Jahrhunderts. Sie machen uns das ganze Fest kaputt."
„Die hecken doch bestimmt etwas aus. Schaut mal, wie angriffslustig sie um ihre Fischerboote herumstehen und uns ihre Waffen zeigen!", sagte ein alter Zwergdrache, der eine schwarze Rüstung trug, die voller Dellen und Kratzer war.
„Was trägst du da eigentlich, Krsch?", fragte die Feuerdrachin. „Eine Eisenrüstung? Was soll das bringen? Deine Haut ist ohnehin vor ihren Harpunen gefeit."

„Das ist keine Eisenrüstung, Smarada!“, antwortete er mit altersbrüchiger Stimme. „Ich habe sie von meinem Opa geerbt und dieser von seinem Opa!“
Die Feuerdrachin staunte und der Bergdrache berührte sie ehrfurchtsvoll. „Eine Drachenrüstung aus der großen Schlacht?“, fragte er, und Krsch nickte.
Der junge Bergdrache winkte einer Gruppe anderer zu, die gerade aus dem Landesinneren kamen. „Hey, kommt mal her! Schaut, was Krsch trägt!“
Rasch waren sie von mehr als zwanzig Drachen umringt, die alle mit großen Augen dessen Rüstung berührten.
Er wurde langsam ungehalten. „Würdet ihr bitte aufhören, mich anzutatschen!“, grummelte er.
„Aber wir tatschen doch die alte Rüstung an und nicht den alten Drachen!“, sagte ein junger Riesendrache und grinste frech. Krsch baute sich zu seiner vollen Größe auf, was dem Riesendrachen jedoch nicht auffiel.
„Sag mal“, fragte Smarada. „Warum trägst du das schwere Ding eigentlich? Drachenwaffen sind doch geächtet!“
„Man weiß nie!“, sagte er, und der Riesendrache ergänzte: „Damit ist er immerhin nicht nur der kleinste unter uns, sondern auch der schwerste!“
Erneut baute sich Krsch vor ihm auf. Der Riesendrache schaute über ihn hinweg.
„Ha!“, schimpfte der Zwergdrache. „Erst werde ich betatscht und jetzt auch noch ignoriert. Diese Jugend!“
„Tut mir leid, Krsch.“, sagte er und zeigte zur offenen See hin gen Himmel. „Was kommt uns da entgegen?“

Am Himmel sahen sie ein Schiff, das einen Vogelkopf am Bug hatte, und einen Drachen, der seitlich von ihm flog.
„Sie haben fliegende Walfänger", rief Smarada erschrocken.
„Schaut! Da ist ein Drache, den sie abdrängen. Wir müssen ihm helfen", schob ein Breitkopfdrache aus den hinteren Reihen hinterher.
„Welcher Flugdrache hat genug Mumm in den Knochen?", rief ein geflügelter Bergdrache in die Menge und winkte ihnen als Zeichen des Aufbruchs zu.
„Los, Jungs!", forderte die junge Feuerdrachin auf, entfaltete ihre Flügel und ein halbes Dutzend unterschiedlichster Art hob zähnefletschend, fauchend und feuerspeiend ab, um dem vermeintlich in Gefahr befindlichen Drachen zu Hilfe zu eilen.

„Da drüben rotten sich wieder welche zusammen!", sagte ein alter Fischer und hob wütend die Netznadel, mit der er gerade ein Netz flickte.
„Was machen die da?", fragte ein anderer.
„Ich glaube, sie sammeln Wurfgeschosse. Wir brauchen Deckung, wenn wir unverletzt weiterarbeiten wollen."
Zwei Fischer drehten ein großes Boot um, das ihnen als Schutz dienen sollte.
„Seitdem die hier sind, fühle ich mich nicht mehr sicher", sagte der alte Fischer. „Ich fürchte sogar, unser Zaun würde sie kaum aufhalten."
Zwischen den Drachen und Menschen zog sich zur Hälfte des Strandes ein Holzwall von gut zwei Metern

Höhe, der aus neuen und alten Brettern, Treibgut und allerlei Resten verunfallter und altersmorscher Boote zusammengezimmert war.

„Seit sie hier sind, ist gut. Waren sie nicht vor uns hier?“, warf ein anderer junger Fischer ein. „Das ist doch das Tal der Drachen und war schon von Drachen bevölkert, als es hier noch keine Fischerdörfer gab.“

Der Alte kratzte sich am Rücken. „Hm, ja, schon“, grummelte er. „Du weißt doch, wie ich es meine. Jetzt halt!“ Dann setzte er seine Flickarbeit schweigend fort.

Zwei Boote landeten am Strand und je ein halbes Dutzend Fischer sprang herunter. Sie hoben schwere Körbe voller Fisch heraus und trugen sie an Land.

„Schaut mal“, sagte einer von ihnen, „wie voll die Körbe wieder sind!“

Sie begannen, die Fische auszunehmen und legten die entgräteten Fische zum Trocknen auf große Gitter, die der Sonne entgegengereckt waren.

„Nutzen wir die letzten Strahlen noch aus. Warm genug ist es ja!“, sagte ein anderer Fischer. Als er zur Sonne schaute, streifte sein Blick ein Objekt am Himmel. „Schaut mal, das ist doch das Erkundungsschiff der Lindheimer. Da oben!“ Er winkte, dann verharrte seine Hand regungslos. „Oh, nein!“, rief er.

Der alte Fischer zeigte in den Himmel. „Ein Drache greift es an. Ein Drache!“

„Wir müssen ihnen beistehen!“, rief der junge. „Schnell, die Harpunen!“ Sie rannten zu den beiden Booten und richteten deren kleine Bordharpunen auf den Drachen aus. Einige Fremde mit Bögen und Musketen rannten eine Düne herunter und begannen, auf den vermeintlich angreifenden Drachen zu schießen. Derweil überflogen zahlreiche weitere einfach den errichteten Grenzwall.

Von hoch oben im Großmast meldete Petrissa: „Land in Sicht!“, und die anderen eilten zum Bug. Vor ihnen zeichnete sich wie ein ferner Streif am Horizont der Ansatz einer Küste ab.
„Fio!“, rief Kapitän Ewein vom Achterdeck herüber und zeigte voraus. Der warme Flugwind wehte seine Haare immer wieder ins Gesicht, sodass es stets von einigen Strähnen bedeckt war. Der junge Drache flog auf gleiche Höhe und folgte seinem Fingerzeig.
„Da ist Land!“, bestätigte Quirina von dessen Rücken aus. „Ist das das Drachental, wo dein Opa wohnt?“
Fio dachte nach. Sein letzter Besuch bei seinen Großeltern war lange Zeit her. Da war er noch ein deutlich kleinerer Drache. Zusammen mit seinen Eltern und Geschwistern war er lange Zeit auf dem Rücken seines Vaters über Wasser geflogen. Er erinnerte sich noch gut an die Eindrücke, die damals auf ihn gewirkt hatten. Natürlich sah er die Welt damals nicht so wie heute. Gestern und heute hatte er immer wieder Tiefflüge gemacht, Wale, Delphine und sogar eine Seeschlange gesehen. Von weit oben hatte er die Oberfläche der See erforscht und anhand der Farbe des Meeres die Orte vieler Fischschwärme ausmachen können und war neugierig zusammen mit seiner wissbegierigen Freundin deren Reisebewegungen unter Wasser gefolgt. Er hatte mit Quirina Wolken durchstoßen und war benetzt von kleinen Tropfen aus

ihnen herausgetreten, sodass trotz der strahlenden Sonne ein Frösteln über sie gekommen war. Sie waren mit Vogelschwärmen geflogen und hatten mit ihnen Flugkunststücke ausgetauscht. Anregende Gespräche hatten sie mit einer Möwe geführt, die auf der Suche nach Fischschwärmen war, und ihr gute Tipps gegeben, wo die besten Jagdgründe zu finden seien.

Bei der damaligen Reise empfand Fio das Meer als schrecklich eintönig und langweilig. Sein Vater war ohne Abweichung den direkten Weg ins Tal der Drachen geflogen. Nicht eine Wolke hatte er durchstoßen, kein einziges Flugmanöver gemacht. Daher hatte er Stunde um Stunde nichts als blaues Wasser unter sich gesehen und sich schnell zu langweilen begonnen. „Wann sind wir denn da?“, hörte er sein jüngeres Ich in seinem Kopf fragen und musste lachen.

„Was hast du?“, fragte seine Freundin.

„Ich denke nur an meine letzte Reise zu Opa!“, antwortete der junge Drache. „Als ich auf Papas Rücken flog, war das total langweilig.“ Fio ließ seine Rückenmuskeln spielen und streckte seine Hinterläufe abwechselnd. „Heute weiß ich weshalb. Wärst du so schwer, wie ich es damals war, würde ich vermutlich auch nur stur geradeaus fliegen.“

Quirina grinste. „Dann hast du wohl Glück, dass ich Törtchen nur zu Geburtstagen esse.“ Beide lachten.

„Weil es so langweilig war, erinnere ich mich sehr gut an das Land, das wir überflogen. Das da vorne ist die Drachenbucht. Da wohnt Ceti mit seiner Familie. Hinter der Küste geht es noch eine halbe Drachenflugstunde landeinwärts, bis wir in Opas Gebiet sind.

Richtige Palmenwälder liegen dazwischen. Und eine Steinwüste mit ganz vielen heißen Quellen.“

Quirina nickte und er wurde nachdenklich. Ist das der Ort, von dem ich geträumt habe? Waren es die heißen Quellen zwischen der Wüste und der Drachenbucht, in denen die beiden alten Drachen saßen? Fio versuchte, sich an die heißen Quellen zurückzuerinnern, in denen er mit Ceti geplanscht hatte, als sie beide klein waren. Wie hatten sie ausgesehen? Ganz gleich wie sehr er sich auch anstrengte, Fio konnte sich zwar an die Spiele erinnern, die sie im Wasser gespielt hatten, auch daran wie schwefelig es gerochen hatte, doch keiner der Tümpel war so gut in Erinnerung, dass er sie mit dem Erträumten abgleichen konnte. Ob ich mich wohl selbst in einen Traum versetzen kann?, fragte er sich. Immerhin kann ich dort offenbar machen, was ich möchte. Vielleicht schaffe ich es auch, zu träumen, wann ich will. Schweigend flog der junge Drache weiter und versuchte, mit seinen Flügeln möglichst gleichmäßig zu schlagen. Neben ihm flog die Königsfalke und alle an Bord schauten entspannt in Richtung der nahenden Küste. Es würde also noch einige Minuten dauern, bis Kapitän Ewein den Befehl zur Landung ausrufen würde. Ich kann es also versuchen, sinnierte Fio optimistisch. Seinen Blick verklärte er, sodass ihn nichts mehr ablenken konnte. Außer dem gleichmäßigen Rauschen des Windes in seinen Ohren gab es nichts, das zu ihm drang. Die Sonne schien ihm warm ins Gesicht und auch Quirina schien in ihrem wärmenden Schein eingenickt zu sein.

Die Küstenlinie begann sich in seiner Vorstellung zu verformen. Sie wurde höher, so als wäre sie eine Mauer aus Sandstein. Das Meer wurde langsam immer durchsichtiger, bis es gänzlich verschwand und den sandigen Meeresboden darunter offenlegte, der nun immer stärker anstieg. Auch das Luftschiff wurde transparent und verschwand nach wenigen Sekunden gänzlich. Bald hatte sich die Küste in den Rand eines Tümpels verwandelt und das ehemalige Meer in den sandigen Boden an der Grenze zu seines Opas Land. Der Boden war so weit zu ihm hinaufgestiegen, das Fio im Traum aufhören konnte, die Flügel zu schlagen und auf ihm zum Stehen kam. Er griff an seinen Bauch und seine Brust und fand keine Gurte mehr vor, die einen Drachensattel hielten. Quirina durfte ihn offenbar nicht in seinen Traum begleiten. Er ging auf den erhöht auf einem Steinplateau gelegenen kleinen, heißen Teich zu. Nach wenigen Schritten erkannte er, dass die beiden alten Drachen tatsächlich darin badeten. Mit ihren Köpfen waren sie bis kurz vor dem Augenansatz untergetaucht. Als er sich an den Felsenrand anlehnte, erschraken beide. Kurzbart verschluckte sich, beide husteten und tauchten hastig auf.
Himmel, Fionrir!", rief Langbart, der dem Hustenreiz am schnellsten trotzen konnte. „Wo kommst du denn so plötzlich her?"
Fio lächelte. „Ich kann meine Träume also tatsächlich steuern!", stellte er stolz fest.
„Träume?", fragte Kurzbart. „Wenn du meinst, dass ein warmes Bad ein Traum für den Rücken ist, hast du Recht!"
Er schaute beide verwirrt an. „Aber das ist doch mein Traum, oder?"

Die beiden alten Drachen lachten. „Es spielt sich in deinem Kopf ab! Du musst wissen, ob es ein Traum ist."
Kurzbart und Langbart formten ihre linke und rechte Hand zu einer Schale, füllten sie mit warmem Wasser und spritzten ihn damit nass.
„Hey!", rief der junge Drache entrüstet. „Was soll das?"
„Nass?", fragten die beiden mit einer Stimme.
„Natürlich, ihr habt mich nass gespritzt. Was sollte es sonst sein als nass?"
„Es ist dein Traum!", sagte Kurzbart. „Du entscheidest, ob es nass ist. Es ist deine Fantasie!"
Erneut füllten sie ihre Hände und warfen eine Ladung Wasser, die ihn im Gesicht erwischte.
„Hört auf damit!", rief Fio.
„Ich mache ja gar nichts!", sagte Langbart. „Es ist dein Traum. Du machst das!"
Ein drittes Mal nahmen sie Wasser in ihre Hände und holten aus. Doch dieses Mal hatte er verstanden. Kurzbart und Langbart schleuderten sich das warme Wasser selbst ins Gesicht. Überrascht rangen sie nach Luft. Kurzbart verschluckte sich und beide husteten.
„Jetzt hast du den Dreh raus", sagte Langbart und lächelte, während er sich das Wasser aus den Augen rieb. „Also, auf gehts. Du hast einiges zu erkunden!" Beide zeigten zum nahen Strand, wo Drachen auf der einen und Fischer auf der anderen Seite zu sehen waren.
„Danke!", sagte Fio und ging in die gezeigte Richtung.
„Gern geschehen!", riefen sie ihm nach.
Während er durch den warmen Sand wanderte, der mit jedem Schritt an der Haut rieb, dachte er über all das nach, was er inzwischen aus seinen Träumen ziehen konnte. Er

wusste, dass sie ihn manchmal an Orte führten, die tatsächlich existierten. Bei diesem Ort war er sich sehr sicher, denn er erinnerte sich noch gut an die Stunden, die er hier mit Ceti und Lida gespielt hatte. Auf der rechten Seite schlossen sich Fischerdörfer an und auf der linken befanden sich einige Höhlen der Wasserdrachen. Auch die Höhle von Cetis Eltern befand sich dort. Wie alle Wasserdrachenhöhlen hatten sie tief in den Stein getriebene Gänge, die zu großen Hohlräumen führten, die halb von Wasser gefüllt waren. Unter Wasser befand sich stets ein meerwassergefluteter Tunnel, der direkt ins offene Meer führte, wo sie Fisch fingen, Seetang ernteten oder sich um ihre Algenfarmen kümmerten.

Einige Drachen sah er in weiter Ferne. Sie schienen etwas vom Boden zu sammeln. Fio winkte ihnen, doch sie bemerkten ihn nicht.

Den Drachen gegenüber, in einiger Entfernung sah er Menschen am Strand, die offenbar ihre Boote reparierten, Netze flickten und eingebrachten Fisch trockneten. Auch ihnen winkte er, doch niemand nahm ihn wahr.

Je näher er kam, desto merkwürdiger erschien ihm die Situation. Fäuste wurden anscheinend grundlos auf beiden Seiten gereckt. Die Fischer drehten ein Boot zum Schutz zur Seite. Vor was, war Fio ein Rätsel. Bis vor Minuten hatte die Situation noch ganz friedlich gewirkt. Weitere Drachen stießen zu ihnen und er nahm einige Krieger, die aus den Bergen zu kommen schienen, wahr. Sie bestiegen eine Düne, die sie unmittelbar zu den Fischern führen würde. Dann sah er einen Riesendrachen in die Lüfte Richtung Meer zeigen. Auch einer der Menschen zeigte dorthin. Fionrir folgte deren Zeigerichtungen und was er am

Schnittpunkt ihrer Sichtungen sah, erschreckte ihn. Sich selbst sah er neben der Königsfalke. Er konnte sogar Quirina erkennen, die entspannt auf dem Drachensattel saß. An der Reling erkannte er Oda und Ortrud, Petrissa war hoch in den Mast geklettert und zeigte zum Strand. Sie schien etwas zu rufen. Er sah Ewein gestikulieren. Elgar und Thomasyn rannten zum Bug. Als er den Grund für die Panik erkannte, hielt er erschrocken die Luft an. Drachen hielten feuerspeiend auf das Luftschiff zu, andere warfen große Steine in die Luft, die es nur knapp verfehlten. Im Augenwinkel sah er Menschen auf den Walfangbooten Harpunenkanonen ausrichten. Andere schossen Pfeile und Musketen ab. Die Salven galten ihm, der im gleichen Moment ein Kribbeln auf seiner Haut spürte.
„Ich muss zurück!", rief er.

Sein Traum endete abrupt. Fios Blick wurde klar und er ging unmittelbar in den Sturzflug über. Die Kanonen, die er im Traum auf sich ausgerichtet gesehen hatte, donnerten unmittelbar los, und die Harpunen der beiden Walfangboote verfehlten ihn und seine Reiterin um Haaresbreite. Im Augenwinkel sah er, dass der Ballon des Luftschiffes Feuer gefangen und eine Steinsalve die Pinne zerstört hatte. Lenkunfähig senkte es sich in seine Richtung.
Quirina schrie: „Nach links, nach links!", doch die Kollision war unvermeidbar. Als das Schiff längs in seine Seite fuhr, nahm es ihm kurz den Atem. Er stürzte ins Meer und tauchte mitsamt der Prinzessin unter. Er schluckte Wasser. Als er seinen Kopf mit

kräftigen Flügelschlägen wieder an die Luft bekam, hustete und spuckte er.
„Das Luftschiff!“, schrie die Prinzessin erschrocken, und Fio sah es viel zu steil in Richtung des Strandes fliegen. Der junge Drache schlug wild mit den Flügeln, doch die Meeresoberfläche schien ihn festzuhalten. Panik kam in ihm auf, während er das Luftschiff mit seinen Freunden immer schneller auf den Strand zusteuern sah. Quirina schrie.
Erinnere dich an deine Übungen mit Derko, sagte er sich in Gedanken und kämpfte seine Angst nieder. Trotz der schmerzenden Rippen atmete er tief durch. Dann zuckte er mit dem Körper nach oben und zog die Hinterläufe an. Ich schaffe es, dachte er zuversichtlich und trat das Wasser nach hinten, während er gleichzeitig mit seinen Flügeln schlug. Er gewann an Höhe. Das Meer ließ ihn los. Danke, Derko!, dachte er und hätte vor Glück weinen können. Er atmete erneut tief durch und schlug so schnell und kraftvoll, wie er konnte, mit den Flügeln, um zum Bug zu gelangen. Mit aller Kraft schob er ihn nach oben. Der Untergrund kam immer näher. In letzter Sekunde richtete sich der große Vogelkopf der Königsfalke auf. Zeitgleich landeten Schiff und Drache unsanft am Strand. Das Luftschiff zertrümmerte einen wild errichteten Zaun auf ganzer Länge und bohrte sich regelrecht in den Boden. Sand spritzte. Fios Landung endete an einem Stein, der ihn sich überschlagen ließ und Quirina aus dem Drachensattel schleuderte. Noch im Fall sah er ihre Leibwache vom wild durch den Sand pflügenden Schiff hinunter und auf sie zuspringen.

Fionrir kam stöhnend zum Liegen, während das Schiff an ihm vorbeirutschte, zur Seite fiel und einen fluchenden Kapitän Ewein ausspie. Der Smutje schimpfte aus den Tiefen seiner Kombüse. Das letzte, was Fio sah, waren Drachen, die von der einen, und Menschen, die von der anderen Seite auf sie zustürmten. Dann wurde es schwarz vor seinen Augen und er fiel in Ohnmacht.

Einundzwanzigstes Kapitel

Marheim, Residenzstadt des Fischerkönigs, Hafen

„Marheim voraus!“, rief der Nordmann im Ausguck des Drachenschiffes, als die Sonne bereits im Untergang begriffen war. Die kühle Luft über dem Meer mischte sich mit den warmen Luftmassen aus dem Landesinneren.
Aigolf eilte an den Bug und sah den Hafen vor sich größer werden. „Irgendwie hatte ich mir die Stadt, in der der König lebt, größer vorgestellt.“
Frieda stand mit ihrem Mann und ihrem Bruder an seiner Seite. „Mit dem, was man heute noch aus dem Meer holt, kann man keine Paläste bauen. Marheim war einmal eine prachtvolle Stadt. Das ist Jahrzehnte her. Mein Vater hat ihren Niedergang in jungen Jahren noch erlebt.“
„Sie mussten selbst die Steine der Stadtmauern und Häuser, die den verbliebenen Kern einst umgaben, an die großen Metropolen verkaufen, um zu überleben“, ergänzte Friedjolm.
Ob da überhaupt genug Gold da ist, um die Nordleute für die Waffen zu bezahlen?, fragte sich Aigolf, doch verschwieg seine Gedanken. Das Schicksal, das es mit den Bewohnern Marheims schlecht meinte, war dasselbe, das auch den Nordleuten ihre Zukunft als Fischer verwehrte.

„Leinen lösen!“, rief Torben vom Heck des führenden Drachenschiffs aus. Zwei Nordleute lösten die Taue, die das erste der havarierten Schiffe an ihr eigenes geknüpft hatte. Auch auf diesem wurden die Leinen gelöst, die wiederum das zweite beschädigte Drachenschiff mit dem ersten verbunden hatte.
Er bewunderte die Nordleute. Trotz des unglücklichen Freundfeuers, das die Hauptmaste der beiden Schiffe gekappt hatte, war keine Verzweiflung unter ihnen ausgebrochen. Frieda hatte sich kurz mit Friedjolm und Arnulf beraten und wenige Minuten später waren die Schiffe miteinander verbunden. Ihr eigenes Schiff fuhr unter Vollsegel, während die beiden anderen schlicht gehisst hatten, was sie noch in den Wind halten konnten. Sämtliche Ruder hatte Frieda auf den Schiffen besetzen lassen. Alle halbe Stunde wechselte sich die Ruderer ab, um sich zu erholen. Aigolf war sich sicher, dass sie nur unwesentlich schneller vorangekommen wären, wenn die beiden Schiffe keinen Unfall erlitten hätten.
„Segel reffen!“, rief Torben.
Die Schiffe der Lindheimer Flotte hätten die Masten vermutlich erst vom Schiffszimmermann und seinen Gehilfen instand setzen lassen und wären längst nicht hier, vermutete Aigolf und schmunzelte in sich hinein. Bestimmt sind sie noch immer damit beschäftigt, den Kanal freizulegen.
Ein Ruderboot kam vom Hafen auf sie zu.
„Der Lotse!“, rief Arnulf.
„Guten Tag!“, grüßte selbiger laut, indem er die Hände trichterförmig um seinen Mund gelegt hatte.

„Ganz schön agil, der alte Knabe!“, sagte Aigolf.
„Ja!“, antwortete Arnulf. „Du wirst hier viele agile Alte vorfinden. Während die Stadt an Steinen verliert, gewinnen die Zurückbleibenden an Jahren.“
Schwungvoll warf Friedjolm dem Neuankömmling ein Seil entgegen, mit dem er sein Boot am Drachenschiff festmachte. Torben reichte ihm eine Hand, die der Alte ergriff und sich daran hochzog.
„Ich bin Krom!“, stellte er sich vor und zeigte auf zwei freie nebeneinanderliegende Anlegestellen. „Dort können eure Schiffe festmachen. Vielleicht am besten die zwei beschädigten, denn unser Schiffszimmermann hat dort seine Werft. Seid ihr in einen Sturm geraten?“
„Das kann man wohl sagen!“, antwortete ihm Frieda und schüttelte seine Hand.
Ein Feuersturm, dachte Aigolf und blickte sich um. Für einen Nachmittag war wenig los am Hafen. Normalerweise hätte er erwartet, dass zahlreiche Schiffe ihre Ladung löschten und dass Fischfänge zum Markt verbracht würden.
Der Alte wischte seine fast weißen Haare nach hinten und zog sein Gesicht noch mehr in Falten. „Schaut! Dort hinten!“ Er wies mit dem Finger auf einen weiteren freien Liegeplatz, der jedoch ganz am Rand lag. „Tut mir leid, dass ich euch keine drei zusammenhängende anbieten kann“, entschuldigte er sich, „aber es ist kaum ein Fischerboot auf See. Lediglich unser Walfänger ist draußen!“
„Warum das?“, fragte Frieda, und Aigolf war sich sicher, so etwas wie Mitgefühl in ihrer Stimme erkannt

zu haben. Sie kann noch so viele Jahre Söldnerin und Piratin sein, dachte er, die Fischerin in ihr wird immer bleiben und sich zu Wort melden. Diese Schwäche gönne ich mir nicht. Mein Vater war der Bettler, der Ausgestoßene. Ich bin der Wanderkrämer und keine Erinnerung wird mich abhalten, meiner Bestimmung nachzugehen.

„Die Wasserdrachen und wir“, erläuterte er, „wir machen gerade schwere Zeiten durch. Geschichten von zerstörten Netzen machen die Runde, solche von gefangenen Drachen und noch viele mehr. Kaum ein Boot traut sich derzeit auf See. Immerhin trotzt der Walfänger allen Umständen, doch seine Fänge mindern unsere Not kaum merklich.“

Sie zogen die Ruder ein und machten an den Stegen fest. Aigolf lächelte. Ich habe meine Käufer, dachte er.

„Wir müssen zum Walfänger!“, flüsterte er Frieda zu.

„Ich weiß!“, antwortete die resolute Nordfrau. „Zunächst klären wir das Nötige mit dem Zimmermann, während meine Leute die Wasserreserven auffrischen. Trockenfisch wird sicher nicht zu haben sein, vermute ich“, sagte sie an Krom gewandt.

„Versucht es!“, empfahl er. „Wenn, dann vermutlich nicht zu Preisen, die ihr gewohnt seid.“ Er zeigte auf ein großes, nahegelegenes Haus. „Da seht ihr unser Gemeinschaftshaus. Dort lagert die Trockenware vom Markt, die unser König als Reserve angelegt hat. Der Marktmeister macht um diese Zeit immer seine Bestandprüfung. Versucht euer Glück! “

„Danke!“, sagte Frieda und schickte ihren Sohn mit zwei weiteren aus, um ihre Vorräte aufzufrischen.

„Ich gehe zum Zimmermann!“, kündigte Arnulf an und sprang ebenfalls von Bord.
Kaum war er außer Sicht, rumpelte es auf einem Schiff, das neben ihnen vertäut lag. Ein Gerüsteter rief etwas in einer fremden Sprache und bekam Antwort in der gleichen. Es hörte sich nicht freundlich an.
„Heda!“, rief Krom. „Gibt es Probleme?“
Der Gerüstete lachte und weitere traten an seine Seite.
„Tatsächlich, glaube ich“, sagte er in der gemeinsamen Sprache der Menschen, „dass wir ein paar Probleme weniger haben. Kommt herüber und seht selbst.“
Aigolf hatte solche wie sie noch nie gesehen. Ihre Helme waren rund und nach vorne wie ein Tropfen gebogen. Über ihren Körpern trugen sie Lederriemen, die zu allen Seiten miteinander verbunden waren und so einen Schutz gegen Schläge ergaben. Ihre Arme und Schenkel waren ebenso umwickelt. Der Krieger, der mit ihnen gesprochen hatte, trug einen Umhang aus dem Fell eines Tieres, das er nicht identifizieren konnte. Das zeichnet ihn wohl als ihren Anführer aus, dachte er, und mutmaßte, dass es wohl ein Raubtierfell war.
Frieda und Krom traten als erste über eine Planke zu ihnen an Bord. Sargan folgte mit Aigolf, während die ersten Bewohner Marheims neugierig nähertraten. Gleich vier fremde Schiffe zu Besuch zu haben, hatten sie offenbar lange nicht mehr erlebt.
An den Hauptmast gebunden sah er eine Drachin und neben ihr einen ebenso gefesselten jungen Mann, der in einer unbekannten Sprache schimpfte.

„Wer ist das?“ fragte der Wanderkrämer.
„Das kann ich dir sagen!“ Frieda kniete sich zur Drachin. „Das ist die erste Drachin, die unsere Rachegelüste stillen wird. Darf ich vorstellen: Das ist Lida, die Cousine deines besten Freundes Fionrir.“
„Hallo!“, begrüßte sie die Wurmdrachin mit gespielter Höflichkeit. „In letzter Zeit mal wieder weißen Wölfen begegnet?“, fragte sie mit süßem Lächeln.
Frieda überging die Schmähung. „Und wer ist dieser junge Mann?“
Der Schimpfende verstummte und funkelte die Nordfrau böse an. Er trug lediglich eine lange braune Hose, sein schlanker brauner Oberkörper war blank. Stolz schüttelte er seine glatten schwarzen Haare in den Nacken. „Ich bin Tamir!“, sagte er. „Thronfolger von Kadir dem dritten, Herrscher des Wüstenreiches. Wenn ihr mich befreit, wird mein Vater euch mit Edelsteinen überhäufen.“ Aigolf lächelte. „Befreit ihr mich nicht, werden die Truppen meines Vaters eure Städte und Dörfer dem Erdboden gleich machen.“
Der Anführer der fremden Krieger lachte. „Ihr Wüstenleute habt Selbstvertrauen, das muss man euch lassen.“ Er wandte sich an Frieda, die er bereits beim ersten Anblick als Anführerin der Nordleute erkannt zu haben schien. „Das Wüstenvolk, müsst ihr wissen, hält sich schon, seit ich denken kann, aus der Politik der großen Königreiche heraus. Wahrscheinlich gibt es ohnehin nur noch ein paar versprengte Stämme, die in ihren Lehmbauten vor sich hinfristen. Ein Wunder, dass sie ihr Land überhaupt noch Königreich nennen.“

„Wenn sie sich heraushalten, wie sollen sie dann Probleme verringern?", fragte Frieda.
„Da kommt die Wurmdrachin ins Spiel!", erklärte der Krieger. „Sie sind ebenso rar in der Wüste gesät, wie die Wüstenleute selbst. Doch ganz gleich wie wenige es sind, es gibt eine Verbindung zwischen ihnen und den Bergdrachen, die gerade das Tal regelrecht fluten. Wenn wir die Drachin in unserer Gewalt haben, können wir sie zur Aufgabe zwingen."
Aigolf hatte eine Vorahnung, dass nun gleich sein Verkaufstalent gefragt sein würde. Immer mehr Bewohner der Residenzstadt versammelten sich am Steg.
Krom war nicht gänzlich überzeugt. „Verbindung hin oder her. Geiseln zu nehmen, hat noch nie zu etwas Gutem geführt. Das ist noch zudem ein junges Drachenmädchen, wenn ich ihren Körperbau richtig deute. Kinder zu entführen, ist barbarisch."
Oh!", sagte der Krieger und warf seinen Umhang theatralisch nach hinten. „Sie ist nicht irgendein Kind."
Die ersten Fischer und weitere Krieger, die ebenso fremd wirkten wie die, auf deren Schiff sie standen, kamen an Bord.
„Wer ist sie?", fragte ein junger Mann, der offenbar aus Marheim stammte.
Der Krieger kostete den Moment aus. „Sie ist die Tochter von Feras!" Als die erwartete Reaktion ausblieb, ergänzte er: „Feras ist das Oberhaupt der Wurmdrachen. Sein Wort hat Gewicht. Mit ihm vertreiben wir die fremden Drachen."

„Und wer vertreibt euch?“, fragte Frieda grinsend.
„Dasselbe wie euch!“, gab der Krieger lächelnd zurück. „Gold!“
„Ohne Drachenwaffen ist nichts gegen sie auszurichten und die sind gebannt. Was soll uns eine Geisel nutzen?“, rief ein anderer Fischer, der einen Speer, der zum Fischen diente, in die Luft hielt. „Die prallen von Drachenhaut ab, als wären es Holzstäbchen. Die Drachen überrennen uns einfach, wenn sie von unserer Geisel erfahren!“
„Bürger Marheims!“, rief Aigolf und trat auf eine Holzkiste in ihrer Mitte. Fast fünfzig aufgebrachte Menschen hatten sich inzwischen an Deck versammelt. Genau das Publikum, auf das ich gewartet habe! „Wir kommen aus dem hohen Norden, um euch beizustehen. Überall ist von eurem Mut zu hören, mit dem ihr den Drachen trotzt. Auch wir wurden beinahe von ihnen vernichtet. Schaut auf unsere geliebten Drachenschiffe. Geflügelte Riesendrachen griffen uns an, heimtückisch während wir schliefen. Nicht wenige von uns ruhen nun auf dem Meeresboden.“ Er senkte für wenige Sekunden den Kopf und schwieg. Im Geiste zählte er bis drei, bevor er den Kopf erhob und mit gen Himmel gereckter Faust fortfuhr. „Sie werden nicht umsonst gefallen sein“, rief er, und die Krieger unter ihnen begannen zustimmend zu nickten. „Nichts vermochte uns daran zu hindern, hier an eurer Seite zu sein und den mutigen Fischern von Marheim, wie man euch überall in den Königreichen ruft, beizustehen. Schaut euch diese Recken an!“, rief er und zeigte auf die Krieger, die unter ihnen standen

und offenbar nicht nach Marheim gehörten. „Überall ist euer Heldenmut ein Beispiel und zu hunderten strömen Freiwillige zu euch, um Beistand zu leisten. Euch, den mutigen Fischern von Marheim!“
Nun jubelten die ersten Krieger und vereinzelt stimmten Fischer mit ein. Sie hielten ihre Speere empor.
„Mit unserer Hilfe“, fuhr Aigolf fort, „werden die brennenden Dörfer, die zerstörten Netze, die zum Grund gesandten Fischerboote der Vergangenheit angehören!“
Nun brachen alle in Jubel aus, selbst einige der Nordleute ließen sich anstecken, obwohl sie es besser wussten.
„Warte, warte!“, rief Krom dazwischen. „Ich weiß nichts von brennenden Dörfern und versenkten Schiffen, aber mit deinen großen Worten lässt sich nicht einmal ein Zwergdrache aufhalten.“
„Das stimmt“, sagte Aigolf und war dankbar, dass Krom genau so reagierte, wie er es mit seiner Rede provoziert hatte. Schweigend ging er zurück an Deck des Drachenschiffs und kehrte mit einem kleinen Bündel zurück. Er warf es zu Boden und ließ sich Zeit, die Seile, die es zusammenhielt, zu öffnen. Die Umstehenden kamen immer näher. Mit Schwung faltete er das Tuch auseinander und deckte ein Dutzend Speere auf, die allesamt schwarze Klingen hatten. Einen entnahm er und hielt ihn in die Luft. „Mit Drachenwaffen aber schon!“, sagte er mit ruhiger Stimme. Tumultartig drängten sie auf Aigolf zu, dass die Nordleute sich schützend um ihn aufstellten.

„Wie viel kostet einer?“, rief ein Fischer und hielt einen Beutel hoch.
„Ich habe Goldmünzen!“, überbot ihn ein anderer.
„Wartet! Ich nehme zehn“, rief einer der Krieger. „Cereban, hol unsere Kriegskasse! Rasch!“.
Nach wenigen Minuten war ein Großteil der Speere und Lanzen, die sie aus dem Versteck der Drachenjäger geborgen hatten, verkauft. Lediglich ein paar der Waffen und die Harpunen hatte Aigolf zurückbehalten. Für letzteres brauchte es eine entsprechende Kanone. Auf welchem Schiff er sie fand, wusste er bereits und auch, wer ihn dorthin bringen würde. Er zwinkerte Frieda zu, die anerkennend nickte.
Die Fischer und Krieger rannten bereits mit hoch erhobenen Speeren und Lanzen den breiten Hauptweg Marheims in Richtung des Tores entlang.
„Wartet!“, schrie Krom, der ihnen hinterherlief und nicht von der Entwicklung überzeugt zu sein schien.
Man kann nicht alle glücklich machen, dachte Aigolf. Dir verkaufe ich ein Elixier gegen deine Falten. Zufrieden wog er das Vermögen, das er eingewickelt in das Leinen wie einen großen Sack in den Händen trug. Er lächelte noch, als es plötzlich hinter ihm krachte. Der Wanderkrämer taumelte drei Schritte zurück und konnte nur mit Mühe verhindern, dass er mitsamt dem Sack von Bord fiel. Ein schauriges Krachen von Holz erfüllte das Schiff. Der Boden zerbrach. Die ersten Nordleute retteten sich zurück zum Drachenschiff. Vor Aigolfs Augen schwebte die Hälfte des Decks mitsamt des Hauptmastes empor.

„Was ist das für ein Teufelswerk?“, rief der Anführer der fremden Krieger. Er schaffte es gerade so mit einem beherzten Sprung zum Achterdeck, sich davor zu bewahren, ins Zwischendeck zu rutschen, das gerade seiner Decke beraubt wurde.
Aigolf sah eine grinsende Wurmdrachin und einen breit lächelnden Wüstenprinzen auf ihr schweben. Sie waren noch immer beide gefesselt.
„Unterschätzt nie die Wurmdrachen und das Wüstenvolk“, rief der Junge, als sich das Oberdeck mit seinem gerefften Segel am stämmigen Mast in schneller Geschwindigkeit wie ein Luftschiff aus ihren Augen stahl.
Der Wanderkrämer stand mit offenem Mund und weit geöffneten Augen sprachlos auf der Planke zwischen den beiden Schiffen. Er blickte auf das Kriegsschiff, an dessen Rücken eine riesige Wunde gerissen war.
„Was war denn das?“, riefen Torben und Sargan, die unvermittelt hinter ihm und Frieda erschienen waren.
„Ich fürchte, das war das Signal für unseren eiligen Aufbruch zum besagten Walfänger“, sagte die Nordfrau und zog Aigolf mit sich.
Als sie abgelegt und die Segel gehisst hatten, blickte der Wanderkrämer noch einmal zurück. „Ich war noch nie sprachlos“, sagte er zu sich. Auf dem Achterdeck des zerstörten Schiffs stand ein schweigender Krieger, dessen Umhang ihnen traurig nachzuwinken schien. „Aber ich bin nicht der einzige.“
Dann setzte er sich an den Bug und zählte die Drachenharpunen.

IORYD

Zweiundzwanzigstes Kapitel

Bucht der Wasserdrachen, Küste

Fio hörte alles um ihn herum, als befände er sich in einer Höhle tief in der Erde. Nur dumpf drangen Rufe an sein Ohr. Menschen und Drachen, die einander anschrien. Er öffnete die Augen. Er lag auf dem Rücken. Über ihm war der dämmernde Himmel. Eine einzelne Möwe flog in großer Höhe über ihn hinweg, im dunklen Grau des Firmaments getarnt. Er nahm seine Umgebung wie ein Beobachter wahr. Langsam drehte er seinen Kopf, während die Rufe um ihn herum eindringlicher wurden. Fio schaute nach links und sah das Luftschiff auf der Seite liegen, tief in den Sandboden getrieben. Die Erinnerung kehrte zurück. Wir sind abgestürzt, stellte er in Gedanken fest, und mit der Erkenntnis fuhren die Schmerzen des Aufpralls in ihn. Sein Rücken und seine Schultern taten so sehr weh, dass er sich kaum bewegen konnte. Seine Augen weiteten sich vor Schreck. „Mein Neffe!", entfuhr es ihm. Voller Angst tastete er sich zu seiner Umhängetasche vor, die er an seiner linken Hüfte spürte. Unter großer Anstrengung drehte er sich ein wenig zur Seite, sodass er das Drachenei erfühlen konnte. „Ich bin so froh!", entfuhr es ihm mit einem schmerzerfüllten Seufzer, als er es unbeschädigt herausholte und glücklich vor sein Gesicht hielt. Dann wurde ihm schwarz vor Augen, das Ei kullerte auf seinen Bauch und von ihm herunter. Unvermittelt erstarben die Stimmen um ihn herum.

Fio öffnete die Augen und seine Umgebung schien ohne Bewegung zu sein. Zur Linken sah er in der Bewegung erstarrte Drachen vom verunglückten Schiff davonrennen. Einige hatten Menschen geschultert. „Das sind meine Freunde!“, rief er erschrocken, doch die Zeit schien angehalten. Einen Riesendrachen sah er, der sich Petrissa mit der einen und gerade Elgar mit der anderen Pranke griff. Elgar zeigte in seine Richtung, nur wenig an ihm vorbei und schien zu schreien. Fio drehte sich um. Neben ihm lag Quirina, der Drachensattel mit zerrissenen Haltegurten unweit von ihr. Viel schlimmer war, was er hinter ihr wahrnahm. Die Fischer und Krieger waren nur noch wenige Drachenlang von der Prinzessin entfernt im Rennen erstarrt. Er konnte bereits ihre wütenden Gesichter sehen. „Helft mir!“, rief er den erstarrten Drachen auf der anderen Seite zu, doch die Stille wich ebenso wenig, wie die Zeit wieder davonschreiten wollte. Die Sonne stand tief am Himmel und blendete. Fio schloss die Augen und als er sie öffnete, zog ein Schatten über das Himmelsgestirn. Der Drache mit den grünen Augen löste sich aus ihrem blendenden Schein und flog auf ihn zu. Nur sie beide vermochten sich zu bewegen und der stillstehenden Zeit zu trotzen. Er landete und schritt auf Fio zu. Sein Gesicht war gütig und er lächelte, als er sprach.
„Du hast Schmerzen, Fionrir. Ich weiß, doch es ist Zeit. Du musst aufstehen. Du bist ein großer Drache, ein wichtiger, ein starker Drache.“ Er kniete sich vor ihn und zog ihn

vorsichtig an den Schultern empor. Fio biss die Zähne aufeinander und presste seine Augen stöhnend zu. Dann saß er, atmete tief durch und der Drache half ihm, sich gänzlich aufzurichten.
„Es ist Zeit aufzuwachen!", sagte er mit sanfter Stimme und reichte ihm das Drachenei vom Boden.
Fio blickte ihm in die strahlend grünen Augen. Augen, wie er sie noch nie bei einem Drachen gesehen hatte. Sie schienen ihn regelrecht zu durchdringen. Fio schöpfte Mut und Kraft, aber vor allem Zuversicht aus ihren Blicken. Er klemmte seinen Neffen unter den Arm und stand mühsam auf.
„Sie werden Quirina fangen. Auch dich!", sagte der Drache. „Doch hab keine Angst. Vertraue auf dich. Du bist ein starker Drache. Du bist der Drache, den diese Menschen und Drachen brauchen, den ein kleiner Drache bald brauchen wird."
Fio blickte ihn verwirrt an.
„Jetzt!", rief er, verschwand spurlos und die Zeit schritt unvermittelt fort.

Links schrie Elgar: „Fio, rette die Prinzessin!", wurde von dem Riesendrachen gegriffen und mit Petrissa weggetragen. Fio blickte an sich herunter. Er stand tatsächlich auf den Hinterläufen und lag nicht mehr im Sand. Dann blickte er sich um. Auf der anderen Seite hob ein Krieger die Prinzessin auf seine Schulter, während mehr als zwei Handvoll Menschen an ihr vorbei und auf ihn zu stürmten. Fionrir wusste, was zu tun war. Er rannte ihnen mit gestrecktem Arm entgegen. Ich bin der Drache, den meine Freundin und mein Neffe jetzt brauchen, dachte er, und traf fauchend und brüllend auf die herannahenden Krieger, die zu beiden Seiten regelrecht wegstoben. Der junge Drache spaltete ihre Reihen wie eine Springflut einen brechenden Damm. Fio war nahezu an ihnen vorbeigerannt, als er zu spät erkannte, dass vier von ihnen eines der Walfangnetze auf ihn zutrugen. Quirina und der Krieger waren nur noch zwei Drachenlang von ihm entfernt, als das Netz ihn umhüllte. Den ersten der unfairen Kämpfer konnte er mit einem Stoß seiner Schulter von den Beinen heben, einen zweiten mit dem Kopf umstoßen, doch die anderen beiden nutzten das Straucheln, in das er immer mehr geriet, um sich auf ihn zu stürzen. Weitere folgten deren Beispiel, bis er fiel und sich so sehr im Netz verhedderte, dass er sich nicht ein Bisschen mehr bewegen konnte. Zu acht umringten ihn die Krieger, hoben ihn mit dem engen Netz an und trugen ihn eilenden Schrittes in eins der Walfangboote. Neben ihm lag seine noch immer ohnmächtige Freundin. Als Fio nach vorne schaute, erkannte er das Ziel der von vielen Händen zu Wasser gebrachten Boote. Der Walfänger war voraus und an Bord sah er ein leider allzu bekanntes Gesicht. Ein gewisser Wanderkrämer stand händereibend mit hämischem Lächeln an der Reling.

Als er mühsam an Bord gehievt war, trugen ihn die Fischer gemeinsam mit den Kriegern an die Wand der Kapitänskajüte, wo sie ihn zusätzlich mit Eisenketten an Armen und Beinen fesselten. Als sie zurücktraten,

gaben sie den Blick auf Aigolf frei, der mit zufrieden verschränkten Armen zugesehen hatte.
„So, mein kleiner Fiodrache", sagte er mit hämischer Stimme, „da sind wir also wieder vereint. Wie schön!"
„Wo ist meine Freundin? Wo ist Quirina?", presste der Drache zwischen den Maschen des starken Netztes hervor, das ihn am Sprechen zu hindern versuchte.
„Oh, ihre Hoheit, die Thronfolgerin, meint Ihr, kleiner Drachenprinz?", antwortete er mit gekünstelt höfischer Stimme, bevor er wieder ernst wurde. „In meiner Gewalt. Dort, wo sie vor wenigen Monaten bereits war und mir einen ordentlichen Goldanteil der Drachenjäger beschert hätte, wenn du meine Pläne nicht durchkreuzt hättest. Deinetwegen landeten die Drachenjäger, bevor sie mich ausbezahlen konnten, und ich, obwohl ich schon fast entkommen war, im Verlies." Aigolf winkte hinter sich und ein grimmig dreinschauender Krieger erschien. Er trug einen im Nacken lederbeschürzten flachen Helm, ein Kettenhemd lag über einem Waffenrock aus grober, grauer Wolle. Aus kalten eisblauen Augen starrte er ihn an. Seine Haare und sein Bart waren in Zöpfe geflochten. Fio wusste, woher die Krieger stammten. Sein Aussehen kannte der Drache aus den Erzählungen seines Vaters Taras. So kleideten sich die Krieger aus dessen alter Heimat, wo auch die Bergdrachenfamilie seines baldigen Schwagers Fargas herstammte. Was machen die so weit im Süden?, dachte Fio.
Mit beiden Händen hielt dieser Quirina an den Armen, so dass sie sich kaum zu bewegen vermochte. Hinter ihren zu schmalen Strichen gepressten Lippen

war ein gefährliches Brummen zu hören, und sie schaute ihren Widersacher an, als wäre sie in der Lage, mit ihren Blicken Löcher in stählerne Wände zu schmelzen.

„Ach, Fio! Ich gebe zu, ich habe dich unterschätzt. Als ich dich und die kleine Hoheit das erste Mal getroffen hatte, dachte ich, euch zu entzweien und gegeneinander aufzubringen sei einfach. Du hast dich als eine heldenhafte schuppige Klette entpuppt und deine Freundin ist viel drachenanhänglicher, als ich dachte." Aigolf zeigte mit dem Daumen auf die Prinzessin und zuckte mit den Schultern. „Tja, nun ist das Buch zu Ende geschrieben. Die Geschichte von Prinzessin Quirina und Fionrir dem Drachen bekommt kein weiteres Kapitel. Aber ich will euch eine Kurzgeschichte erzählen. Es ist die von Aigolf dem Zielstrebigen." Der Wanderkrämer lächelte Fio breit an, der nun gemeinsam mit seiner Freundin versuchte, ihn allein mit bösen Blicken zu besiegen.

„Es ist eine tolle Kurzgeschichte. Um es vorweg zu nehmen. Am Ende bekommt jeder, was er will. Na ja, jeder außer euch natürlich. Doch euch zum Trost: Zwar bekommt ihr nichts, aber immerhin bekommt jemand euch."

Die Prinzessin wandte sich im Griff des Kriegers. Als sich zu befreien nicht gelang, trat sie ihm mit voller Wucht gegen das Schienbein.

„Pst!", sagte dieser mit einer so dunklen Stimme, dass es sich anhörte, als flöge eine riesige Hornisse in einem Bierfass. „Ich möchte die Geschichte hören."

Quirina verdrehte die Augen.

Aigolf blickte zur Reling, mit der sich gerade zwei Enterhaken verbanden, lächelte und fuhr fort. „Zunächst möchte ich euch die Hauptdarsteller vorstellen.“ Er zeigte zum ersten der Nordmänner, der die mit Sprossen verbundenen Seile der Enterhaken emporgestiegen kam. Auf seinen Rücken hatte er ein mit groben Decken verpacktes Bündel gebunden. Den zweiten Krieger kannte er. Ein kleinerer Nordmann mit einem nicht minder großen Bündel auf dem Rücken erklomm die Reling und sprang auf das Deck.
„Friedjolm!“, quälte Fio unter den gefühlt immer enger werdenden Fesseln hervor.
„Hallo, Drache!“, grüßte der Nordmann. „Auf gehts, Torben! Wuchte dich hoch! Wir wollen heute noch in die Heimat!“
Den Worten folgte ein wahrer Hüne. Mit langem blondem Haar und bartlosem Gesicht wirkte er im Glanz der tiefstehenden Sonne wie eine Statue, deren Steinmetz‘ Ziel es bei der Erschaffung gewesen war, alle Muskeln abzubilden, die ein Körper haben konnte. Er hob ein Bündel über die Reling, das selbst das seiner beiden Vorgänger zusammen übertraf. Der grimmige Krieger, der Quirina hielt, trat respektvoll zwei Schritte zurück und zog die Prinzessin dabei am Nacken mit sich. Als letzte kam eine kräftige kleine Frau an Bord, die Fio ebenfalls sofort erkannte.
Aigolf lächelte. „Auf die Sekunde pünktlich erscheinen sie zur Verleihung unseres Theaterpreises: Die Nordleute. Ich darf vorstellen: Sargan, Friedjolm, Torben und ihre ebenso ehrenwerte wie gefürchtete Anführerin Frieda. Deinetwegen, Fio, konnten die

Drachenjäger, die du, das möchte ich hier nochmals betonen, die du ins Gefängnis gebracht hast, sie nicht für ihre Dienste bezahlen. Glückliches Geschichtenende Nummer eins: Sie werden nun bezahlt."

Torben hob die vier mit Seilen geschnürten Bündel vom Boden, wobei seine Nackenmuskeln heraustraten, als verwandele er sich in ein Trampeltier. Er trug sie vor die Fischer und Krieger, die Fio und Quirina an Bord gebracht hatten und ließ sie fallen. Ein metallisches Klirren erklang. Die Prinzessin drehte sich um und auch Fio schaute gespannt herüber, als einer von ihnen die Seile entknotete. Als er das alte Segeltuch auseinanderfaltete, gab es zahlreiche Waffen frei. Ihrer Form nach waren sie sehr alt.

Quirina gab Schreckenslaute von sich. Voller Entrüstung entwand sie sich dem Griff des Bergkriegers. „Das sind Drachenwaffen aus der großen Schlacht. Ich habe von ihnen in meinen Büchern gelesen. Die sind überall verboten. Der Besitz steht unter Strafe!", sprudelte es aus ihr heraus.

„Ganz richtig!", sagte Aigolf. „Zufällig haben die hiesigen Einwohner ein Drachenproblem und sind sehr dankbar für diese unerwartete Hilfe."

Ein älterer Krieger übergab Frieda eine kleine Kiste, die jedoch sehr schwer zu sein schien. Sie reichte sie sofort an Torben weiter.

„Ab ins Boot mit ihr!", befahl sie, und ihr Sohn trug sie so davon, dass man glauben konnte, sie habe ihr Gewicht mit der Übergabe plötzlich verloren.

„Und ebenfalls rein zufällig", fuhr der Wanderkrämer fort, „entspricht der Wert des erhaltenen Goldes dem durch die Drachenjäger geschuldeten. Zuzüglich eines kleinen, aber nicht unbeträchtlichen Obolus als Aufwandsentschädigung für meine Überfahrt hierher, versteht sich, und natürlich eines Aufschlages zur Reparatur des, auch hier betone ich erneut deine Beteiligung, des durch dich entstandenen Schadens an den Masten zweier Drachenschiffe. Du erinnerst dich vielleicht an zwei Kanonenkugeln, die eingeschlagen sind?“

„Aber damit wollten sie mich doch treffen!“, beschwerte sich Fio gequält.

„Eben!“, bestätigte der Wanderkrämer mit Freude in der Stimme. „Es ist schön, dass du deine Schuld erkennst. Die zweiten Hauptdarsteller meiner kleinen Drachengeschichte habt ihr ja gerade kennengelernt. Sie sind diese Delegation sehr, sehr mutiger Menschen, die die Gefahr auf sich genommen haben, gegen das Joch der Drachenherrschaft anzukämpfen.“

„Was für ein Joch?“, rief Quirina. „Wir leben in Frieden mit den Drachen!“

Aigolf fuhr sie an. „Brennende Dörfer, die Zerstörung der Fischerei all dieser armen, rechtschaffenden Menschen, Entführungen, und ich würde mich nicht wundern, wenn der eine oder andere gefressene Mensch zu beklagen ist, das nennst du Frieden?“, blaffte er.

Als er das Menschenfressen erwähnte, rührte sich Fio in seinem Netz und die Umherstehenden schraken zurück. „Wir fressen keine Menschen!“, rief er.

„Ja!“, sagte einer der Fischer mit zittriger Stimme. „Nicht, solange du in Ketten liegst!“

„Und das mit der Entführung stimmt auch!", schaltete sich der Bergkrieger ein. „Wir sind zwei Drachen bis hierher gefolgt, weil sie einen Minenarbeiter verschleppt haben. Erklär' uns das!"
„Dafür gibt es doch bestimmt eine einfache Erklärung!", sagte die Prinzessin und blickte dem Krieger trotzig in die Augen.
„Zurück zur Kurzgeschichte!", sagte Aigolf. „Diese Menschen sind die zweiten Hauptdarsteller. Glückliches Geschichtenende Nummer zwei: Sie waren in Not, die Nordleute gaben ihnen Mittel, um die Not zu beseitigen. Der dritte Hauptdarsteller ist der ehrenwerte Drachenjäger Lienhard, dem ich einen Drachen versprach. Er spielt seine Rolle zwar vom königlichen Verlies aus, doch darf sie nicht unterschlagen werden. Ohne Lienhard hätte ich nie Kontakt zu Frieda und ihren Kriegern herstellen können. In Abwesenheit erhält er das glückliche Geschichtenende Nummer drei: Er bekommt seinen Aufstand gegen die Drachen und ich könnte mir vorstellen, dass auf diese Art Bewaffnete auch das eine oder andere Königreich zu Fall bringen. Ganz so, wie es von den tapferen Drachenjägern ursprünglich geplant war."
„Los, von Bord mit uns!", befahl Frieda. „Die Geschichte ist mir zu spannend!" Sargan und Friedjolm folgten Torben in das an den Seilen der Enterhaken befestigte Boot, das sie zurück zu ihrem Drachenschiff bringen würde. Auch Frieda erklomm die Reling.
„Kommen wir zum letzten Hauptdarsteller, der gleichzeitig Regisseur und Produzent dieser wunderbaren Geschichte ist: Mir!"

Frieda schüttelte den Kopf.
„Ich habe eine Prinzessin, für die ich Lösegeld von König Leontin fordern werde, und einen Drachen, den sein goldschürfender Vater freikaufen wird. Das wird mich für die Unannehmlichkeit eines mehrmonatigen Gefängnisaufenthalts und die seitdem entgangenen Geschäfte entschädigen." Aigolf lachte diabolisch. „Und ich werde dieses Mal mein Lösegeld bekommen, denn diese wunderbaren Menschen hier haben versprochen, diese wundervollen Waffen, gegen die keine Drachenhaut standhalten kann, für mich einzusetzen, sollte eines von den geflügelten Ungeheuern versuchen, euch vorher zu befreien."
„Ja!", riefen die Krieger und Fischer, die hinter ihm standen. „Kein Drache wird sich je wieder an uns herantrauen", schrie einer erbost.
Frieda stieg endgültig die Leiter zum Drachenschiff herab. Die wütenden Verwünschungen und Drohungen der Fischer und Krieger blieben an Bord.
„Wir fangen uns einen Drachen!", rief einer wütend.
„Nie mehr werden uns diese Wasserdrachen angreifen!", spie einer der Walfänger regelrecht aus.
„Wir erlegen alle Drachen, bis die Meere vollends uns gehören."
„Niemand wird uns den Fisch der Meere je wieder streitig machen!"
Fio erschrak vor so viel Hass in den Stimmen und schaute in Quirinas angstgeweitete Augen.
„Und so endet diese schöne Geschichte!", teilte Aigolf stolz mit. „Und wenn sie nicht gestorben sind…", be-

endete er seine Erzählung, „... aber dafür kann ich nicht garantieren.“
Lächelnd verschwand er in der Kapitänskajüte.

Dreiundzwanzigstes Kapitel

Marheim, Residenzstadt des Fischerkönigs

Der Abend war bereits angebrochen und die Nacht eilte heran, als sich die drei Drachen mit ihren Reitern zu Luft der Residenzstadt des Fischerkönigs näherten. Enndlin wunderte sich über das verschlossene Tor, vor dem zahlreiche Drachen umherliefen oder herumstanden. In den Erzählungen aus dem Königreich der Fischer, die sie kannte, war immer von einer offenen Stadt die Rede, von freundlichen Bürgerinnen und Bürgern, die jeden Fremden mit offenen Armen empfingen. Dies hier schien das genaue Gegenteil zu sein.

Über dem geschlossenen Stadttor brannten mehrere Fackeln und warfen gruselige Schatten hinter die wartenden Drachen. Als die ersten den Landeanflug der drei gewahrten, traten sie näher und Aufregung kam unter sie.

Midga landete als erste unweit von ihnen, gefolgt von Taras und Derko.

Eine Feuerdrachin kam auf sie zugerannt. „Tante Midga, bist du das?“ Sie winkte mit einem geflügelten Arm auch Taras und Derko zu. „Hallo, Onkel! Hallo, Derko!“

„Smarada?“, rief Midga verwundert. „Was machst du hier, so weit von unseren Höhlen entfernt?“

Enndlin zählte die Drachen. Es waren mehr als zwanzig unterschiedlichster Art und sie schienen sehr aufgebracht zu sein.
„Ich weiß nicht, ob ich das sagen kann!“, sagte Smarada und zeigte auf Enndlin und ihre beiden menschlichen Begleiter.
Midga hob verwirrt den Kopf, sodass Enndlin sich an die Querstange krallen musste. „Was geht hier vor?“
Die junge Feuerdrachin zögerte. „Ich glaube, wir haben etwas Dummes gemacht!“
Ein dicker Breitmauldrache, der in Enndlins Augen aussah wie ein riesiger langgezogener Frosch, blaffte dazwischen. „Niemand hat etwas Dummes gemacht außer den Fischern!“
Nun ergriff Taras das Wort. „Könnte endlich jemand sein Drachenmaul aufmachen und sagen, was in Jormungands Namen hier los ist? Warum ist das Tor verschlossen? Was macht ihr hier so weit von euren Höhlen entfernt? Warum ist nicht ein Mensch zu sehen?“
„Die Fischer haben einen von uns mit einem Netz gefangen! Damit fing alles an!“, rief ein alter Riesendrache aus den hinteren Reihen empört.
„Wer ist gefangen worden?“, fragte Taras.
Die Menge verstummte für einen Moment, in dem die Drachen einander anschauten. Niemand wusste eine Antwort.
„Ein Wasserdrache?“, mutmaßte ein Zwergdrache, der für seinen Einfall aufmunternde Schulterklopfer von den Umstehenden empfing. Die anwesenden Drachen nickten zustimmend.

„Ja, ein Wasserdrache natürlich, Taras. Was für einen Drachen sollten Fischer wohl sonst in ihren Netzen fangen können?", rief ein weit hinten stehender Drache.
„Genau!", stimmte ein anderer zu.
„Und wer genau?", hakte Taras nach.
Wieder gesellte sich ein ausgedehntes Schweigen zu ihnen.
„Du!", sagte Taras und zeigte auf eine Drachin in Taras Alter. „Du bist Keari, eine Tante Cetis, nicht? Ich kenne dich von der Feier seines siebten Geburtstags!"
Keari nickte, doch wich Taras Blick aus.
„Du bist Wasserdrachin. Also, wer von euch wurde gefangen?"
„Nun!", sagte sie. „Das kann man gar nicht so genau sagen."
„Weil?", forderte Taras nach der Antwort.
„Na ja, eigentlich sind ja alle da und es fehlt kein Drache aus der Drachenbucht oder dem Tal der Drachen, aber alle sagen doch, dass einer von uns gefangen wurde, also muss es ja auch stimmen. Äh, tja!" Wieder schaute sie verlegen zu Boden.
„Ein Freund hat es beobachtet", rief der Breitmauldrache dazwischen „Es war ein sehr großer und riesig langer Drache, den sie fangen wollten. Doppelt so groß wie der Walfänger mit dem sie auf Jagd waren. Im Wasser, versteht sich!" Stolz schaute er sich um. Die Schulterklopfer blieben jedoch aus.
„Das sieht mir nicht wie die Beschreibung eines Drachen aus", stellte Taras fest. „Eher scheint es sich um eine Seeschlange zu handeln!"

„Dann war es halt eine von ihnen, die sie gefangen haben“, stellte der alte Riesendrache fest, deutlich leiser und weit weniger empört als bei seiner ersten Wortmeldung.

„Und diese Seeschlange, doppelt so groß wie ihr eigenes Schiff, haben sie gefangen, ja?“

„Na ja“, sagte der Breitmauldrache kleinlaut. „Ich meine, es war lange Zeit keine Seeschlange mehr bei uns! Das spricht doch irgendwie dafür, dass sie gefangen wurden, oder?“ Er schaute sich nach den anderen um, die jedoch in die anderen Richtungen schauten.

„Sie sind hier nicht heimisch, haben nicht einmal Beine, um einen Landdrachen wie dich zu besuchen!“, warf Taras verärgert ein.

„Stimmt schon…“, murmelte der Breitmauldrache und rieb sich bar einer Antwort die breiten Wangen.

„Und Seeschlangen sind auch keine Drachen“, sagte Taras.

„Schon, aber…“

„Und sie sollen warum genau vorbeikommen? Drachen und Seeschlangen sprechen nicht einmal die gleiche Sprache. Für eine Unterhaltung in Zeichensprache?“, brüllte Taras die versammelten Drachen nun an, sodass die in der ersten Reihe stehenden vor Schreck einen Schritt zurücktraten. Taras hatte sich vor Wut aufgerichtet und Sewolt schaffte es gerade so, sich an der Querstange des Drachensattels festzukrallen, um nicht herunterzufallen.

Er wird doch nicht auf die anderen losgehen, so wütend wie er ist, dachte Enndlin erschrocken. Das

nimmt kein gutes Ende. Sie hatte erlebt, wie ein Drache gewütet hatte, und Taras stand ihm sicher an Kraft in kaum etwas nach.
„Ist ja gut!“, sagte der alte Riesendrache beschwichtigend aus der hinteren Reihe. „Vielleicht ist doch kein Drache gefangen worden!", räumte er kleinlaut ein.
„Und trotzdem seid ihr alle hier?“, schimpfte Taras und zeigte um sich. „Ihr da hinten! Ihr tragt verbeulte Rüstungen aus Pamuschs Zeiten. Seid ihr wahnsinnig geworden?“ Die angesprochenen Drachen schauten weg und scharrten verlegen mit den Füßen auf dem sandigen Boden.
Taras schnaufte und Midga legte ihm eine ihrer Pranken auf den Rücken. Taras ließ sich wieder auf alle viere fallen und schien sich zu beruhigen.
„Was für eine Dummheit meintest du?“, sprach sie ihre Nichte Smarada mit sanfter Stimme an, und Sewolt nutzte die Gelegenheit, aus dem Sattel und von Taras Rücken zu steigen. Auch Wilko sprang von Derko herab.
Ich sollte in Midgas Nähe bleiben, dachte Enndlin. Sie tut mir gut. Sewolt winkte ihr zu. Widerwillig folgte sie seinem Handzeichen und rutschte von ihrem Rücken herunter.
„Smarada! Was für eine Dummheit?“, forderte Midga ihre Nichte erneut auf zu antworten.
„Na ja“, druckste sie herum. Dann sprudelte es aus ihr heraus. „Wir haben gedacht, Fio würde angegriffen, also haben wir ein fliegendes Schiff mit Feuer bespien. Die Menschen haben Fio angegriffen und das Schiff und er sind dann abgestürzt und wir haben die

Menschen gefangen genommen und die anderen Menschen haben ihn und seine Prinzessin gefangen genommen und… und das wars, oh je, oh je, oh je!", sagte sie und ließ sich auf die Knie sinken.
Taras richtete sich so plötzlich auf und lies ein so lautes Drachenbrüllen heraus, dass einige Drachen in der ersten Reihe vor Schreck zu Boden fielen und der alte Riesendrache aus der letzten Reihe die Flucht ergriff.
„Wenn ihnen nur eine Schuppe, nur ein Haar fehlt!", sagte Taras mit leiser Stimme und ließ die restliche Drohung unausgesprochen. „Macht gut, was ihr angerichtet habt. Sofort!"
Eilends hoben die geflügelten Drachen ab und jene ohne Flügel fielen sofort in einen Laufschritt, um möglichst schnell zum Strand zu gelangen, wo Menschen und Drachen einander unheilvoll gegenüberstanden. Keiner von ihnen schaute Taras in die Augen oder gar zurück.
„Tut mir leid, Onkel!", sagte Smarada mit weinerlicher Stimme. Dann hob sie zusammen mit den Drachen aus dem Himmelskammgebirge ab in Richtung der Drachenbucht. Aus der Luft rief Derko: „Passt auf euch auf und schaut nach den Fischern!" Binnen Sekunden war die Gegend drachenfrei. Enndlin blickte sich um. In der Ferne sah sie den alten Riesendrachen, der die Residenzstadt einmal umrundet haben musste und den anderen Drachen schleunig folgte.
„Lasst uns klopfen!", schlug sie mit Blick auf das große Tor vor. Rasch überwanden die drei Menschen die wenigen Meter auf dem gewalzten Zugangsweg.

Sewolt schlug dreimal mit der Faust auf das Holz der schweren Flügeltüren.

„Ja, bitte?", fragte eine Stimme, die zu einem sehr alten Mann gehören musste.

„Wir sind aus dem Königreich Lindheim und erbitten Einlass!", sagte Wilko, und eine kleine hölzerne Luke in der rechten der Flügeltüren wurde geöffnet. Ein faltiges Gesicht, umrahmt von schlohweißen Haaren erschien. Die Augen schielten links und rechts an den Dreien vorbei.

„Sind sie weg?", fragte der Alte ängstlich.

„Ja", sagte Enndlin. „Kein Drache mehr hier!"

Skeptisch kratzte sich der Alte am Kopf. „Wie habt ihr das gemacht?"

Die ehemalige Drachenjägerin spürte, dass er seine Hand bereits am Riegel des Tors hatte, um sie einzulassen. „Wir kamen mit unseren Drachen hierher und sie haben die Vernunft mitgebracht und in die anderen hineingebracht. Denen war sie offenbar verloren gegangen."

Der Alte nickte und entriegelte die Tür. „Da sind sie nicht die einzigen. Solche Menschen wie eure Drachen bräuchte es bei uns auch!"

Als die drei eingetreten waren, verschloss der Alte die Tür wieder. „Seht ihr das große Haus dort hinten am Ende der Straße? Das, aus dem das flackernde Licht kommt?"

Enndlin nickte.

„Geht hinein. Es ist unser Gemeinschaftshaus. Dort sind alle versammelt. Alle, die dem Irrsinn getrotzt haben. Sagt, Krom hat euch hereingelassen. Ihr seht

hungrig und durstig aus. Lasst euch verpflegen. Ich kann euch leider nicht begleiten. Ich habe Tordienst!", ergänzte er entschuldigend.
Krom gab allen die Hand und mit einem Nicken schien er jedem danken zu wollen, dass nun keine Drachen mehr vor den Toren lagerten. Ein fester Händedruck, dachte Enndlin. Dennoch wunderte sie sich, dass ein so alter Torwächter Dienst tat.
Sie begaben sich auf die lange Straße zum großen Haus, auf das er gezeigt hatte.
„So aufgerüttelt habe ich Taras noch nie erlebt!", sagte Wilko.
„*Wut bricht sich Bahn, wo Wahnsinn Wälle baut*, sagte mein Opa immer", warf Enndlin ein. „Ich glaube, so etwas hat er damit gemeint. Jedenfalls scheinen bei diesen Drachen Wahnsinn und Wut durch Taras gebrochen zu sein."
Wilko nickte und Enndlin beobachtete ihn im Schein der wenigen Fackeln, die den Weg säumten. Seine Gesichtszüge sind faltenfrei, seine Haare voll und nicht ein graues ist unter ihnen zu erkennen, stellte sie fest. Dennoch wirken seine Augen, als blickten sie schon auf ein ganzes Menschenleben zurück.
Wilko schaute zu ihr herüber. „Was ist?", fragte er mit einem Lächeln, und Sewolt drehte neugierig seinen Kopf.
„Mirka und du, wie lange seid ihr ein Paar?"
Wilko lachte.
„Bestimmt vermisst du sie. Ihr habt so vertraut gewirkt, dass ich geneigt bin zu glauben, dass ihr schon

länger ein Paar seid, als ihr vermeintlich an Jahren alt seid."

„Was?", fragte Sewolt verwundert, und Wilko lachte ein zweites Mal.

„Als Mirka für mich auf Derko Platz gemacht hatte", fuhr Enndlin fort, „und auf der *Krone Lindheims* zurückgeblieben war, wirktest du, als würde euch das zum ersten Mal seit Dekaden trennen. Was meinte sie, als sie sagte, dass deine Verbindung die älteren Rechte habe?"

Wilko nickte, als habe er eine Entscheidung getroffen. Dann zeigte er auf mehrere Baumstämme, die am Wegesrand gestapelt waren.

„Setzt euch! Taras und die geläuterten Drachen sind bestimmt bald am Strand und entschärfen den Konflikt. Das verschafft uns etwas Zeit. Ich will euch meine Geschichte erzählen, bevor wir ins Gemeinschaftshaus treten, um Taras Überzeugungsarbeit auch hier zu leisten." Wilko ließ sich nieder und forderte seine Begleiter auf, neben ihm Platz zu nehmen. Er führte seine Hände an den Fingerspitzen zusammen und blickte zum Himmel. Dann schaute er die beiden Geläuterten an. „Ihr wisst vom Pakt der Menschen und Drachen?"

Beide nickten.

„Nun, als Tanina sieben Jahre alt war, bekam sie einen damals zehnjährigen Jungen geschenkt und wurde aufgefordert, ihn zu fressen. Natürlich tat sie es nicht. Zum Glück, denn der Junge war ich." Wilko lächelte. „Mir gefiel es bei den Drachen. Meine Eltern wollten natürlich, dass ich zurückkomme. Ihr Herzogtum lag im Norden des Himmelkammtals. Ich weigerte mich. Tanina und ich waren wie Seelenverbundene. Doch war ich der einzige Thronfolger. Als meine Eltern starben, zerfiel das Herzogtum.“ Wilko seufzte. „Bevor es soweit war, feierte jedoch Taninas jüngerer Bruder Derko seinen großen siebten Drachengeburtstag. Ich hatte damals schon ein paar Jahre bei den Drachen gelebt.“ Wilko strahlte regelrecht, als er sich in die Erinnerung vertiefte. „Es war eine große Holzkiste und ich war nicht minder als Derko gespannt, was in ihr sein würde. Im Gegensatz zu ihm war ich allerdings in das Geheimnis eingeweiht und wusste, die Frage war nicht was, sondern wer dort in der Kiste auf uns warten würde. Derko war damals noch nicht der ernsthafte Drache, als der er heute meistens erscheint. Er hüpfte vor Aufregung auf der Stelle. Als er dann die Kiste geöffnet hatte, fand er ein verschüchtertes neunjähriges Mädchen in ihr vor. Er hatte sich verwirrt umgeschaut und als sein Vater ihm sagte, er solle es fressen, hatte er schlicht verneint und sich dann solange mit ihr in die Kiste gesetzt und mit ihr geredet, bis sie all ihre Furcht verloren hatte und mit ihm herauskam. Das war der Moment, an dem wir uns das erste Mal in die Augen sahen. Wir waren noch Kinder, aber in diesem Moment war uns bereits klar, dass wir füreinander bestimmt waren. Auch Mirka blieb im Himmelskamm. Das kleine Königreich, aus dem sie stammte, wurde schon wenige Monate nach Derkos Geburtstag an das Königreich Lindheim angegliedert, sodass sie zur Thronfolge entbehrlich war. Derkos Höhle ist dort, wo es früher an Lindheim angrenzte, wisst ihr.“ Das Licht der Fackeln spielte auf Wilkos Gesicht, als er Enndlin und Sewolt anschaute. Die ehemalige Drachenjägerin nickte. Ja, dachte sie. Leontins Vater war ein Eroberer. Viele der umliegenden Fürstentümer hatte er mit seinen Truppen angegliedert oder wirtschaftlich so in Bedrängnis gebracht, dass sie sich dem Haus Lindheim anschließen mussten. Das alles geschah lange Zeit vor meiner Geburt, dachte Enndlin erleichtert. Ich bin in Friedenszeiten geboren worden, auch wenn wir es nicht leicht hatten. Ihr Gesicht wurde unvermittelt von Verwirrung überlagert. Sie schaute zu Sewolt, der ebenso skeptisch schaute.

„Tja, und dann kam plötzlich ein Ei in unser Leben“, fuhr Wilko fröhlich fort. „Wir haben erlebt, wie Fio geschlüpft ist, durften seinen siebten Geburtstag mitfeiern und morgen werden wir miterleben, wie meine Tanina ihren Fargas erkämpft und bald ein zweiter kleiner Drache schlüpfen wird“, schloss er seine Geschichte. Enndlin rechnete die Drachenjahre in Menschenjahre um. „Dann bist du mehr als sechzig Jahre alt. Deine Augen nennen mir eine noch höhere Zahl, doch wie kann das sein?“, sagte sie verblüfft.

„Die Drachengabe“, antwortete Wilko. „Die Drachen halten sie geheim. Midga bat mich, dich einzuweihen, denn offenbar hält sie sehr viel von dir. Fios Mutter hat Pamuschs Gabe geerbt, Drachen durch ihre pure Anwesenheit heilen zu können. Nur ist ihre Gabe weiterentwickelt und wirkt ebenso auf Menschen. Vielleicht fühlte ich mich daher so wohl bei den

Drachen. Ich wurde erwachsen, doch alterte nicht mehr. Ebenso wenig Mirka."

„Deshalb hast du uns als Drachenreiter auf dem Felsen tauschen lassen. Es war nicht das ruhigere Fliegen Midgas oder der Sonnenschutz, der meine Übelkeit vertrieben hatte. Es war Midgas Gabe. Ich habe mich nie so lebendig gefühlt, wie seit dem Wechsel auf Midgas Rücken und es hält noch immer an."

„Es war Midgas Wunsch, dir zu helfen. Sie vertraut dir", sagte Wilko.

„Ihr könnt mir vertrauen. Ich stehe in eurer Schuld. Mein altes Leben hätte irgendwann durch Schwert oder Feuer geendet."

„Ebenso wie meines", warf Sewolt ein. „Ein Glück, dass wir nicht vor Jahren von ihrer Gabe erfahren hatten, als unser Drachenjägerbund noch mächtig war." Er blickte zu Enndlin. Dann lachte er. „Drachenwaffen hin oder her: Wir wären unter Taras Füßen zu Mus gestampft worden, sobald wir eure Höhle betreten hätten." Enndlin stimmte in sein Lachen mit ein, bis auch Wilko Tränen lachte.

„*Drachenjägermus nach Taras Art* wäre wochenlang der Schlager in Harolds Drachenfreunde-Kaschemme gewesen", rief Sewolt und klopfte sich auf die Schenkel. Die Kriegerin krümmte sich vor Lachen.

Die Tür des Gemeinschaftshauses öffnete sich und die Stimme einer alten Frau rief, so leise wie es auf die große Entfernung möglich war: „Hey, ihr drei! Kommt rein, bevor ihr die Drachen anlockt."

Enndlin erhob sich und wischte sich die Tränen aus den Augen. „Los", forderte sie auf. „Wir haben hier ein paar ängstliche Menschen, denen wir die Wahrheit über Drachen erzählen müssen.“

Nach einer halben Stunde hatten sie die Alten, Kinder und schwangeren Frauen, die einzig in der Residenzstadt zurückgeblieben waren, überzeugt, dass Drachen nicht weniger dumm oder schlau waren als sie selbst. Sie waren beeindruckt von der flammenden Rede, die Enndlin in ihrer Mitte gehalten hatte. Wenn eine so starke Kriegerin, die einst von Drachenhass getrieben war, geläutert war und nun mit aller Kraft für den Erhalt des Friedens mit ihnen kämpfte, dann müsste sie es erst recht schaffen, fehlgeleitete Fischer und Dorfbewohner zu überzeugen.
Zwei geläuterte Drachenjäger, schmunzelte Enndlin in sich hinein, wer könnte bessere Überzeugungsarbeit für den Zusammenhalt zwischen unseren Welten leisten als wir? Sie klopfte Sewolt auf die Schulter, der verstehend nickte.
„Und du lebst wirklich mit Drachen zusammen, seit du zehn bist?“, fragte ein kleiner Fünfjähriger staunend. Er ging an Wilkos Hand und versuchte, die Zahl mit einer Hand abzuzählen. Der Junggebliebene nickte lachend. „Oh, ja!“, bestätigte er.
Ihnen folgten über hundert Dorfbewohner mit dem Ziel, ihre Söhne, Töchter, Väter und Mütter, die mit Drachenwaffen zum Strand gezogen waren, zur Raison zu bringen.
Als sie das Tor verlassen hatten, schloss sich auch Krom an. „Schaut mal, eure Mitfluggelegenheit ist gerade gelandet“, sagte er und zeigte auf eine Wurm-

drachin, die auf einer großen Holzplattform stand. Es winkten mehrere königliche Leibwächter.
„Elgar! Lida!", rief Enndlin überrascht.
„Los, ihr drei! Springt auf!", rief der Hauptmann mit Eile in der Stimme. „Unterwegs erkläre ich euch alles. Wir haben einen jungen Drachen und eine Prinzessin zu retten."
Kaum auf der Plattform, hob sie ab und flog rasch in Richtung der Drachenbucht. Der Fünfjährige auf Kroms Arm blickte ihnen staunend hinterher. Wenn er groß war, würde er Leibwächter oder Drache werden. Da war er sich ganz sicher.

Vierundzwanzigstes Kapitel

Bucht der Wasserdrachen, auf dem Walfangschiff

„So!“, sagte Aigolf, als er wieder aus der Kapitänskajüte herausgetreten war und sich in der Hocke vor Fio platziert hatte. Überall auf dem Schiff waren Laternen entzündet und erhellten das von Dunkelheit umgebene Walfangschiff. „Ich habe doch tatsächlich einen der Hauptdarsteller vergessen.“ Der Drache funkelte ihn böse an.
„Rate, was ich in meinen Händen halte!“, sagte er fröhlich.
„Es interessiert mich nicht ein Stück“, antwortete Fio, der inzwischen den Platz zwischen den Seilen des Netzes mit seinen Kiefern erweitert hatte und fast wieder ungehindert sprechen konnte.
„Na gut!“, antwortete er mit gespielter Enttäuschung. „Ich verrate es dir. Es ist… einen Trommelwirbel, bitte!“, rief er nach hinten, und einige der Krieger trampelten mit ihren Füßen. „… ein Hammer!“ Seine mechanische Hand hielt einen kleinen Hammer in den Händen, den er wohl aus der Werkzeugkiste des Schiffszimmermanns entnommen hatte.
„Möchtest du nicht wenigstens raten, was ich in meiner anderen Hand habe?“, bat er mit einem unechten Flehen in der Stimme.
„Kein Interesse!“, brummte der Drache.

„Schade!“, sagte Aigolf und stand auf. „Es ist ein baldiges Omelett!“ Hinter dem Rücken holte er Fios Umhängetasche mit dem Drachenei hervor. Die mussten die Krieger und Fischer ihm abgenommen haben, bevor sie das Netz zugezogen hatten. Er hob die Tasche empor.
„Nein!“, rief der junge Drache.
Quirina schrie aus vollem Leib und schritt mit anklagend ausgestrecktem Zeigefinger auf ihn zu. „Das darfst du nicht. So ein Monster bist du nicht!“
„Darf ich bitten!“, sagte der Aigolf mit Blick auf den Bergkrieger höflich, und dieser brachte die schreiende Prinzessin wieder in seinen unnachgiebigen Griff. Aigolf entnahm das Ei und legte es auf dem Boden ab. Fio wand sich in seinem Gefängnis aus Seilen und Ketten. Die umstehenden Krieger lachten, während die Fischer an Bord erschraken. Weitere Krieger, angelockt von den trommelnden Füßen ihrer Kameraden, kamen von zahlreichen Booten, die inzwischen am Walfangschiff festgemacht hatten, an Deck.
„Das ist ein unschuldiger kleiner Drache!“, rief ein alter Fischer. Sein wettergegerbtes Gesicht lag in Falten und er biss so sehr auf seine kleine Tabakpfeife, dass sie zu zittern begann. Er trat zwei Schritte auf den Wanderkrämer zu, doch wurde von zwei Kriegern an seinem Leinenhemd festgehalten. Quirina wand sich unter dem festen Griff des Bergkriegers, ohne eine Chance loszukommen.
„Es gibt keine unschuldigen Drachen!“, sagte Aigolf und hob den Hammer an. Die Umstehenden feuerten ihn mit Rufen und dem Stampfen ihrer Füße an.

Fio spürte die Ketten an seinen Vorder- und Hinterläufen, die ihm keinen Raum ließen, sich zu bewegen. Er spürte die starken Taue des Netzes, das ihn wie einen Kokon umwickelt hatte, sodass er sich nicht einmal zu drehen vermochte. Ich muss hilflos zuschauen, stellte der junge Drache verzweifelt fest. Er blickte zu Quirina, die sich wie eine junge Löwin in den Armen des Kriegers wandte, der mehr als doppelt so groß und schwer war wie sie. Er schaute zu dem alten Fischer, der zitternd von zwei Kriegern abgehalten wurde, seinen sehnigen Körper gegen Aigolf zu werfen. Auch die anderen Fischer wurden von den grimmigen Fremden in Schach gehalten. Mein Neffe braucht mich. Ich muss doch entkommen können, sagte sich Fio flehend in Gedanken, und binnen einer Sekunde wurde er sich eines bewusst: Er war der Drache, den diese Menschen nun brauchten. Er war der Drache, den dieser kleine Drache in seinem Ei nun brauchte. Fio verlor unverhofft alle Panik und Verzweiflung, die eben noch in ihm geherrscht und ihn gelähmt hatten. Dieser grünäugige Drache aus meiner Vision, dachte er, was hatte er gesagt: Vertraue auf dich! Hab keine Angst! Du bist ein starker Drache! Die Zeit dehnte sich. Fio schielte auf sich herab. Die Ketten schnitten in seine Schuppenhaut, die er in den letzten Monaten zweimal wechseln durfte, so sehr war er gewachsen. Das Netz spannte sich um einen Körper, der nicht mehr der des kleinen Drachen war, der zu seinem siebten Geburtstag aufgebrochen war, eine Prinzessin zu retten. Eine Prinzessin, die sich gerade vor seinen Augen um die letzten Energie-

reserven brachte und dennoch den aussichtlosen Kampf gegen den großen Bergkrieger nicht enden lassen wollte. Der junge Drache sah den Fio, der er an seinem letzten Geburtstag noch war, im Geiste in einer großen Höhle vor einer angeketteten jungen Wölfin stehen, die in ihm die Rettung aus ihrer Gefangenschaft sah. Der jüngere Fio hatte einfach einen schweren Eisenring gegriffen und so verbogen, dass er aus der stabilen Verankerung im Stein herausgerissen war. „Es wäre einfacher gewesen, das Leder zu zerreißen“, hörte er seine Wolfsfreundin Canina in seinen Gedanken sagen. Fio lächelte und seine Augen verengten sich zu Schlitzen, aus denen es gefährlich funkelte.
Er entsann sich seines jüngeren Ichs, das gegen Piraten und Wilderer gekämpft hatte. Er sah den kleineren Fio feuerspeiend ein Piratenschiff versenken. Ich bin ein starker Drache, revoltierte es in seinen Gedanken. Seine Ketten zitterten über den sich spannenden Muskeln eines Drachen, der seit seinem siebten Drachengeburtstag wuchs, als müsse er etwas nachholen, das sich schon zu lange angestaut hatte. Unwillkürlich grollte es in ihm. Das Grollen schwoll immer weiter an, während sein Atem schneller wurde. Die ersten Krieger wurden auf ihn aufmerksam und wichen zurück. Aigolf verharrte und senkte den Zimmermannshammer, als er die zurückweichenden Krieger wahrnahm. Er drehte sich um und erschrak. Unvermittelt schwoll Fios Grollen an und wurde zu einem markerschütternden Drachenbrüllen, mit dem zeitgleich alle Muskeln seines Drachenkörpers sich

spannten und die Eisenketten zerrissen, als seien sie aus Papier gefertigt. Die Kettenglieder verteilten sich wie Geschosse über das Deck. Eines traf den Bergkrieger an Quirinas Seite an der Stirn und fällte ihn wie einen Baum. Das Walfangnetz fledderte auseinander, als sei es nur ein Spinnennetz gewesen und er selbst ein Vogel, der es im Flug durchstoßen habe.
Fio richtete sich auf seinen Hinterläufen zu seiner vollen Größe auf. Er überragte die Kapitänskajüte und die ersten Krieger fühlten sich veranlasst, im Meer das Weite zu suchen. Fio ließ sich nach vorne fallen und kaum dass er mit einem schweren Schlag, der alle Schiffsbohlen erzittern lies, den Boden mit den Vorderpranken erreicht hatte, streute er ein heißes Drachenfeuer aus seinem Maul von links nach rechts über das ganze Deck. Die Fischer und Krieger ließen sich rechtzeitig fallen oder folgten ihren Kameraden von Bord. Aigolf schnappte sich das Ei und rannte zum Bug. Die Takelage des Schiffs wurde vom Drachenfeuer erfasst und machte sie zu riesigen Fackeln, die das Dunkel des Abendhimmels unerbittlich zurückdrängten. Drei Fischer rannten mit einer Vorrichtung heran, die mit einem großen Hebel versehen war. Einer warf einen Schlauch ins Meer, ein anderer wurde auf die Flammen gerichtet. Wasser schoss aus ihm, sobald die beiden anderen Seeleute den Hebel zu beiden Seiten wechselseitig herunterzudrücken begannen. Fios Drachenfeuer suchte sich ein anderes Ziel, als mehrere Krieger mit einem Großen Schild auf ihn zurannten. Sie ließen es fallen, als das aus seinem Maul entflohene Feuer es glühend

heiß machte. Eine Lanze brach an Fios Schuppenhaut. Im Augenwinkel sah der Drache, dass aus dem einzigen Leinenbündel, das nicht den Walfänger verlassen hatte, langstielige Waffen gezogen wurden. Sie hatten schwarze Klingen. Vier Krieger stürmten damit auf ihn zu. Ein fünfter griff sich gerade einen der Speere, als sich Quirina mit einem kleinen Dolch vor ihn stellte. Zwei weitere umringten die Prinzessin, die sie mit der zu einer Waffe gearbeiteten Klaue von Fios Bruder in respektvollem Abstand hielt. Der junge Drache wehrte den ersten Speer ab, der auf ihn zuflog. Die Krieger drangen von beiden Seiten auf ihn ein. Ich kann kein Feuer speien, ohne mir auf der anderen Flanke Blöße zu geben, bemerkte er, ohne dass Panik in ihm aufkam. Die ersten Fischer, angeführt von dem Alten, schlugen sich auf Fios Seite und rangen mit den fremden Kriegern. Die Übermacht und ihre Erfahrung sind zu groß, dachte der Drache. Das schaffen wir nie, aber ich werde nicht aufgeben. Zwei Kriegern war es gelungen, ein Seil um seinen Hals zu schlingen, der nun tatsächlich kein Feuer mehr zu speien vermochte. Die ersten Fischer wurden niedergerungen.
„Ihr habt keine Chance, aber nutzt sie ruhig!“, rief Aigolf lachend, als einige Krieger erschrocken aufschrien und hinter ihn landwärts zeigten. Der Wanderkrämer drehte sich hastig um.
Ein hölzernes Deck flog auf sie zu, darauf eine Wurmdrachin und zahlreiche Menschen. Bogenschützinnen feuerten aus der Ferne und zwangen die Krieger in Deckung. Die unterlegenen Fischer retteten sich an

Fios Seite und schlugen die Krieger in die Flucht, die ihn soeben noch an Seilen gefangen glaubten.
Aus dem Wasser schoss ein Drache und ging unmittelbar in eine Flugbewegung über.
„Ceti!", schrie Fio. „Vorsicht!"
Aigolf hatte eine Kanone mit einer Drachenharpune geladen und mit Donnern entlud sie sich. Ceti konnte mit einer Seitwärtsbewegung so weit entkommen, dass sie nur dessen Kopf streifte, doch durchschlug die gefährliche Drachenwaffe die Plattform, auf der Lida und ihre Freunde kurz vor Erreichen des Walfängers waren. So sehr sich Lida auch anstrengte, die Kraft Ihrer Gabe weiter wirken zu lassen, stürzten sie dennoch ebenso wie Ceti ins Meer.
Fio schlug wild um sich und ein Krieger nach dem anderen flog von ihm weg oder brachte sich mit hektischen Sprüngen in Sicherheit, als der laute Pfiff einer Seemannspfeife erklang. Alle Blicke richteten sich auf Aigolf, in dessen Mund die silberne Pfeife steckte. In seiner Hand befand sich das Drachenei und er hielt es über die Reling.
„So, jetzt vertragen wir uns alle wieder oder das hier wird zu Fischfutter!"
Der Bergkrieger zerrte Quirina zu ihm herüber und hielt auch sie über das Wasser. „Das gilt auch für diese Göre, die mein Schienbein ramponiert hat." Eine Beule mit dem Abdruck eines Kettenglieds wuchs inmitten seiner Stirn. Der alte Fischer trat hinter Fio hervor. In seinen Händen hielt er einen hölzernen Knüppel.
„Das ist zu viel, Aigolf!", sagte er. „Das hier ist nicht unser Kampf!"

Die anderen Fischer riefen zustimmend und ein junger Seemann, dessen blonde Haare verschwitzt an seiner Stirn klebten, grub sich unter einem ohnmächtigen Krieger hervor. „Danke für dein Wort!", sagte er zu dem Alten und griff nach dem Schwert des Kriegers. „Wir wollten einfach nur in Ruhe fischen und unsere Familien damit ernähren. Wir wollten keinen Krieg, haben diese Kämpfer nicht gerufen. Das hier ist nicht mehr unsere Sache. Wir opfern keine ungeschlüpften Drachenkinder. Auch wenn wir Probleme miteinander haben, sind wir doch Nachbarn. Wir wollen in Frieden miteinander leben."
Die Fischer drängten langsam nach vorne, derweil sich die fremden Krieger, die den wenigen Fischern zahlenmäßig weit überlegen waren, zum Schutz vor Aigolf aufbauten. Der Alte zeigte auf Quirina. „Wenn du ihr ein einziges Haar krümmst, werde ich dich persönlich zur Rechenschaft ziehen", sagte er mit bösem Blick. „Ich habe unter ihrem Opa gedient und war noch über zehn Jahre in Leontins Flotte. Er ist noch immer mein König und seine Tochter meine Prinzessin. Ich lasse nicht zu, dass du ihr etwas tust!"
Die Fischer gingen energisch auf die Übermacht zu und Fio stieg auf die Hinterläufe. Wenn ich gut abspringe, schaffe ich es vielleicht hinter die Reihen der Krieger zu kommen, dachte er. Wie, als hätten sie es erahnt, richteten einige ihre drachenlebensgefährlichen Speere nach oben.
„Nun!", sagte Aigolf siegesgewiss. „Dann wollen wir mal sehen!" Er zeigte auf die Fischer und den Drachen und rief: „Macht sie fertig! Sie werden wütend sein!"

Dann nickte er dem Krieger zu und sie ließen zeitgleich das Ei und die Prinzessin fallen. Quirina schrie und die Fischer stürmten ohne Angst auf die bewaffneten Krieger zu. Fio erhob sich in die Luft und war drauf und dran, seinem Neffen und seiner Freundin im Sturzflug zur Hilfe zu eilen, ganz gleich, ob er auf dem Weg von den Drachenwaffen verletzt würde oder nicht. Doch unvermittelt ertönte ein langgezogener Hornstoß im Rücken Aigolfs und der Krieger. Dutzende von Enterhaken verbanden sich mit der Reling. Torbens Kopf erschien als erstes, dann seine linke Hand, die die Reling ergriff, dann die rechte, die ein menschenkopfgroßes Ei balancierte.
„Gehört das jemandem?", fragte er gefährlich grinsend. Zeitgleich mit seiner Frage tauchten die Köpfe weiterer rauflustiger Nordleute auf, allen voran der der sogleich wütend „Angriff!" brüllenden Frieda. Im selben Moment erhob sich Quirina auf Cetis Rücken aus dem Meer. Ihre Haare und ihre Kleidung waren vom Meerwasser durchnässt, doch hatte sie nicht eine Schramme von ihrem Sturz davongetragen. Links und rechts neben Ceti schwebten zwei Plattformhälften empor, die von Algen behangen waren. Meerwasser floss von ihnen herunter. Auf der linken der zerbrochenen Hälften saßen Lida, Tamir und Petrissa, auf der rechten Elgar, Thomasyn, Ortrud und Oda. Die Bogenschützinnen hatten angelegt und die königlichen Leibwächter ihre Schwerter gezogen. „Aigolf!", rief Elgar. „Im Namen des Königs verhafte ich dich. Und keine Bewegung! Du weißt was passiert, wenn du es doch wagst!" Wie auf Kommando platzierte

Oda einen ihrer Pfeile zielgenau zwischen dessen Füße und der Wanderkrämer verharrte zitternd.
„Ihr missversteht die Situation. Die Fischer wollten der Prinzessin Böses. Wären ich und diese guten Krieger nicht rechtzeitig an Bord gekommen, wer weiß, was ihr passiert wäre."
„Das ist ungeheuerlich!", rief der alte Seemann, und die Fischer stürzten sich zwischen die überraschten Krieger, um zu dem lügnerischen Wanderkrämer zu gelangen.
Frieda und ihre Nordmänner waren mitten im Getümmel, rangen jedoch an der Seite der Fischer gegen die Krieger, die Aigolf zur Seite gestanden hatten.
Fio verstand die Welt nicht mehr. Wer kämpft denn hier für wen, dachte er, und schaute verwirrt zwischen Nordmännern, Fischern und Kriegern umher. Am Vorderdeck ließ Lida die Plattformen landen und die Leibwächter stürmten auf Aigolf und den Bergkrieger zu, der ihnen sofort entgegentrat und ebenso schnell von Thomasyn zu Boden gebracht wurde. Quirina ritt auf Cetis Rücken auf den Wanderkrämer zu. An ihrer Seite lief Tamir, der mit einem Krummsäbel auf ihren Widersacher zuhielt. Der Betrüger stieg auf die Reling und balancierte bis zu einem Seil, das ein Segel mit ihr verband. An ihm hielt er sich fest und zog mit der anderen Hand eine kleine Armbrust, mit der er abwechselnd auf Tamir und Quirina zielte. „Waffen weg! Besonders ihr Bogenschützinnen. Oder es gibt Thronfolgerspießchen!"
Die Leibwache zögerte.
„Jetzt! Oder ich schieße!"

Elgar nickte seinen Leuten zu, woraufhin sie ihre Waffen vor sich ablegten. Die Schlacht zwischen Fischern, Kriegern und Nordleuten tobte davon unbeeindruckt hinter ihnen weiter. Klingen klirrten metallisch, Holz traf auf Helme wie Klöppel auf Glocken und das dumpfe Schlagen von Fäusten drang zu ihnen herüber.
„Und Fio, du kleiner dummer Drache", rief Aigolf nach oben. „Ich sehe sehr wohl, dass du dich von oben anzuschleichen versuchst. Das passiert mir kein zweites Mal, dich zu übersehen."
Der junge Drache tat einen Schritt zurück. Er war bereits auf einen Drachenlang, an den Masten und in der Takelage kletternd, an ihn herangekommen. Irgendwas muss ich doch machen können?, sinnierte er, als die Geräusche vier landender Drachen am Bug zu hören waren. „Mama, Papa, Derko, Tanina?", rief Fio.
„Ach, komm schon!", sagte Aigolf lachend, ohne sich umzuwenden. „Dieser alte Trick funktioniert doch schon lange nicht mehr! Ein heimlich geworfener Stein, der poltert, dann der überraschte Ruf wegen eines vermeintlich plötzlich erschienenen Verbündeten, um mich abzulenken, und schon habt ihr mich? So billig lasse ich mich doch nicht überrumpeln."
„Hallo, mein Sohn!", grüßte die tiefe Stimme eines Drachen. Aigolf wandte sich nicht um zur Quelle des Grußes, doch seine Augen zuckten. Am Bug standen Fios Eltern und dessen Bruder und auf ihren Rücken saßen Sewolt, Enndlin und Wilko, die sich am Strand mit den Drachen wieder vereint hatten.

„Enndlin?“, rief Fio verdutzt.
„Erkläre ich dir später!“, antwortete sie, und nun blickte Aigolf doch zu ihnen herüber. Die beiden ehemaligen Drachenjäger, einst seine Geschäftspartner, sprangen von den Drachenrücken und stürzten sich zwischen die Reihen der im Hintergrund miteinander Kämpfenden. Zwei stämmige Bergkrieger stürmten auf Enndlin zu, doch sie rutschte einfach durch die Beine des einen hindurch und ließ beide mit zwei Schlägen benommen zu Boden stürzen, als hätte es nie einen Größenunterschied zwischen ihnen gegeben.
Der Wanderkrämer schüttelte sich, wie als könnte er seine Gedanken auf diese Weise neu ordnen. „Nun, die Situation hat sich weiter verschärft. Einem König werdet ihr also etwas erklären müssen!“ Er schwenkte seine kleine Armbrust, die zwar nicht viel Durchschlagskraft haben konnte, doch drei Pfeile in einem Magazin barg. Ein Pfeil wird treffen, befürchtete Fio. Sein Blick streifte nach einer Lösung umher.
„Ihr dürft wählen!“, fuhr er fort. „Bei drei habt ihr euch entschieden oder mein Zeigefinger trifft eine Wahl. Prinzessin? Prinz? Prinzessin? Prinz?“
Seine Armbrust blieb auf Quirina gezielt stehen. „Drei! Nimm es nicht persönlich, Prinzessin. Auch wenn es das gewiss ist!“ Sein Zeigefinger krümmte sich und Fio begann zu lachen.
„Was gibt es zu lachen, du widerwärtige Echse?“, schimpfte Aigolf.
„Wenn ich sagen würde: *Achtung! Hinter dir!*, dann würdest du dich vermutlich nicht umdrehen, oder?“, fragte Fio.

„Diesen alten Trick kannte ich schon, als ich ein kleiner Junge war. Um mich hereinzulegen, muss du schon in meiner Klasse spielen!“, erwiderte der Wanderkrämer selbstbewusst und klang ein wenig enttäuscht.
„Gut!“, sagte Fio. „Ich hätte dich ohnehin nicht gewarnt.“
Mit diesen Worten warf sich ein riesiger Schatten über ihnen auf das Oberdeck. Die Kämpfe endeten von einer Sekunde zur anderen und alle Menschen an Bord mit Ausnahme von Quirina und Tamir an Cetis Seite wichen mit angstgeweiteten Augen zurück.
„Ich drehe mich nicht um!“, sagte Aigolf mit zitternder Stimme.
„Es geht auch ohne!“, mutmaßte Fio.
Gedankenschnell wandte sich Aigolf mitsamt der schussbereiten Armbrust um und blickte in das weit aufgerissene Maul einer Seeschlange, das ihn unmittelbar verschlang. Sein dumpfer Schrei endete abrupt. Prüfend wendete das riesige Tier den Wanderkrämer zwischen der teppichgroßen Zunge und seinem Gaumen, der die Größe eines Doppelbettes hatte.
„Hm? Njom, njom!“, schmatze das Meeresungeheuer. Dann verzog es das Gesicht, holte tief durch die Nase Luft, bis seine Lungen zum Bersten gefüllt waren, und spuckte Aigolf kraftvoll in Richtung des offenen Meeres aus.
„Ich hasse Drachen!“, hörte man ihn immer leiser werdend schreien, bis er in weiter Ferne als sandkörnchenkleiner Punkt ins Meer eintauchte.
„Ich glaube, der war verdorben!“, sagte die Seeschlange und pulte sich eine hölzerne Hand aus einem Zahn.

Die Fischer und Nordleute brachen in befreienden Jubel aus. Die übrigen Krieger ließen die Drachenwaffen fallen und ergaben sich der schieren Übermacht aus Menschen und Drachenwesen.
Als die fremden Krieger gefesselt waren, trat Fio zu Frieda und Friedjolm, die an der Reling standen und zur Küste blickten. „Warum habt ihr plötzlich für uns gekämpft?“, fragte er.
Frieda drehte sich mit einem glücklichen Lächeln zu ihm um. „Deinetwegen, Fionrir!“
„Meinetwegen?“
„Ja!“, sagte Frieda und zeigte ins Wasser unmittelbar vor dem Schiff! Die Meeresoberfläche geriet in Wallung, verdunkelte sich und die Seeschlange tauchte wie eine plötzlich entstehende Insel auf. Ihr großer Kopf hob sich auf Augenhöhe mit Frieda.
„Hallo, Nordfrau!“, sagte das Meeresungeheuer. Frieda streichelte es am Kinn. „Wir kommen aus der gleichen Gegend“, erzählte die Anführerin.
„Ja, und für die Seeschlange, die den Bug unseres Hauptschiffes ziert, scheint ein Cousin Modell gestanden zu haben, wie Schiurir uns erzählt hat“, ergänzte Friedjolm mit nicht minder viel Glückseligkeit in seinem Gesicht wie seine Schwester.
Die Seeschlange nickte.
„Wir trafen uns, als wir zu unserem Schiff zurückgerudert waren“, erzählte Frieda, und die Seeschlange gluckste vor Lachen.
„Ich schwamm auf es zu, weil ich dachte, eine weitere meiner Sorte hätte sich hierher verirrt. Was war ich

erstaunt, dass es nur eine hölzerne Figur war“, erläuterte Schiurir.
„Und wie erstaunt wir erst waren“, fuhr Frieda fort, „dass das Lebewesen, das wir Nordleute am meisten von allen verehren, plötzlich mit uns sprechen kann.“
„Du bist derjenige, der uns das geschenkt hat, Fio. Wir wussten, was zu tun ist, was wir dir an Dankbarkeit zu zollen hatten“, sagte Friedjolm, und die Geschwister lächelten den jungen Drachen glücklich an.
Wie friedlich man erscheint, wenn man so schaut, dachte er.
Die Seeschlange lächelte ihn mit ihren drachenarmlangen Zähnen an. Oder auch nicht!, korrigierte sich Fio in Gedanken. Hinter ihnen klirrte es, und Torben stand vor einem großen Seesack, aus dem spitze Lanzen, Speere und Harpunen ragten.
„Das sind alle, Mama!“, sagte er zu Frieda.
„Fast!“, antwortete sie und zeigte an Land, wo Menschen und Drachen kurz davor waren aufeinander loszustürmen. „Wenn wir schnell genug sind, schaffen wir es, auch die übrigen einzusammeln, bevor sie benutzt werden. Dann verbergen wir sie an einem Ort, an dem sie nie wiedergefunden werden!“
Sie zwinkerte der Seeschlange zu, deren linkes Augenlid sich verschwörerisch groß wie ein Fenster öffnete und schloss.
„Oh, Jormungand!“, rief Fio. „An Land mit uns! Wir müssen uns eilen!“
Binnen einer Minute waren alle Reiter aufgesessen, die Plattformen ausgerichtet und Lida bereit, ihre Kräfte einzusetzen. Quirina stieg mit ihren noch

immer tropfend nassen Haaren wieder auf Ceti, und Enndlin eilte zu Fio.
„Darf ich?“, fragte sie und zog sich auf dessen Rücken. „Ich habe dir eine Geschichte zu erzählen. Aber bitte nicht wieder in ein Luftloch fliegen, wenn du über Wasser bist. Eine Frau mit nassen Haaren reicht.“ Sie zwinkerte Quirina zu, die ihr die Zunge herausstreckte. Im Hintergrund betraten eine Handvoll Nordleute zusammen mit Elgar und einigen Fischern die beiden Plattformen, die die junge Wurmdrachin mit Tamir zu ihrer Rechten sofort abheben ließ. Tanina küsste ihr Drachenei, steckte es in die Tragetasche und hängte sie Fio wieder um.
„Bis morgen. Danke fürs Aufpassen!“, rief sie ihrem Bruder zu, und er schaute etwas verschämt zu Boden, bevor er „Gern geschehen!“ murmelte.
„Halt dich im Hintergrund, falls es am Strand wild wird!“, bat sie ihn. „Auf meinen Kleinen aufzupassen braucht viel mehr Stärke, als sich in einen Kampf zu werfen!“ Dann hob sie ab.
„Zeigts ihnen!“, rief Thomasyn, und die Fischer, die mit ihm als Wachen für die gefesselten Krieger zurückblieben, stimmten mit ein.
Midga erhob sich mit Petrissa in die Luft, die sogleich drei Pfeile aus ihrem Köcher entnahm, um auf das Schlimmste vorbereitet zu sein. Taras eilte mit Sewolt auf dem Rücken zur Reling, wo die Anführer der Nordleute mit seinem jüngsten Sohn standen.
„Also in die Lüfte mit uns, Fio! Wir müssen nicht weniger als einen Krieg verhindern.“
Auf Derkos Rücken schwangen sich Oda und Ortrud.

„Angeber!“, sagte Taras grinsend.
"Selber!“, antwortete Derko frech schmunzelnd. „Sewolt ist nicht leichter!“
„Hey!“, war eine Beschwerde von Taras Rücken zu hören, als sich die letzten Drachen in die Luft erhoben. Hoffentlich kommen wir nicht zu spät, dachte Fio, während hinter ihm die Sonne im Meer erlosch.

Fünfundzwanzigstes Kapitel

Bucht der Wasserdrachen, südliche Küste

Kurze Zeit zuvor beobachteten unzählige Drachen das Geschehen an Bord des Walfängers. In Panik erlebten sie mit, dass verbotene Drachenwaffen im Spiel waren, und mit Schrecken sahen sie, wie eine Drachenharpune auf Ceti abgeschossen wurde.

„Sie schießen auf unseren Ceti!", riefen sie.

Die alten unter den Drachen fuhren vor Angst zusammen, beschwor der Anblick dieser Waffe doch Erinnerungen an die Zeiten herauf, als sie in vielen Regionen noch nicht gebannt waren. Ihre Furcht übertrug sich auf die jungen, die in mehreren Reihen hintereinander am Strand standen, so voller Wut und doch bewegungsunfähig. Wer wusste schon, wie viele Drachenwaffen es noch an Bord dieses Schiffes gab? Sie waren zur Tatenlosigkeit verdammt, doch ihre Unruhe fand ein Ventil. Kaum einhundert Drachenlang von ihnen entfernt waren Menschen, Fischer aus den Dörfern, Krieger aus den umliegenden Regionen. Auch sie blickten mit Wut dem Schiff entgegen.

„Dort sind die, die sie aufgewiegelt haben", riefen die alten Drachen.

„Wir vertreiben sie!", fauchten die jungen. „Das ist unser Drachental!"

Dann stürmten sie mit wutverzerrten Gesichtern auf die Menschen zu. Dutzende von Drachen. Feuerdrachen, die sich bereit machten, jeden, der sich in den Weg stellte, mit ihrem Drachenfeuer zu vertreiben. Riesendrachen, die sich von keinem Menschen im Weg aufhalten lassen würden, ganz gleich, welche Waffen sie auch trügen. Breitmauldrachen, die jeden verschlingen würden, der jemals wieder die Hand an eine Drachenwaffe legen würde.
In ihrer Wut sahen sie weder, dass eine Seeschlange gerade jenen, der mit den Drachenwaffen den Zwist zwischen Menschen und Drachen eskaliert hatte, in die weite See gespien hatte, noch dass die Fischer ihres Drachentals sich gegen ihn und die fremden Krieger erhoben hatten und auch nicht, dass berittene Drachen auf dem Walfänger gelandet waren. Sie waren blind für alles, was ihre Wut hätte mindern können.

Ebenso wurden hunderte von Menschen Zeugen, wie ein junger Drache auf dem Walfänger wütete.
„Er frisst die Matrosen. Fischer wie wir es sind!", schrien sie. Sie sahen das Feuer, das der Drache an Deck spie und sprangen vor Furcht zurück. Sie sahen die Menschen, die sich mit mutigen Sprüngen ins Meer retteten. Die bewaffneten Fischer entsannen sich der alten Geschichten vom Krieg mit den Drachen. Sie sahen sich bereits unterjocht von den mächtigen Wesen. Sie konnten den Waljägern nicht zu Hilfe eilen. Kein Boot war in der Nähe, nichts, dass das Feuer des Drachen zu löschen vermochte. Panisch waren sie, doch begann Wut ihre Hilflosigkeit zu vertreiben.

„Das ist unsere Bucht!", riefen sie. „Schon unsere Urgroßeltern lebten und fischten hier! Ihr nehmt uns unsere Lebensgrundlage!"
Sie hoben ihre Zimmermannsbeile, ihre Harpunen und Fischmesser. Dann erblickten sie die Drachen, die sich wenige hundert Meter den Strand entlang ihnen entgegenstellten. Ja, es mögen viele sein, dachten sie, doch das sind wir auch und wir haben das Recht auf unserer Seite. Sie wandten ihre Augen vom Walfänger ab. Vergessen war, dass die Gefahr dort drohte. Sie würden nun die Gefahr bringen, und zwar unter diese Drachen, die nicht hierhergehörten. Aus Leinentüchern nahmen sie Äxte, Schwerter und Lanzen auf, allesamt mit schwarzen Klingen, und wie auf einen lautlosen Befehl stürmten sie los. Sie waren keine Krieger, aber sie waren Fischer, Jäger. Heute würde ein jeder Drachenjäger sein und niemand würde verschont.
In der untergehenden Sonne sahen sie weder die Truppen des Fischerkönigs, die am Strand bereits auf die Aufwiegler an Bord des Walfängers warteten, noch die Enterboote der Nordleute, die auf Deck für Ordnung sorgten.

Menschen und Drachen rannten blind vor Wut aufeinander zu. „Vertreibt die Drachen!", schrien die Menschen. „Fort mit den Menschen!", brüllten die Drachen.
Meter um Meter kamen sie einander näher. Die ersten Menschen erspähten die funkelnden Augen der Drachen und Furcht versuchte vergeblich, die Wut in

ihnen zu überlisten. Die ersten Drachen sahen die leuchtenden Augen der Menschen, doch nur die Alten erkannten, was die schwarzen Klingen ihnen bringen würden, dennoch stürmten sie weiter, in einer Rage, die sie ihre Krallen nur noch höher heben ließ.

Wenige Drachenlang trennten sie, doch statt aufeinanderzuprallen, Mensch gegen Drache, Drache gegen Mensch, riss der Boden zwischen ihnen auf. Kräftige Pranken wühlten sich so rasch aus dem Sand, dass die Wütenden auf beiden Seiten erschrocken innehielten. Drachen bremsten so abrupt ab, dass andere auf sie prallten und sie gemeinsam zu Boden stürzten. Menschen warfen sich vor Schreck zu Boden und brachten die hinter ihnen rennenden zu Fall.

Hinter den Pranken, die sich empor wühlten, tauchten die Köpfe unzähliger Wurmdrachen empor. Die Münder der anderen Drachen öffneten sich vor Staunen. Nie hätten sie gedacht, dass es so viele von ihnen gab. Die ersten stimmten Hurra-Rufe an, dachten sie doch, sie seien ihre Unterstützung. Wie sehr sie sich irren sollten!

Als die Wurmdrachen zu einem Drittel aus der Erde gekommen waren, erkannten die Menschen, wer dort auf ihren Rücken saß: Wüstenleute, ihre Köpfe von Tüchern verhüllt, die Münder vor dem Sand geschützt, mit ihren Krummsäbeln und Speeren in den Händen. Die Menschen brachen in Jubel aus, wähnten sie die Wurmdrachen doch als bloße Reittiere und die Wüstenmenschen als ihre Verstärkung. Der Sieg wäre ihnen gewiss. Wie sehr auch sie sich getäuscht haben sollten!

Schweigen entstand, als die Wurmdrachen und Wüstenmenschen allesamt aus dem Boden emporgestiegen waren. Ihre Zahl überragte die der Menschen und Drachen um ein Vielfaches. Die Drachen wunderten sich, dass sie sich nicht gegen die Menschen wandten, und jene wunderten sich, dass die Wüstenmenschen nicht unter sie kamen, um die Schlacht für sie zu entscheiden. Die Verwirrung besiegte die Wut und Ratlosigkeit gebar Stille.
Die eine Hälfte der Wurmdrachen war gegen die Drachen, die andere Hälfte gegen die Menschen gewandt. Dann teilte sich ihre Masse und gab den Blick auf einen geflügelten Riesendrachen frei, auf dessen Rücken ein alter Drache saß, dessen rotes Schuppenkleid ihn selbst im letzten Schein der Sonne noch so gleißend erscheinen ließ, dass Drachen und Menschen dachten, eine zweite rote Sonne sei erschienen. „Davud und Sirrusch", flüsterten die Drachen ehrfurchtsvoll.
„Das ist der große Sirrusch!", hörte man die Menschen bewundernd sprechen.
Neben ihnen landeten Drachenreiter, die geradewegs vom Walfänger kamen. Ein Wurmdrachenmädchen flog auf einer Schiffsplanke herbei, darauf weitere Menschen. Laute des Staunens erfüllte die Drachen. Einen fliegenden Wurmdrachen, so etwas hatten sie noch nie gesehen. Die Fischer entsannen sich ihrer alten Sagen, all der Magier, die auf fliegenden Teppichen zu reisen in der Lage waren. Diese Wurmdrachin musste eine große Zauberin sein, dachten sie und staunten. Von der Küste kam der junge Fischer-

könig selbst. Zu Fuß führte er einen großen Trupp seiner Leibgarde an, die zahlreiche der Krieger aus der Fremde in Fesseln mit sich führten. Ihre Fackeln tauchten den Strand in ein gespenstisches Licht.
„Unser König! Unser guter König!", riefen die Menschen, und einige warfen sich vor ihm in den Sand, wurde ihnen doch klar, was beinahe zwischen Menschen und Drachen geschehen wäre.
Sirruschs blickte enttäuscht über die Reihen der Drachen und einige wandten den Blick vor Scham von ihm ab. Ein tausendjähriger Frieden, dachten sie, beinahe zunichte gemacht. Wir haben Pamuschs Enkel entehrt. Der Fischerkönig trat neben den alten Feuerdrachen und er reichte Sirrusch seine Hand, die dieser vorsichtig mit der Pranke ergriff. Nun würde eine Moralpredigt anstehen, der Menschenkönig und des alten Drachenkönigs Enkel würden sie zur Rede stellen. Wie töricht wir waren, dachten Menschen wie Drachen. Doch es kam ganz anders.

Aus dem Dunkel des Himmels, mit dem letzten Schein der roten Sonne im Rücken, flog Fionrir in ihre Mitte. In seine Hände nahm er das Drachenei. Die Wurmdrachen und seine Familie machten ihm Platz und alle Drachen und Menschen, die noch vor wenigen Minuten aufeinander losgehen wollten, umringten ihn. Unter den Drachen setzte Flüstern ein: „Das ist Sirruschs Enkel! Der jüngste aus Pamuschs Linie!"
„Das ist der Drache, der ganz alleine die fremden Krieger besiegte!", raunten die Menschen voll Ehrfurcht.

Fio blickte sich schwer atmend um. Weder hatte er je so viele Drachen, noch so viele Menschen auf einem Fleck gesehen. Sein Mund wurde trocken. Das war die Stelle einer seiner Visionion. Hier hatten sich alle vor ihm auf die Knie geworfen. Hier hatte ihm sein Opa Sirrusch Pamuschs Drachenkönigskrone auf das Haupt gesetzt. Fio schaute sich im Kreis um und entdeckte seinen Großvater, der neben seinem großen Cousin stand und ihm aufmunternd zunickte. Der junge Drache atmete tief durch und spürte Ruhe in sich einkehren. Vereinzelt hörte er Drachen und Menschen flüstern, ansonsten herrschte eine Stille, die ihn selbst zum Zentrum zu haben schien. Wie kann ich mich so vielen verständlich machen?, fragte er sich. Er schaute zu Davud herüber und dieser verstand. Der riesige Drache schritt zu Fio in die Mitte und beugte sich etwas herunter, sodass sein kleiner Vetter wie ein Drachenreiter auf dessen Schultern steigen konnte. Nun konnte er den gesamten Strand überblicken. Sowohl Menschen als auch Drachen hatten Fackeln entzündet, um den Schein der nunmehr untergegangenen Sonne zu ersetzen. So weit das Auge reichte, erhellten sie den Strand. An den Rändern waren sie so klein, dass er kaum zu schätzen vermochte, wie viele Wesen an diesem Abend versammelt sein mochten. Der junge Drache erhob die Stimme. Er wusste, was zu tun war.

„Ich bin Fionrir“, rief er laut, und Menschen sowie Drachen flüsterten seinen Namen nach. „Ich habe die zweite Gabe“, rief er, und ein Raunen ging durch die Reihen der Drachen. „Ihr kennt sie alle, die Sage des

Drachenkönigs aus der Midgardia. Pamusch war der letzte mit der zweiten Gabe. Ich kann alle Wesen einander verstehen lassen. Ich kann Dinge sehen, wie sie geschahen, geschehen und geschehen werden."

„Ein neuer Drachenkönig!", hörte er Menschen in Furcht sprechen. „Pamuschs Urahn! Königsurahn", flüsterten die Drachen.

„Ich habe so viel erlebt seit meinem siebten Drachengeburtstag. Ich habe mit den kleinsten Lebewesen gesprochen und mit den größten. Ich habe Dinge gesehen, die ich ersehnt habe, schreckliche Dinge und solche, die nie geschehen dürfen. Ich bin in meinen Träumen durch Gegenden gewandelt, die noch nie ein Drache betreten hat. Ich habe gesehen, was Hass anrichten kann, welchen Schaden Verblendung verursacht und was mit Drachen und Menschen und allen Tieren passieren wird, wenn wir diesem Weg weiter folgen. Wir brauchen einen neuen Pakt. Drachen und Menschen müssen offenen miteinander leben. Keine Drachenhorte und Menschenstädte mehr, sondern gemeinsame Städte. Wir werden Probleme zu bewältigen haben, viele sogar, doch gemeinsam und nur gemeinsam und nicht gegeneinander werden wir es schaffen. Wir werden Kompromisse eingehen. Manche werden den Drachen nicht gefallen, manche den Menschen nicht, doch am Ende wird ein Frieden sein, den weder Drachenjäger, noch Raubdrachen stören können. Ein Frieden, für den die letzten tausend Jahre nur wie ein Luftholen erscheinen werden. Unsere Welt braucht gemeinsame Gedanken, Austausch zwischen allen Lebewesen, braucht uns alle auf einer

Stufe. Kein Drache ist mehr wert als ein Mensch, kein Mensch mehr wert als jedes andere Tier, und kein Tier weniger wert als ein Drache. Wir brauchen gemeinsame Räte für ein Leben, das wir in Frieden miteinander führen. Was wir nicht brauchen, ist ein neuer Großkönig für den Krieg und ebenso wenig ein Drachenkönig. Was wir brauchen ist ein Frieden, an dem wir gemeinsam und gleichberechtigt arbeiten. Ich werde die Prophezeiung nicht erfüllen. Ich habe die Zukunft gesehen und wir werden sie erschaffen. Ich bin Fionrir, Pamuschs Ururenkel, und ich trage keine Krone auf dem Kopf!"
Er blickte sich um und von ihm aus breitete sich ein tiefes Schweigen aus, das alle um ihn Herumstehenden in der Schnelle eines Wimpernschlages erfasste. Das Rauschen des Meeres drang in seine Ohren. Er hörte selbst das Rieseln des Sandes, das in die Wurmdrachenlöcher drang, um die die schlanken, sehnigen Drachen mit ihren Wüstenreitern auf dem Rücken wartend standen und ihn mit großen Augen anstarrten.
Dann hörte Fio ein einzelnes Klatschen. Der junge Drache blickte sich um und sah seinen Opa, wie er ihn noch nie glücklicher lächelnd gesehen hatte. Er applaudierte in einem sanften Rhythmus, in den nach und nach erst seine Familie einsetzte, dann der Fischerkönig, Enndlin und Sewolt, bis wie auf Kommando alle Drachen und Menschen einstimmten. „Hurra!", riefen die Menschen erleichtert und voll Freude. Drachentränen flossen und Bravo-Rufe erklangen. Dann traten Drachen an ihn heran und hoben ihn von

Davuds Rücken. Sie reichten ihn über ihren Köpfen von Pranke zu Pranke weiter und Fio blickte in einen sternenklaren Himmel.
Wer hätte geahnt, dass es sich so entwickelt, dachte er und lächelte dem Mond entgegen. Die ersten Menschen mengten sich unter die Drachen und hoben ihm ihre Arme ebenfalls entgegen. So ging es viele Minuten, begleitet von begeisterten Rufen. Um Fio herum wurden die ersten Lagerfeuer errichtet, an denen nun Drachen und Fischer gemeinsam saßen und sich das erste Mal richtig kennenzulernen begannen, obwohl sie schon so viele hunderte von Jahren nebeneinander her lebten. Ein kleiner Wal näherte sich von der Bucht und beobachtete das Schauspiel neugierig.
Als die ersten Fischer ihn entdeckten, nahmen sie ihre Harpunen auf und riefen: „Lasst uns diesen Wal gemeinsam fangen und als Zeichen unserer Freundschaft verzehren!"
Die ersten Drachen standen auf und stellten sich an die Seite der Walfänger, als die Stimme des Wals vom Strand ertönte. „Ich denke nicht, dass das ein gutes Zeichen von Freundschaft wäre!", rief er, und Schiurir erschien an seiner Seite.
Den Fischern verschlug es die Sprache und auch die Drachen blickten verwirrt auf Wal und Seeschlange. Mit dem Anblick der beiden klärten sich in vielen Gesprächen zwischen den Menschen und den Drachen all die Missverständnisse der vergangenen Tage auf und nicht wenige wunderten sich, wie es so weit kommen konnte. Bald warfen die Fischer ihre Harpunen in den Sand und lachten über die verrückten,

glücklichen Wendungen, die der Tag genommen hatte und noch immer nahm, und eine kleine Gruppe Drachen konnte Fio am Strand erkennen, die alte Drachenrüstungen im hohen Bogen weit ins Meer warfen. Der Tag war ein besonderer, über den die Barden viele Lieder schreiben würden.

Aus dem Fischerdorf kamen die jungen und alten Bürgerinnen und Bürger zu den Feiernden hinzu. Sie brachten reichlich Speisen in Körben mit, die zwischen Menschen und Drachen herumgereicht wurde.

„Ich habe eine königliche Drachenreiterin!“, sagte Ceti stolz, der mit Quirina auf seinem Rücken zu ihm stieß, und zwinkerte seinem Cousin zu. Fio lächelte.

„Ich glaube, du hast unsere Welt heute verändert!“, sagte seine Freundin und stellte sich an dessen Seite. „Das ist die Geburt einer neuen Zeit. Wenn die Sonne aufgeht, ist das der Morgen der neuen Welt!“

Fio nickte und lächelte seine Freundin erschöpft an. Ihr Haar hing nass herunter und sie wirkte nicht minder erschöpft.

Der Strand war inzwischen von Lagerfeuern und sich anfreundenden Drachen und Menschen übersäht. Immer mehr kamen aus den Dörfern hinzu und auch die zu jungen und sehr alten Drachen erschienen. Fio sah ein Kleinkind auf allen vieren um ein nahes Lagerfeuer herumlaufen. Ein alter Mann am Stock ging an seiner Seite und achtete darauf, dass es dem Feuer nicht zu nah kam.

„Der Mensch!“, sagte Fio, und Quirina schaute ihn überrascht an. „Das ist die Lösung deines Rätsels!“, ergänzte er. „Der Mensch!“

Seine Freundin lächelte, dann sanken alle drei in den noch warmen Sand und ließen sich von den Flammen der Lagerfeuer wärmen.
Eine neue Zeit, dachte er. Ja, das ist sie! Dann ließ er sich nach hinten sinken und schlief bald im warmen Sand ein.

Sechsundzwanzigstes Kapitel

Tal der Drachen, Brautkampfplatz

Frische Morgenluft wehte über die endlos erscheinende Wüste und trug den Geschmack von Meersalz ins Landesinnere. Trotz der Kühle der vorangegangenen Nacht war bereits zu spüren, dass es ein heißer Tag werden würde. Fio wanderte aufgeregt im Kreis und hinterließ knirschend Spuren im Sand der kleinen felsigen Anhöhe, auf der er stand. Unweit von ihm waren hunderte von Drachen versammelt, so viele wie er noch nie in seinem Leben gesehen hatte. Der junge Drache war überwältigt. Nicht nur dass noch immer die Geschehnisse des Vortages in ihm arbeiteten, er malte sich auch aus, was passiert wäre, wenn er sich nicht entschieden hätte, früher ins Drachental zu reisen. Es waren schon gestern ausreichend Drachen an der Küste gewesen, um den vielen Menschen eine mindestens ausgeglichene Schlacht zu liefern. Verheerend wäre es gewesen, wenn sie stattgefunden hätte. Heute waren nicht nur seine und Fargas komplette Familie angekommen, sondern auch kaum zu zählende Drachen, die aus reiner Neugier auf den Brautkampf des Jahrhunderts hier waren. Es schien Fio, als hätten ganze Drachenclans das Ereignis als Anlass für eine Reise genommen. Sie wären hier angekommen und hätten sich sofort im Krieg mit den Menschen befunden. Mit einer solchen Übermacht wären die Menschen an der Küste vertrieben worden oder schlimmeres. Das hätte die Menschen der umliegenden Königreiche alarmiert und es wäre zu einem Krieg gekommen, der wirklich zu einer Entscheidung geführt hätte, wie es die Midgardia beschrieb. Er hatte das Gefühl, dass es nicht die Drachen gewesen wären, die am Ende gesiegt hätten. Drachenwaffen wären zuhauf wieder geschmiedet worden und es gab so viel mehr Menschen als Drachen. Ganz zu schweigen von all seinen menschlichen Freunden, die dann in Gefahr gewesen wären. Wie hätte es ausgesehen, wenn Leontin sich gegen die kriegführenden Menschen auf die Seite der Drachen gestellt hätte? Diese Zukunft hätte so viele schreckliche Momente gehabt. In der Nacht hatte ihm eine Vision etwas anderes gezeigt. Er war darin ein alter Drache gewesen, viel älter als sein Opa Sirrusch. Er hatte auf dem Gipfel eines Berges gelegen und in ein sommerliches Tal geschaut, dessen Zentrum eine riesige Stadt war, wie sie Fio noch nie zuvor gesehen hatte. Häuser waren darin gebaut gewesen, die die Wolken zu berühren schienen, manche mit kleinen, manche mit großen Fenstern und Türen, in denen Menschen und Drachen zu sehen waren. Auch in den Straßen hatte er Menschen und Drachen zugleich laufen sehen. Im Himmel waren Riesendrachen geflogen, die gleich mehrere Menschen auf ihren Rücken getragen hatten, und auf den Straßen waren Menschen zu sehen gewesen, die Essen gebraten und Drachen und Menschen gemeinsam damit genährt hatten. Ein naher See hatte Fio Wasser-

drachen und Menschen gezeigt, die dort ausgelassen plantschten und einander Bälle zuwarfen. Als er aufgewacht war, hatte er das mit einem Lächeln getan.
Der junge Drache blieb stehen und atmete tief durch. Die Sonne zog unaufhaltsam ihre Bahn über einen wolkenlosen Himmel. Ihr Licht spiegelte sich über einer Stelle der Wüste, die wie ein gelber Spiegel erschien. Der Brautkampfplatz! Aus den Erzählungen seiner Mutter wusste er, dass er immer von unzähligen Drachen umsäumt war, die Zeuge der Entscheidung werden wollten. Doch selbst seine Mutter war überwältigt. Nicht nur von der Zahl der Drachen, die zugegen waren. „Viel mehr als bei Papa und Opas Brautkampf!", hatte sie staunend erzählt. Doch das war nicht das einzige Novum. Taninas Kampf wohnten wohl alle Einwohner der Fischerdörfer und der Residenzstadt bei. Lachend hatte Simioni gemutmaßt, sein Reich vermutlich von anderen bewohnt vorzufinden, wenn sie zurückkehrten. Es musste wie aufgegeben wirken, wenn so viele seiner Bürger hier waren.
Fio schirmte seine Augen mit seinen Pranken vor dem hellen Schein des Brautkampfplatzes ab und lächelte. Aus dem riesigen Kreis der Umstehenden löste sich gerade der Körper eines Drachen, dessen Schuppenhaut so rot war, dass sie wie in Flammen zu stehen wirkte. Sein Opa Sirrusch kam mit strahlenden Augen auf ihn zu. Er nahm seine Pranke herunter und sah ihm blinzelnd entgegen. Sirrusch winkte.
„Guten Morgen, Opa!", rief er ihm entgegen.
Nach wenigen Schritten war er bei ihm auf der Anhöhe angelangt.

Die beiden Drachen schauten einander lächelnd in die Augen. In allen vieren lag Stolz.
„Du warst sehr mutig gestern Nacht!", sagte der alte Drache, und Fio wurde rot.
„Opa, wie geht es jetzt weiter mit mir?", fragte er.
„Du sprichst auf die zweite Gabe und die Sage um den Drachenkönig an, nicht?"
Fio nickte.
„Du hast gestern alle Drachen mit deiner Rede beeindruckt! Und nicht nur das. Du hast uns mit deinem Mut eine riesige Last genommen."
„Wie meinst du das, Opa?"
Sirrusch lachte und legte seinem Enkel einen Arm um die Schultern. „Schau dir all die Drachen dort unten an. So viele habe selbst ich noch nie zusammen gesehen. Sie sind ausgelassen und voller Freude. Das haben sie nur dir zu verdanken."
Der junge Drache schaute seinen Opa verwirrt an und der große Feuerdrache sprach stolz weiter. „Die Drachensage entstand noch zu Pamuschs Zeiten. Bald wurde sie in die Midgardia aufgenommen und ab da schien sie wie ein Gesetz zu sein, eine Prophezeiung, die Gewissheit brachte, dass wir Drachen nie untergehen würden, wenn die Übermacht der Menschen wieder zur Bedrohung würde. Gleichzeitig schuf sie hunderte von Jahren Angst unter uns Drachen."
„Angst?", frage Fio.
„Niemand wollte einen Drachenkönig haben, der über den Familien steht, niemand selbst ein solcher sein und so trugen unzählige Drachen Jahrzehnt um Jahr-

zehnt, Jahrhundert um Jahrhundert tiefe Qualen in sich."

Fio verstand immer weniger und schaute seinen Opa fragend an.

„Du hast den Bann gebrochen, mein mutiger kleiner Enkel. In dir steckt mehr von Pamusch, als in jedem seiner Nachfahren je steckte. Du hast seinen Mut, aber vor allem seine Selbstlosigkeit. Dein Ururgroßvater dankte ab, kaum dass der Pakt mit den Menschen geschlossen war. Du dankst ab, noch bevor du nach der Krone greifst."

„Mehr als in jedem seiner Nachfahren? Was bedeutet das, Opa?", fragte er nachdenklich.

„Du bist nicht der erste Drache nach Pamusch mit der zweiten Gabe, Fio. Der Drachenkönig war der erste. Gewiss! Er vermochte, Drachen zu heilen und einen Teil der Zukunft zu schauen. Die Drachenkraft war stark in ihm. Beides zusammen und sein strategisches Geschick auf dem Schlachtfeld und im Verhandeln hatten ihn siegreich gemacht. Er wusste, welche die beste Zukunft sein würde und legte die Krone nieder. Du hast unzählige von Pamuschs Kindern und Kindeskindern von der Bürde erlöst, die Krone aufnehmen zu müssen."

„Nicht der einzige mit der zweiten Gabe?", flüsterte Fio erschrocken.

„So wie du haben unzählige Drachen gelitten und ihre zweite Gabe geheim gehalten. Niemand wollte als sagenmäßiger Drachenkönig den Groll der Familienoberhäupter auf sich ziehen. Keiner der Zweifachbegabten wollte einen Krieg mit den Menschen heraufbeschwören, indem er sich offenbarte. Zudem hatten viele Angst, dieser eine Drache zu sein, ohne dass sich der Rest der Sage erfüllt. Es hätte der Prophezeiung ja widersprochen und wer weiß, was dadurch aus unserer großen Schriftensammlung noch alles widerlegt worden wäre und uns vielleicht Hoffnung genommen hätte. Du hast den Mut gehabt und nun können alle Drachen ihre zweite Gabe offen leben. Danke, Fio!“ Sirrusch strich zärtlich über Fios Hornplatten auf dem Kopf.

„Kenne ich denn Drachen mit der zweiten Gabe, Opa?“, fragte sein Enkel verwundert.

Sirrusch lachte und zeigte auf den großen Kreis aus Menschen und Drachen, der sich um den Brautkampfplatz gebildet hatte. „Dort drüben siehst du eine Feuerdrachin mit großen Flügeln. Erkennst du sie? Sie steht dort in den Armen eines starken Bergdrachen.“

„Mama?“, rief Fio verwundert, und Sirrusch lachte erneut.

„Es geht noch weiter. Siehst du den Drachen, der dort mit deiner Schwester spricht?“

„Derko auch?“, stieß er verwundert aus und musste nun selbst lachen. „Mein Bruder?“

Sirrusch lächelte Fio an. „Ja, sie folgen alle unserem begabten Urahn. Ebenso wie deine Schwester, einige deiner Tanten und viele deiner Vettern und Basen.“

Fio kniff die Augen zusammen. „Stehe ich neben einem Drachen, der ebenfalls zwei Gaben hat?“

Sirrusch lächelte und zwinkerte seinem Enkel zu.

„Was habt ihr alle für Gaben? Das ist ja toll“, freute sich Fio.

„Frag sie selbst, mein lieber Drachling!“
„Und du, Opa?“
„Später! Schau, wir müssen los!“, sagte er und zeigte auf den Brautkampfplatz, an dessen Rändern zwei Drachinnen aus den Reihen ihrer Verwandten heraustraten. „Es geht los und du willst doch nicht die Entscheidung über die Zukunft deiner Schwester verpassen. Oder hast du sie schon gesehen?“, fragte Sirrusch mit gespieltem Erstaunen. Daraufhin gab er seinem Enkel einen Klaps auf den Rücken, sprang von der Anhöhe und rannte wie ein junger Drache auf allen vieren dem Brautkampfplatz entgegen.
Fio lächelte und war plötzlich von so viel Stolz auf seine Familie erfüllt, dass sich vor Freude eine Träne aus seinem Auge löste. Wie viele Drachen zwischen Pamusch und mir mögen wohl noch eine zweite Gabe haben?, fragte er sich in Gedanken. Dann sprang er in die Luft und flog dem Kampf des Jahrhunderts entgegen.

Sanft setze Fio am Brautkampfplatz mit den Füßen auf, kaum dass seine Flügel geendet hatten, Wüstensand aufzuwirbeln.
„Fio ist da!“, rief ein Drache, den er noch nie zuvor gesehen hatte.
„Hey, Fio!“, rief ein anderer, dessen Art er nicht einmal zuordnen konnte, und machte ihm Platz.
Einige Drachen streckten ihre Arme zur Seite aus und bildeten so eine Gasse für Fionrir, durch die sich, flankiert von zahlreichen Menschen, rasch ein Weg zum Brautkampfplatz bildete.

„Das ist Fionrir!“, hörte er sie flüstern, als er an ihnen vorbeischritt. Der junge Drache war einerseits geschmeichelt, andererseits doch peinlich berührt davon, so im Mittelpunkt zu stehen, dass sein Gesicht erneut eine Rötung annahm. Am Ende des Weges winkte ihm seine Familie zu und Derko ging ihm gemessenen Schrittes lächelnd entgegen. „Hey, Drachenheld! Komm zu uns“, rief er, und Fio wünschte sich, eine Wurmdrachenhöhle täte sich unter ihm auf, um ihn zu verschlingen.
„Zier dich nicht so!“, hörte er seinen Opa hinter sich sagen, der inzwischen ebenfalls die für Fio gebildete Gasse in der Menschen- und Drachenmenge nutzte, um zum Rand des Brautkampfplatzes zu gelangen. Er schob ihn sanft nach vorne. Derko griff die Pranke seines Bruders und zog ihn zu den anderen. An seiner Seite ging eine junge Bergdrachin namens Sarasa und sie himmelten sich immer wieder an.
Fios Mutter nahm ihn in den Arm. „Geht es dir gut?“, fragte sie, und er nickte.
Er sah Lida und Ceti unweit von seiner Familie zwischen Fischern und Wüstenmenschen stehen und ihm fröhlich zuwinken. Fio lächelte und hob seine Pranke, um den Gruß zu erwidern. Kaum getan, brauste tosender Applaus auf und Jubelrufe erklangen. Ergriffen blickte er sich um. Selbst die Familie von Fargas, die weit aus den Bergen gekommen war, um der Attraktion des Brautkampfes beizuwohnen, jubelte der neuen Attraktion mit Namen Fio zu.
Bald beruhigte sich die Menge wieder und begann sich auf die beiden Drachen in der Mitte zu konzen-

trieren. Tanina stand dort und ihr gegenüber Fargas Mutter, eine stattliche Bergdrachin.
Ui, ist die kräftig, dachte Fio und bangte darum, dass seine Schwester sie bezwingen würde. Er mochte Fargas sehr und es wäre sehr traurig, wenn sie kein Drachenpaar werden dürften. Was würde dann aus seinem Neffen?, fragte er sich und schaute zu seinem Vater herüber, der das Ei in seinen Schwingen sanft wog.
„Geht es los, Mama?“, fragte Fio.
„Sie belauern sich noch!“, antwortete Midga. „Das kann dauern!“
Ein Drache sprach mit zwei Stimmen hinter ihnen. „Midga, danke! Es geht meinem Rücken schon viel besser!“.
Fio erkannte sie. Als er sich umdrehte, blickte er auf einen Zweikopfdrachen und lachte.
„Ich habe dir gerne geholfen, Sadogir!“, sagte seine Mutter und lächelte den alten doppelköpfigen Drachen an.
„Du?“, fragte Fio belustigt. Dass es die zwei Drachen, von denen er immerzu in den heißen Wassern geträumt hatte, tatsächlich gab und sie noch dazu in Wirklichkeit ein einziger Zweikopfdrache waren, ließ ihn lachen.
„Ich?“, fragte der Drache, und Fio konnte nicht aufhören zu lachen. Der alte Drache ließ sich vom Lachen anstecken.
„Seit Pamusch sind heilende Drachen selten geworden!“, sagte er schulterzuckend mit einem Lächeln. „Deiner Mama ist zu verdanken, dass ich nun ohne

Rückenschmerzen bin. Endlich nicht mehr im heißen Wasser schrumpeln müssen", sagte er zweistimmig und zeigte augenzwinkernd auf seine altersfaltige Haut. „Hast eine tolle Mama!", sagte er mit dem linken Kopf, „Und du einen großartigen Sohn, Midga!", mit dem anderen zu seiner Mutter.

„Danke, Sadogir!", antwortete sie, und Ceti kam an ihre Seite.

„Sadogir?", sagte er überrascht. „Du bist ein Zweikopfdrache? Ich dachte ihr seid Silar und Pardusch? Ihr? Ich meine du?"

„Silar pardusch?", rief Sirrusch lachend von hinten. „Das ist die alte Drachensprache, Ceti, und heißt so viel wie *jungen Drachen hereingelegt*. Du bist der Silar!"

Sadogir und Sirrusch gingen aufeinander zu, die alten Freunde umarmten sich und tauchten lachend in der Menge unter.

„Hey, wartet!", rief Ceti und eilte ihnen kopfschüttelnd hinterher.

„Du hast also auch zwei Gaben, Mama?", fragte Fio?

Sie nickte, hielt eine ausgestreckte Kralle an ihr Drachenmaul und zwinkerte ihrem Sohn lächelnd zu.

Auf der gegenüberliegenden Seite des Brautkampfplatzes entdeckte er Enndlin und Sewolt. Als die ehemaligen Drachenjäger Fio entdeckten, winkten sie ihm freudestrahlend zu. Er winkte zurück.

„Es geht los, es geht los!", schrie plötzlich ein Riesendrache, der drei Reihen hinter ihm stand. Wer jetzt noch in Gespräche vertieft war, richtete seine volle Aufmerksamkeit nun dem Geschehen auf der spiegelnden Fläche zu. Tanina und Fargas Mutter began-

nen, einander zu umkreisen. Die Drachen jubelten und auch die Menschen brachen in Applaus aus, gespannt, was sie erwartete. Noch nie hatten sie Drachen im Kampf gesehen. Die Bergdrachin ging in Lauerstellung und ihr kräftiger Schwanz, mit dem sie Felsen zerklopfen konnte, schwenkte gefährlich hin und her. Einige Menschen wichen zurück. Ihr Bergdrachenclan feuerte sie frenetisch an und die Drachin bewegte ehrfurchtserheischend den großen Kopf in Richtung ihrer Kontrahentin. Tanina stemmte sich auf die Hinterläufe und fauchte so laut und bedrohlich, dass einige Drachen, die in ihrer Nähe standen, sich die Ohren zuhielten. Derko feuerte sie im wahrsten Sinne des Wortes an und auch ihre Eltern fauchten mit ihr mit. Fio jubelte und war sehr aufgeregt. Es war auch für ihn der erste Brautkampf, dem er beiwohnte. Bislang kannte er nur den Kampf seines Vaters um seine Mutter aus deren Erzählungen. Er hatte Stunden gedauert und musste ein riesiges Spektakel gewesen sein, denn noch heute erzählten die Drachen untereinander davon. Nun sprang die Bergdrachin einige Meter in die Lüfte und stieß einen tiefen Schrei aus, der selbst einige Bergdrachen hinter ihr zucken ließ. Als sie wieder aufkam, bebte der Boden. Die Menge war nun kaum mehr zu bändigen. Drachen wie Menschen, sie alle hüpften auf der Stelle und man spürte die Spannung, unter der sie waren. Tanina holte nun tief Luft und spie einen Strahl weißen Feuers die Spiegelfläche entlang, die sich darunter regelrecht bog.
„Oh!“ riefen die Bergdrachen und wichen respektvoll zurück.

„Sirruschs Enkelin! Hoch!", rief ein Breitkopfdrache, und zahlreiche Drachen und Menschen stimmten mit ein. Fio erschrak. So ein Feuer kann Drachen töten, dachte er verwirrt. Normalerweise sollten sich Drachen doch bei den Brautkämpfen nie ernsthaft verletzen.
Tanina schloss ihr Drachenmaul und der lange weiße Feuerstrahl endete über einem brodelnden Boden. Die Menge tobte und Fio schaute verängstigt zu seinem Großvater herüber. Doch Sirrusch lächelte.
Nun ging ein Beben durch den Boden, denn die Drachenmutter hatte sich erneut in die Lüfte erhoben und

mit ihrem ganzen Gewicht und viel Schwung mit beiden Füßen auf den Boden gestampft. Einige Menschen fielen auf ihre Hintern und nicht wenige Zwergdrachen mussten sich an ihren Nachbarn festhalten, um es ihnen nicht gleichzutun.
„Wow!“, sagte Taras, und selbst Derko schlug sich beeindruckt auf die Stirn.
Wie soll Tanni gegen so eine kraftvolle Drachin im Ringen siegen?, fragte sich Fio besorgt, und im Augenwinkel sah er seinen Opa noch immer lächeln. Nun nahmen die beiden Anlauf und stürmten aufeinander zu. Alle Menschen und Drachen bekamen große Augen und hielten die Luft an. Nur Sirrusch lächelte ungerührt weiter. Als die beiden Drachen kurz davor waren gegeneinanderzuprallen, bremsten sie abrupt ab. Sie standen einander mit ernstem Antlitz gegenüber. Dann huschte auch über ihre Gesichter ein Lächeln.
„Komm her, Schwiegertochter!“, rief die große Drachin, und Tanina und sie umarmten einander unter dem tosenden Beifall der Menschen und Drachen.
„Was für eine Schau!“, hörte Fio einen der Fischer sagen, und ein anderer pfiff anerkennend durch die Zähne. Er sah mehrere Drachen, die sich lachend die Bäuche hielten und den Kopf schüttelten. Die Brautkampfgegner wurden von Gratulanten umringt und Fargas hielt seine nun formell akzeptierte Tanina fest in den Armen. Sirrusch drehte sich nickend um, um aus dem Strom der Gratulanten zu gelangen.
„Was war denn das?“, fragte Fio.
„Ein Brautkampf!“, antwortete sein Opa und zwinkerte mit den Augen.

„Sie haben aber gar nicht gekämpft!“
„Gekämpft haben doch bereits die Liebenden füreinander. Sie haben einander gewonnen. Für was sollen wir Alten uns einmischen? Das war früher so, als ich noch im Ei war, doch heute? Heute sind wir eine Gemeinschaft. Selbst die unterschiedlichsten Drachenclans sind füreinander da. Warum sollten wir uns dergestalt benehmen? Wir sind doch Drachen!“ Wieder zwinkerte Sirrusch.
Fio schaute ihn grüblerisch an. „Heißt das, Papas Brautkampf um Mama war auch kein echter?“
„Was echt ist, Fio, das spürst du tief in dir. Ich habe damals schon gesehen, was gestern Nacht geschehen würde. Wie konnte der Kampf mit deinem Papa also anders ausgegangen sein?“
„Ich bin verwirrt!“, gab Fio zu.
„Ja!“, erwiderte Sirrusch. „Dennoch habe ich dir gerade mit einer Antwort zwei deiner offenen Fragen beantwortet.“ Daraufhin hielt er Fio seinen Arm entgegen. „Und nun begleite deinen alten Opa zu deiner Schwester und ihrem frisch erkämpften Gatten. Die Menge der Gratulanten hat eine Lücke bekommen, die wir nutzen können.“
Als sie fast von der Masse zur Gratulation Anstehender verschlungen waren, fuhr Sirrusch fort: „Wenn ich es mir recht überlege, wurde bei den Brautkämpfen schon immer getrickst. Nur noch nie so offensichtlich wie heute!“
Als sie das glückliche Paar erreicht hatten, ging Fio auf seine Schwester zu, nahm das Drachenei aus der Tasche und hielt es ihr entgegen.

„Danke, mein Schwager!“, sagte Fargas, und Tanina nahm ihren ungeschlüpften Nachwuchs freudestrahlend entgegen. Dann umarmte sie ihren Bruder zärtlich und küsste ihn auf die Wange, was Fio vermutlich das erste Mal in seinem jungen Leben als kleiner Bruder geschehen ließ, ohne sich zu zieren.

Als die Mittagssonne heiß am Himmel stand, errichteten die Wüstenmenschen Zeltdächer, die vor einem Sonnenstich und verbrannter Haut schützten. Die Wurmdrachen gruben Mulden in den Sand, die die Wasserdrachen festigten, indem sie Meerwasser herüberflogen und mit ihm vermengten. Darin gesellten sich mehr und mehr Drachen und Menschen zueinander. Zu Quirinas Freude kam, kurz nachdem die Sonne ihren höchsten Stand erreicht hatte, eine Kutsche mit dem Emblem Lindheims an. Ihr entstiegen König Leontin und Königin Anna, die ihre Tochter sogleich in die Arme nahmen, und auch Mirka, die sich sogleich von Wilko umschlossen fand.
„Ich sehe, der Wind war mit eurer Flotte!“, begrüßte Simioni das Königspaar, und auch sie umarmten einander freundschaftlich.
„Hast du auch das Elixier brav aufgetragen?“, wollte die Königin sogleich von ihrer Tochter wissen, und die Menschen brachen in schallendes Gelächter aus.
„Ja, Mama!“, sagte Quirina und deutete auf ihr braunes Gesicht. „Der Hofapotheker war wohl einem Scharlatan auf den Leim gegangen. Aber nicht nur er ging damit baden.“ Wieder bog sich die umstehende Menge vor Lachen.

Es wurde ein ausgelassenes Fest. Das erste, bei dem so viele Menschen und Drachen seit tausend Jahren zusammen feierten. Fio, Lida, Ceti und Derko teilten sich eine der überdachten Mulden mit einigen Drachen, die ihnen unbekannt waren, sowie zwei Dutzend Menschen, unter denen nicht nur Quirina, Tamir, Simioni, Wilko und Mirka waren, sondern auch Enndlin und Sewolt. Sowohl die Drachen als auch die Fischer und die Menschen aus den Bergen, die hinzugekommen waren, trugen Speisen zu dem Fest bei, das sich aus dem Brautkampf entwickelt hatte. Fio blickte sich um und wunderte sich über all die Entwicklungen, die die letzten Stunden gebracht hatten. Sirrusch, Taras und Fargas Mutter sowie der Hohe Rat der Wurmdrachen hatten gemeinsam mit den Menschenkönigen der Bergleute, der Fischer und Wüstenleute sowie König Leontin beschlossen, dass es künftig einen gemeinsamen Rat geben solle, der offen und nicht mehr geheim tage und alle Probleme, die zwischen ihnen aufkämen, sofort bereden solle. Der erste Beschluss des Rates wurde noch zur selben Stunde seiner Gründung gefasst. Künftig würde es keine Tests mit Drachensprösslingen und Menschenkindern mehr geben, sondern vielmehr sollten alle Drachen und Menschen sich fortan ein Beispiel an diesem Fest nehmen und offen miteinander leben. Feinde waren binnen dieses Tages zu Freunden geworden. Gerade zwischen Enndlin und Mirka, die nebeneinander an der anderen Seite der Mulde saßen, schien ein freundschaftliches Band zu entstehen. Während Fio zu ihnen herüberging, nahm er etliche Wortfetzen auf. Tamir

sprach zu seinem jüngeren Bruder: „Schade, ich hatte mich schon gefreut, dich auch mal in einer Kiste zu sehen!“ Lida und Tamir lachten und sein jüngerer Bruder zuckte nur mit den Schultern. In Höhe Derkos hörte er einen Zwergdrachen lachen. Er knuffte Derko und rief amüsiert:
„Was? Viel Essen zu können, soll eine zweite Gabe sein?“
„Na, hör mal, Krsch!“, hörte er seinen Bruder mit gespielter Empörung sagen. Lachend knuffte Derko ihn zurück.
Ein paar Schritte weiter referierte Ceti darüber, wie man am besten im Wasser vorankommt. Simioni und Quirina hörten gespannt zu. Kleiner Angeber, dachte Fio lächelnd. Seine Menschenfreundin zwinkerte ihm zu und lächelte zurück.
„Und du warst wirklich Derkos Geschenk in der Kiste?“, hörte er Enndlin unweit von ihnen fragen, und Mirka nickte. „Ich bewundere dich dafür, dass du schon so lange zusammen mit den Drachen lebst.“
„Danke!“, antwortete Derkos Drachenreiterin. „Und wenn das nun alle Menschen machen, wird es eng für die Aigolfs der Welt und ihre Elixiere.“
Als Fio bei ihnen angekommen war, erhob Sewolt seinen Becher. „Auf Menschen und Drachen! Möge jeder Zwist friedlich beigelegt werden!“
Mit diesem Trinkspruch erhoben sich alle Menschen und Drachen zunächst in der Mulde Fios, dann in den benachbarten, bis alle Feiernden standen und sich mit dem gleichen Trinkspruch zuprosteten, der ab diesem

denkwürdigen Tag der Trinkspruch aller Drachen- und Menschenvölker wurde.
Dann erklang ein spitzer Schrei aus Taninas Maul und alle sprangen aus ihren Mulden. In ihren Händen hielt sie das Drachenei und strahlte es glücklich an. Ein Riss hatte sich gebildet. Bald standen alle Menschen und Drachen um sie herum. Es war kein Laut aus Drachenmäulern oder Menschenmündern zu hören. Was zu hören war, kam aus dem Inneren des Eis. Es kratzte und pickte. Dann knackte es und ein weiterer Riss entstand in der harten Schale. Ein Raunen ging durch die Schar der Bezeugenden. Ein kleiner Teil der Schale brach heraus, und eine kleine Kralle tastete am Rand der Schale entlang.
„Oh!", machte die Menge, und ein „Wie süß!" war aus Quirinas Mund zu hören.
Nach und nach kamen mehr Risse hinzu und kleine Drachenpranken brachen Stücke der Schale heraus.
„Der erste Drache der neuen Zeit!", rief einer der Bergleute erfreut, und Jubel brach aus.
„Mir wird ganz warm ums Herz!", hauchte Midga, als sich ein kleiner Drachenkopf zwischen den Schalenstücken durchzwängte.
Quirina stupste Fio an. „Ein Ei!", sagte sie augenzwinkernd. „Dein Rätsel ist auch gelöst!"
Er nickte lächelnd. Dann schlüpfte sein kleiner Neffe und krabbelte sofort auf seine Mutter zu. Er umschlang ihren Arm, als sei er ein kleiner Ringkämpfer, und schmiegte sich an sie. Kaum festgeklammert drehte er sich um und Fio blickte in die ersten grünen Augen, die er je im echten Leben an einem Drachen

gesehen hatte. Er lächelte Fio an, und der junge Drache nickte mit einem Grinsen auf den Lippen.
„Danke fürs Aufpassen!“, hörte Fio in seinen Gedanken eine sehr junge Stimme sagen.
Prophezeiung erfüllt!, dachte Fio, und keine Spur von Überraschung war ihm anzumerken. Irgendwie hatte er es geahnt.

Mehr Fio

gibt es überall im Buchhandel. Oder wir sehen uns auf einer der vielen Lesungen, bei denen Fionrir zum Leben erwacht. Oder besucht ihn auf seiner Internetseite, auf der auch Lesungstermine zu finden sind:
www.FionrirsReise.de

Andreas Arnold

Fionrirs Reise

Taschenbuch, 331 S.,
Mit s/w-Zeichnungen von
Norman Heiskel
Reimheim-Verlag, Friedberg
ISBN 978 3 945532102
E-Book: 9783-945532805

Andreas Arnold

Fionrirs Reise geht weiter
(Fionrirs Reise – Band II)

Taschenbuch, 296 S.,
Mit s/w-Zeichnungen von
Norman Heiskel
Reimheim-Verlag, Friedberg
ISBN 978 3 945532221
E-Book: 9783-945532850